Rainar Nitzsche: Wandlungen der Drei

Der Autor *Rainar Nitzsche* wurde am 27.12.1955 in Berlin-Zehlendorf geboren, ging im Saarland zur Schule und wohnt seit Oktober 1974 in Kaiserslautern, wo er Biologie studierte und promovierte. Nach einjähriger Arbeit als Biologe in einem Öko-Programm in Idar-Oberstein und Verlagsgründung 1989 schulte er zum Buchhändler um und war fünf Jahre in Pfälzer Buchhandlungen tätig. Inzwischen arbeitet er schriftstellerisch und fotografisch-künstlerisch. Bereits 1975 begann er inspiriert von seinem Namensvetter Friedrich Nietzsche zu schreiben: Gedichte, Kurzprosa, Romane und Sachbücher sowie wissenschaftliche und populärwissenschaftliche Artikel. Sein erstes Buch »wir ... menschen der erde« erschien 1982. 1989 gründete er seinen Einmannverlag mit Büchern noch unbekannter gegenwärtiger AutorInnen und den Schwerpunkten Fantasy, Horror, Science Fiction und Lyrik sowie Sachbüchern über Spinnen. Seine vier PFAD-Romane liegen inzwischen in verschiedenen Ausgaben, als handsignierte Originale und E-Books vor. Als Taschenbuch liegt hiermit Band 2 vor.

Zum Inhalt: Begleiten wir Manfred den Magier und seine mit ihm verbundenen Seelen auf ihren Lebenswegen über eine etwas andere Erde, wo eine Volle Mondin ewig scheint. Tasten wir uns durchs NEBELLAND, durchqueren wir Gräserne Meere, tauchen wir ein in Wasserwelten. Einst war Manfred nur ein Mensch. Als Magier jedoch nimmt er vielerlei Gestalten an. Manfreds Liebe Nairra starb. Kehrt sie jemals wieder? Alles kann ER sein, der sich vor langer Zeit vom Ganzen trennte, Teil vom Teil vom Teil. Dann ist da noch ein alter Mann, der uns alles erzählt, die wir alle nur Menschenkinder sind und unsere Augen schließen. Jetzt sind wir mittendrin. Wir sehen, hören, riechen, tasten, wir zittern, rufen, schreien, lachen und weinen.

Biofantasy, das ist anspruchsvolle Fantasy, in der nicht nur Menschen, sondern auch zahlreiche Tierarten Hauptdarsteller sind. Ein Episodenroman, zoologisch fundiert, meditativ und religiös. Wen wundert's, wo doch der Autor Zoologe und Fantasyfan ist und sich für Mythologie interessiert.

Rainar Nitzsche

Wandlungen der Drei

Band 2 der Pfadwelten

Bibliografische Information der Deutschen Nationalbibliothek: Die Deutsche Nationalbibliothek verzeichnet diese Publikation in der Deutschen Nationalbibliografie; detaillierte bibliografische Daten sind im Internet über dnb.d-nb.de abrufbar.

Impressum
Rainar Nitzsche
Wandlungen der Drei
Band 2 der Pfadwelten

Der vorliegende Titel erschien erstmals 2004 als handsignierte, nummerierte und auf 50 Exemplare limitierte Erstausgabe im Rainar Nitzsche Verlag. Das E-Book erschien 2015 bei neobooks. Er ist auch in dem im selben Jahr dort erschienenen Gesamtband *Die Pfadwelten* enthalten.

Grafik: Dr. Harald Fuchs, Autorenfoto: Elke Bouché
Computersatz: Dr. Rainar Nitzsche.
© 2017
Herstellung und Verlag: BoD – Books on Demand, Norderstedt
ISBN: 9783743196001

Vorwort

Liebe(r) LeserIn,

hier zunächst eine kurze Zusammenfassung der Handlung des ersten PFAD-Romans *Der Leuchtende Pfad des Magiers*: »Und so begann es: Eines Nachts verließ Manfred die STADT, denn er sah *ihn* wahrhaftig vor sich, *seinen* Leuchtenden Pfad, der ihn aus dem Alltagstrott wegrief. Schon war es um ihn geschehen: Er erhob sich in die Lüfte und gelangte in die Welt mit Namen WALD. Dort fand er nach vielen Abenteuern seine große Liebe Nairra und - verlor sie wieder.

Und nun zum Inhalt von Band 2 *Wandlungen der Drei*: Im Wasser begann das irdische Leben, aus Wasser bestehen wir alle noch immer. Meer brandet an den Küsten empor: Das ist die lockende See mit ihren noch immer den Menschensinnen verborgenen Tiefen – es sind WASSERWELTEN. Wasser durchnetzt Sand und Erde, Quellen sprudeln empor, werden zu Bächen, Flüssen, Strömen. Wolken schweben in den Lüften, fallen als Regen, Schnee und Hagel hinab.

Andernorts zu anderer Zeit unten im Tal steigen warme Wasser am Morgen auf - verschwinden niemals vollständig im *NEBELLAND*.

Oben aber auf dem Plateau Eurasiens, aber auch nördlich des Regenwaldes auf dem alten Kontinent mit Namen Afrika, wo einst vor Jahrmillionen der Mensch entstand, und inmitten der beiden Amerikas leben GRÄSERNE MEERE, die viele Namen tragen: Pampa, Prärie, Savanne und Steppe.

Ach ja, die Worte »essen«, »Mondin« und »Sonn« sind keine Druckfehler, sondern bewusst gebraucht. Tiere essen. Ich sehe den Mond weiblich, die Sonne männlich. Wie im ersten Band gibt es auch hier wieder einen Anhang mit Informationen zu zahlreichen Begriffen aus diesem Romanteil.

Diese Worte mögen genügen, auch wenn sie nur wenig vom Inhalt verraten, wo doch vielleicht jedes Wort - oder kein Einziges? - von Bedeutung sein könnte?

Rainar Nitzsche, Kaiserslautern, Februar 2017

Den Rabenkrähen in Kaiserslautern

Du sitzt am Schreibtisch und schaust aus dem Fenster.

Ach, da landet ja die Krähe, eine alte Bekannte - oder doch ein »Er«, also ein alter Bekannter?

Spreche ich von »ihr«.

Irgendetwas Weißes-Großes trägt sie im Schnabel, legt es in der Dachrinne ab.

Ein andermal wieder pickt sie dort oben im Laub und Moos herum, das die Dachrinne verstopft - ob sie nach Essbarem sucht, das sie einst dort selbst versteckte?

Du springst auf und schaust hinaus.

»War das der Ruf der Krähe?«, fragst du dich.

Sie aber ignoriert dich völlig, schaut dich nicht an und fliegt davon.

Und den Raben im Nebelland

Längst bist du abgerückt

von dem alten Mann, der einst so plötzlich vor dir erschien, sich formte vor deinen Augen aus ETWAS und ALLEM, was immer es auch war, der dich zu sich winkte und dir alles erzählte.

Nun ist mehr Distanz zwischen ihm und dir.

Doch wie seltsam, weder er noch du, keiner von uns, denkst du, bewegte auch nur ein Bein. Es ist, als wärest du einfach geräuschlos zurückgefahren, als wäre deine Bewegung nur ein Zoom in einem Film gewesen.

Und doch ist er dir noch immer so nah: der alte Mann, der da nun sitzt so klein und - allein. Eine dicke, nein, keine Brille auf der großen Nase - wie komm' ich nur darauf? -, nicht mehr allzu viel Haare und das, was blieb, ist weiß. Groß war er wohl einst in jungen Jahren, doch heute ist sein Rücken krumm.

Jetzt schaut er auf.

Falten im Gesicht, denkst du, graue Bartstoppeln - könnte sich mal rasieren. Wage erinnerst du dich. Lang ist's her, dass er dir zum ersten Mal erschien, aus den Nebeln trat, in einer warmen Sommernacht war das.

Oder flog die Zeit dahin, weil er dir so viel erzählte, weil einfach so viel geschah?

Du schaust dich um, drehst dich im Kreis, ohne aus dem bläulich leuchtenden Drehstuhl, einem Chefsessel gleich, den jedoch kein Leder bedeckt, aufzustehen, der deinen Nacken stützt und deinen Körper hält und dich zugleich so zart umschmiegt. Deine Arme und Beine hüllt er ein, als wäre er ein Teil von dir. Er ist es.

Du befindest dich im Zentrum des Platzes. Wann kam ich hierher? Warum?, fragst du dich.

Ringsum ist freier Raum. Bänke stehen im Kreis vor Hecken und Platanen. Dahinter liegt die im Kreis herumführende Straße, stehen still die Häuser, führen die anderen Straßen sternförmig nach irgendwohin. Jetzt sind sie alle verlassen. Nur wir sind hier, zu zweit allein im Park der Stadt bei Mondinschein.

Saß dort auf einer Bank nicht einst einmal ein junger

Mann und sah empor ins Licht der Vollen Mondin, die ihn rief und rief, die ihn zu sich rief? (Der Ruf der Mondin 1992)

Ein Schatten dort, das könnte alles sein, was von ihm blieb in dieser Welt, sein Geist vielleicht, der noch immer nicht begreift, was längst geschah.

Nachtfalter flattern hin zum Licht der Laternen. Dort müssten auch Spinnennetze sein, denkst du. Bisweilen kommt eine Fledermaus auf der Jagd vorbeigehuscht. Ansonsten ist alles still, jetzt und hier in dieser einen klaren, warmen Sommernacht, denn die meisten Menschen schlafen. Wen wundert's! Früh müssen sie raus aus dem Haus - zur Schule, zur Arbeit. Denn morgen ist weder Sonn- noch Feiertag noch Ferienzeit noch - damals.

Ist also alles längst vergangen?

Ja! Nein!

Alles vergeht. Nichts vergeht. Alles, was war, das ist.

Also war alles wahr!? Und auch er existiert, heute alt, doch damals jung. Und doch ..., denkst du verwundert und schaust ihn noch immer an. Gebannt, verzaubert lauschst du seinen nie gesprochenen Worten. Die Bilder, die er dir zeigt, die Töne, tausend Gerüche und Gefühle, selbst die Welten und Wesen, die da geboren werden und leben und wieder vergehen, all dies verändert sich - in dir.

Waren da am Anfang nur stottern, erinnern von kurzen Episoden, Splitter nur - Tropfen aus seinem Geist, so tritt nun aus Fels ein Quell, wird Bach und Fluss und Strom. Alles beginnt zu fließen und - zu flimmern. Also verändert sich auch der alte Mann.

Kann das denn sein? - der wird ja merklich jünger! - und das geht rasch! - von einem Augenblick zum andern, als wäre da Magie im Spiel. Schon ist der Wandel vollbracht.

Gegangen ist ein wenig Weiß, auch etwas vom Grau, mehr Farbe ist wieder in seinem noch immer schütteren, doch längeren Haar. Wie es weht im Wind!, den du nicht spürst, der hier nicht ist, den es gar nicht geben kann.

Du schaust ihn an, rückst näher ran, doch fasst du ihn nicht an.

Jetzt ist seine Haut fast faltenlos und ohne Altersflecke. Und dir dämmert - oder flüstert es dir jemand zu?:

Zehn Jahre könnten es gewesen sein.

Aber weshalb, wieso? Als Belohnung gar fürs Erzählen seiner Abenteuer, falls es denn wirklich geschah und nicht nur Dichtung war?

Dies alles fragst du dich noch und hörst ihn auch schon sprechen:

*»Ja, so ist es: Als alter Mann von 80 kam ich auf die Welt, damals in einer Stadt - der S*TADT *mit Namen Kaiserslautern. Mit 70 verließ ich den W*ALD*. Nun bin ich 60 Jahre jung geworden.«*

Staunend mit offenem Mund versuchst du zu verstehen. Jünger sieht er tatsächlich aus. Doch Schein und Sein sind zweierlei. Ist alles nur Illusion, Traum oder Zauberei?.

Im Zentrum des Platzes, wo einst Rosenhecken blühten, dann Blumenbeete waren, wächst nun überall grünes Gras. Heuschrecken springen - Sommerzirpen.

Dort liegt er schon auf den Rücken, schaut in die Himmel auf, schließt seine Augen.

Du hörst seine Stimme in dir flüstern, es ihm gleich zu tun.

So legst auch du dich ins Gras und schließt die Augen.

Du öffnest sie und findest dich - noch immer neben ihm auf der Wiese liegend wieder. Ein warmer Sommerregen fällt dir kitzelnd aus einer grauen Wolkendecke ins Gesicht. Du schließt deine Augen und - schaust von oben auf die Welt hinab, siehst im Zeitraffer, die Wasser der Erde verdunsten, Nebel am Morgen entstehen und zum Mittag hin vergehen. Überall sind da vom Tau benetzte Gespinste: Baldachine zwischen den Kräutern, spiralige Räder in den Lücken ausgespannt, jetzt noch, bis die Wärme sie wieder fast unsichtbar macht für Beute und Feind. Dann taucht eine andere Welt vor deinen Augen auf, in der die Nebel niemals vergehen, denn ...

»Schau und lausche meinen Worten«, flüstert seine Stimme.

In der Ferne hörst du Krähen krächzen.

Sind es die, die du kennst? Rabenkrähen?

Oder sollten es gar die großen Kolkraben sein?

3. NEBELLAND

Einst war alles Wald.
Jetzt lärmt dort Stadt.
Und morgen?

Hier aber träumt hinter Nebeln
ein anderes Land.
Worte des Magiers

Die Drachen erwachen
aus ihren Träumen unter Bäumen
im NEBELLAND.
Sie öffnen ihre Augen.
Sie schauen dich an.
Du aber fragst staunend dich:
»Und wer bin ich?«
Worte des Magiers

Alles
entstand
aus dem Drachen.
Huai-Nan-Tzu

Chinesische Landschaft

Wie lange war es her, dass ich aufgebrochen war, mein altes Leben abgeworfen und eine Welt mit Namen Sᵀᵁᵀᵃ&#x1d satzTadt hinter mir gelassen hatte?

Wie viel Zeit verging, seit ich die Lichtung verließ, wo ich um *dich* trauerte, meine einzige große Liebe, bis ich Ihn Dort Oben sah?

Tagelang war ich den verschlungenen Wegen gefolgt und nächtelang meinem Leuchtenden Pfad. So gelangte ich schließlich aus dem finsteren Wald auf eine singende Wiese. Staunend blieb ich stehen und sah empor: wie hell und voll die Mondin hier doch schien. Ich suchte mir einen Platz im Zentrum der Lichtung und legte mich hin.

Öffne meine Augen am Morgen und schließe sie wieder, höre Vogelzwitschern, dazwischen die heisere Stimme einer Krähe. Unter und über allem liegt Stille, weit und breit sind da weder Menschenworte noch Maschinenlärm.

»Wo bin ich?«, flüstere ich mir leise zu.

»Wer bin ich?«, schallt das Echo aus mir heraus.

Brandet empor Erinnern, ein Ruf, zwei Silben: »Manfred!«

Ja, der bin ich. Doch *das* ist nur ein Menschenname.

Erst der Name, dann strömen die Bilder der Welt empor, Erinnern: Einst waren da Häuser und Straßen in der Welt mit Namen Stadt, dann geschah der Übergang.

Einst war da eine Welt mit Namen Wald. Tiere und Menschen. Sieben Samurai und eine Frau - ach, Liebe, dein Name ist Nairra!

Doch war da auch der Andere, der Dunkle, der alles zerstörte: Drefman! *Er* war Schwärze und Qual und Tod.

Sie alle sind gegangen: weggegangen, dahingegangen, vergangen.

Ich aber blieb - übrig - allein.

Weshalb, warum, wieso?

Nun bin ich hier auf dieser Lichtung, drehe mich im Kreis, schaue mich um, lausche, atme, rieche und schmecke die Luft.

Nun bin ich hier und lebe, noch immer oder wieder, immer wieder?

Geboren und geworden zu dem, der ich bin: Manfred der Magier: ein Mensch, ein Menschenmann. Und langsame lerne ich, die Dinge und Wesen zu lieben, nicht wie ich sie gern hätte, sondern so, wie sie sind. Am meisten aber liebe ich die Stille.

Und während ich S-T-I-L-L-E denke, verstummt die Natur.

Ich atme Stille ein ...

Alles zerfließt ohne Laut, entschwindet sanft, doch unaufhaltsam.

»Mein ganzes Leben schmilzt dahin!«, weine ich beim Anblick der braunen, gelbroten Blätter der Bäume. Nichts bleibt für die Ewigkeit. Nichts nehmen wir mit auf unserem Weg. Alles verblasst! Kein Grün ist zurückgeblieben!

Also gibt es keine Hoffnung?

So gehen die liebgewordenen Dinge dahin und wandeln sich in Erinnerungen, die nichts als schwacher Abglanz des Lebens sind, Fragmente, Lügen, die nun lautlos in mir sterben.

Innen wie außen, oben wie unten.

Ich sehe das Herbstlaub der Eichen und Buchen fallen.

So fielen die Blätter einst in der STADT von anderen Bäumen - Robinien und Platanen. Dann wurden die Bäume von den Maschinen der Menschen niedergesägt.

Fall - fall - *The Fall of the House of ...* nicht *Usher*, sondern *Manfred* - mein Untergang, mein Sterben!?

Vater Sonn sinkt leuchtend rot, gewaltig und doch so fern, verschwindet dort im Westen in der Unterwelt.

Tränen weine ich in wachsende Nacht.

Weil alles ringsum stirbt?

Weil alles stirbt - in *mir*!

Kein Erinnern, kein Gestern mehr und noch kein Morgen.

Jetzt ist der Augenblick. Doch der ist voller Trauer.

Dann irgendwann ist alles vorbei. Ich schaue mich um, drehe mich noch immer langsam im Kreis, hebe meine Arme empor, steige in die Schwärze auf, durchbreche die Wolkendecke, falle weiter und weiter in sternenleuchtendes Himmelsmeer, wo sie - ich sehe sie und lache und rufe es laut hinaus: »Ach, Schwester!« - wo voll die Mondin scheint.

Ein Blitz aus schwarzer Leere: Erinnern an den Leuchtenden Pfad, der mich einst von irgendwoher nach irgendwohin führte.

Mag sein, dass da unten auf Erden dem Herbst der Winter folgt und dem Schlaf die Wiedergeburt des Frühlings, mag sein.

Sicher ist: Die WALD-Welt ist *nun* in mir gestorben.

Ein Wort nur, gesprochen in zwei Sprachen, flüstert eine Stimme, sprechen Kehlkopf, Mund und Lippen nach, ein Wort nur, das sich immer wieder wiederholt: »gate gate ... gegangen, gegangen ... gate gate«

Menschenliebe, Menschenleid, Vergangenheit. Einmal lebe ich nur, jetzt und hier. Dann ist Dunkelheit und Stille - oder aber Schlaf und Traum.

Schau, wie Manfreds geschlossene Lider dort oben in den Nachthimmeln zucken!

Etwas taucht aus den Nebeln auf. Es ist ...
Der Drache grüßt. Er öffnet seinen Mund.
Kein Feuer!
Etwas anderes kommt hervorgeschossen. Eins? Nein! Zwei, drei, vier, fünf, sechs, sieben. Er spuckt sie alle aus. Sieben Samurai erwachen zum Leben.

Ich sehe sie und lese in ihren Gedanken, während sie sich vor mir verneigen. Nehme sie zugleich aus einem anderen Winkel wahr, fühle und lebe die Erinnerungen des großen Drachen.

Ich öffne meine Augen, weiß nicht, wo ich bin, wundere mich über meinen Traum, den letzten, den einzigen dieser Nacht, an den ich mich erinnere. Wie seltsam er doch war! So klar und deutlich und real.

»Brachte mich mein Traum hierher? Wohin?«, flüstere ich mir zu, drehe mich im Kreis, schaue mich um und sehe - nichts. Schwärze überall und Stille.

Dann wandelt sich alles in wallendes Weiß, steigt auf aus

nie gesehenen Schlünden. Die Schwärze verschwimmt hinter wirbelnden Nebeln.

Ich öffne meine Augen ein zweites Mal. Also träumte ich nur zu träumen, aus meinem Traum zu erwachen und in Nebeln zu zerfließen! Also bin ich irgendwann irgendwo gelandet. Ich schaue mich um und sehe - Nebel.

»Vergessen auch hier?«, rufe ich laut und lausche.

Doch da sind weder Echo noch Antwort. Die Nebel schweigen.

Benebelt sind meine Sinne: Mein Augenlicht ist ohne Licht blind.

»Wo bin ich?«, flüstere ich mir zu, höre, rieche nichts und sehe noch immer nur Nebel. Taste mit meinen Händen und fühle feuchtes Gras zu meinen Füßen.

Also bin ich in einer Wiese, an einem anderen Ort zum Leben wiedererweckt. Tief atme ich die Morgenluftfrische. Es riecht nach Erde. Alles kehrt wieder zurück, denke ich, hinweg mit diesen letzten Morgennebeln, es werde Tag!

Und tatsächlich, so geschieht es: gewaltig steigt der Morgensonn auf, lässt Tau und Nebel verdampfen. Neu werden Farben und Bilder geboren. Mild ist der Duft. Freie Sicht für einen Augenblick, bis der Vorhang wieder fällt?

Ich liege auf dem Rücken in der Wiese. Über mir rasen Wolken lautlos ins Nichts. Dann hüllen mich wieder Nebel ein.

Nun gut, geht's nicht so, dann geht's eben anders. Ich stehe auf, drehe mich langsam um meine Achse. Und während ich mich weiterdrehe, steige ich auf und schaue hinab, ganz so, wie ich es schon einmal tat.

Welch seltsames Land und doch so bekannt! Ein Land, das ich irgendwo schon einmal sah? Oder nahm es ein anderer andernorts wahr und sandte mir die Bilder zu?

Ja, mein Herr und Meister, der mich nach seinem Ebenbild schuf, Er Dort Oben war es, der es »NEBELLAND« nannte, alles erträumte Er sich. Oder aber ... Doch dies nur zu denken, wäre schon »Gotteslästerung« - und die Strafe folgte sogleich, es sei denn, Er Dort Oben wäre ein gütiger »Gott« und hörte meine Gedanken, die Er mich denken lässt, und lächelte. Ach ja, ich weiß, Er tut es ja! So kann mir nichts geschehen, also denke ich es zu Ende: Oder aber diese Landschaft entsprang gar nicht Seinem Geist. Er sah sie nicht in sich, sondern mit Seinen Augen irgendwo dort draußen vor sich. Vielleicht war da einst und irgendwo in Seiner Welt nur ein Gemälde an einer Wand, nicht mehr und auch nicht weniger. Viele Jahre könnten seitdem Dort Oben vergangen sein, wenn es denn Dort überhaupt Jahre vergleichbar mit denen hier hunten gibt. Längst könnte das Bild dort nicht mehr hängen, wo es einst hing. Doch was spielt das schon für eine Rolle?!

Einmal vor langer Zeit war Er Dort Oben ganz ergriffen von diesem Bild einer selbst für Ihn so fernen Landschaft mit kiefernbestandenen Hängen und Nebeln in den Tälern. Da konnte Er nicht widerstehen. Also betrat Er dieses Land - doch nur in Seinen Träumen.

Ich aber, der ich bin wie Er, gleite sanft zu Boden, lande sicher auf meinen Füßen, schließe stehend meine Augen. So sehe ich nun, was Er einst sah, sehe Ihn jetzt in einer Stadt mit Namen Kaiserslautern staunend das Gemälde betrachten.

Schon beim ersten Mal war es ihm aufgefallen. Welch grandiose Landschaft, dachte er gänzlich überwältigt von den Bergen, den Nadelbäumen, dem tosenden Bach, der da so tief ins Tal hinunterstürzte, in das weite Land der Inseln und Nebel.

Dann irgendwann, an einem Faschingsdienstag vielleicht, ja, so war es, geschah es. Er besuchte wieder einmal dieses eine Chinarestaurant, das es schon längst nicht mehr in seiner Stadt gibt, betrat wiederum den GOLDENEN DRACHEN. Diesmal setzte er sich so, dass die Landschaft beim Essen ausgebreitet vor seinen Augen lag. Jetzt traute er sich endlich, die ältere Chinesin zu fragen, wo die echte Landschaft, das Vorbild, denn läge.

»Irgendwo in Rotchina«, antwortete sie, die wohl wie die meisten Chinesen zu jener Zeit in Deutschland von Taiwan oder aus Hongkong kam. Genauer wusste sie es nicht.

Aber spielt das denn eine Rolle? Selbst seine Frage, hat-

te die denn einen Sinn? Was hätte er gewonnen, wenn er es erfahren hätte?

Nun blieb noch das Rätsel der Schriftzeichen oben links in der Ecke. Sahen sehr chinesisch aus, wunderbar gemalt in seinen Augen. Doch ohne Klang in seiner Kehle, für ihn nur Bilder und keine Worte. Denn sein Chinesisch war nun mal nicht sonderlich, genau genommen, gar nicht existent. So war es eben damals zu seiner Zeit in seiner Welt: Es gab zahlreiche Sprachen. Doch die meisten Menschen hatten nur eine gelernt. Wie auch immer, an diesem einen Tag war er mutig und fragte die Chinesin ein zweites Mal, diesmal nach der Bedeutung der Schriftzeichen.

»Poesie«, lautete ihre Antwort.

Vielleicht wusste sie auch nicht mehr oder konnte es gar nicht lesen und schon gar nicht übersetzen. Wer weiß, wer weiß!

Mehr erfuhr er damals nicht und niemals mehr in seinem kurzen, langen, ewigen Leben. Er aß seine Suppe, Hühnerfleisch mit Reis, trank Jasmintee dazu, bezahlte und ging.

Zu Hause träumte er von der chinesischen Landschaft. In seinem Traum ging er zum Bild hinüber. Das Restaurant war leer, er konnte sich nicht erinnern, wie er hineingekommen war. Aber das war ohne Bedeutung. Er war zurückgekehrt zu dem, was ihn schon so lange gerufen hatte. Er war dem Ruf gefolgt, aber nicht dem Ruf der Mondin und nicht dem Leuchtenden Pfad. So stand er allein und klein und staunend so nah wie nie zuvor davor.

Seltsam nur war, dass er sich zugleich von seinem Stammplatz aus vor dem Bild stehen sah - Mecki fiel ihm ein, Lektüre aus der Jugendzeit, Abenteuer in Serie in einer Rundfunkzeitung mit Namen Hör zu bei seinen Großeltern. Darin geschah es einmal, was jetzt wieder geschah, was diesmal ihm selbst geschehen sollte?

Ja. Erst stand er nur staunend da, dann wurde er immer kleiner, schrumpfte bis auf die Größe einer Menschenhand, konnte gerade so über den unteren Rand des rahmenlosen Gemäldes schauen. Seine Hände griffen nach vorne, spürten hartes Gestein. Er zog sich hoch. Schon hörte er den

Wasserfall in der Ferne tosen. Seinem Oberkörper folgten die Beine.

Jetzt war er im Land seiner Träume. Er lief in die Weite, lief ins Land hinein, dem N<small>EBELLAND</small> entgegen.

»Ich komme!«, hörte er sich rufen und immer wieder seinen Ruf von den Bergen widerhallen. Doch im Echo waren Silben verlorengegangen: »Komm! Komm!«, klangen die Worte in seinen Ohren.

Rasch lief er, immer weiter, so schnell ihn seine Füße trugen, hin zu der fernen Schlucht zwischen den beiden Gipfeln der Berge. Denn dort lag sein Ziel.

Im Tal

Der Dieb,
der die Augen der Toten isst.
Du willst wissen, wer er ist?
Sein Name ist Rabe.

Worte des Magiers

Ich bin ein Teil von Ihm Dort Oben, denke ich, bin dort, wohin Er ging in seinem Chinatraum, an einem Ort/zu einer Zeit so fern von hier.

Dunkelgrün-schwarz sind da nur Silhouetten von Bäumen. Morgendämmern. Eiseskälte.

Stehe auf einem Bergrücken und sehe hinab.

In der Ferne ragen Bergketten düster auf. Langsam steigen die Nebel empor - oder sinke ich hinab? Alles verschwimmt hinter grauen Schleiern, die sich nun verbinden mit dem Grau des wolkenverhangenen Himmels über mir. Krähen, Elstern und Eichelhäher, auch Amseln und Meisen, Sperlinge und Banden von Staren sehe ich nun - nicht mehr. Alles scheint tot. Kein Vogel am Himmel. Aber noch immer sind da Vogellaute in meinen Ohren.

Was, was, was?, krächzt mein Verstand. Was bedeutet das?

Dabei ist alles doch so einfach, antworte ich mir auch schon selbst: Nebel verdecken die Sicht und schlucken nicht völlig den Schall. So einfach ist das.

Sehe nur noch Schatten von Bäumen. Alles andere ist grau in grau, nebel- und wolkengrau. Ein kleiner Vogel fliegt vorbei, von links nach rechts, so dicht vor meinen Augen. Aber ohne einen Laut. Denn jetzt ist auch jeglicher Gesang verstummt. Stille.

Um so erschreckender ist dann das Krächzen - in Menschenohren, zugleich wunderschönes Singen und Sprechen in den Ohren seiner Art. Das ist der Ruf der Krähe, die da etwas im Schnabel mit sich trägt. Von links, dort vorn aus dem Nebel tauchte sie auf: »Kra kra!« Und schon ist sie meinen Blicken entschwunden.

Erinnerungen an Bilder in der STADT, einst vor langer Zeit

irgendwo im Westen. Dort lebten und leben wohl noch immer schwarze große Vögel: »Rabenkrähen«. Auf höchster Birkenspitze saß da eine oder einer von ihnen - denn die Geschlechter scheinen dem Menschen gleich - und sah hinab, hob den Kopf, senkte ihn in ständigem Wechsel bei jedem Ruf: »Kra Kra Kra.«

Worte fielen mir einst ein, branden nun wieder empor, kaum dass ich die Krähe sehe:

> Eine Krähe am Himmel,
> Wolken grau
> und Streifen aus Licht,
> fern so rot
> der Abendsonn.

Hier und jetzt jedoch ist Morgen, leuchtet nirgendwo der Sonn, weder rot noch gelb noch weiß. Und so unglaublich es scheint, er muss doch da irgendwo weit oben sein, sonst wäre die Erde schwarz und kosmisch kalt.

Die Nebelwand verdichtet sich.

Und noch ein Unterschied besteht zwischen gestern und heute, oben und unten, zwischen Erinnerung-Dichtung und Gegenwart-Wirklichkeit: hier im Osten sehen die Krähen ein wenig anders aus. Nicht rabenschwarz, sondern grauschwarz sind sie hier gekleidet. Grauschwarz ist die, die ich eben noch sah. Ach, wie passend zu diesem Land ist doch ihr Menschenname »Nebelkrähe«.

Menschenname - Menschenwelt. Erinnerungen an die STADT. Nein, ich weine nicht mit den Nebeln, sondern lächle. Voller Sehnsucht sah ich im Sommer den Mauerseglern zu, wie sie »sriih«-schreiend in Formationen über die Dächer rasten, blickte den Tauben beim Abflug nach, lauschte am Abend im Frühling dem Amselmann oben auf dem Wipfel - bin auch jetzt ganz entzückt, entrückt und fange an zu lachen, weiß nicht wieso, tue es einfach, lasse mich prustend zu Boden fallen, drehe mich auf den Rücken, wie einst einmal vor langer Zeit in einem weit entfernten Leben, liege auf dem Rücken im Schoß von Mutter Erde, schließe meine Augen, bin nun still und lausche.

Ach, wie Glaube doch Berge versetzen kann - oder Unglaube Grenzen zieht! Dachte ich doch einst, ich könnte mich als Magier niemals in jedes beliebige Lebewesen dieser Erde verwandeln, und gelänge es tatsächlich, so käme ich ohne Hilfe von außen nie wieder in meine Menschengestalt zurück. Ich dachte es - und so geschah es dann auch im WALD. Nun aber gibt es keine Grenzen mehr, ist alles so einfach und leicht.

Während ich das noch denke, erhebe ich mich auch schon lachend, bewege meine Arme auf und ab. Welch lächerlicher Anblick das sein muss, durchzuckt mich noch ein Gedanke, doch hier im dichten Nebel, wo niemand sonst ist ... Und schon verwandle ich mich in einen großen schwarzen Vogel, schwarz vom Schnabel bis zu den Zehen. Größer als alle Krähen bin ich, der Rabe Kolk. Schlage mit meinen Flügeln, die eben noch Menschenarme und -hände waren, und fliege auch schon flatternd im neuen gefiederten Körper empor. Leise gleite ich durch Nebel, die sich nun immer mehr lichten, schon bin ich darüber, endlich sehe ich aus Vogelaugen hinab, so klar wie nie zuvor.

Dort stürzt von den Bergen das wilde Wasser eines Baches schäumend zu Tal, entschwindet in den Tiefen selbst meinem scharfen Rabenblick. Dunkle Inseln ragen unter mir aus weißen wogenden Nebelwolken auf: aus nackter Erde, aus Stein und von Nadelbäumen bewachsene Inseln.

Lande zum ersten Mal in meinem Leben auf Rabenfüßen in einem Waldameisennest und bade mich darin. Ein Säureregen der vielen Kleinen, der mich nicht tötet, aber die anderen tötet und vertreibt, die da in meinem Gefieder sitzen und mein Blut saugen. Springe heraus, hüpfe davon, wie es auch damals schon meine fernen Verwandten taten, die noch ohne Flügel waren. Verwandle mich wieder - hüpfend zunächst, dann schon laufend und wachsend - in meine alte Menschengestalt zurück.

Ich verharre, lasse all die Bilder und Töne, so wie ich eben noch als Rabe die Welt wahrnahm, noch einmal in mir ablaufen und wundere mich, weshalb ich das Bad im Ameisenhaufen nahm. Hatte ich denn als Rabe oder gar schon als Mensch Flöhe, Läuse oder Zecken an mir?

Ich gehe ein paar Schritte, bleibe staunend stehen.

Mir gegenüber stürzt ein gewaltiger Wasserfall ins Bodenlose. Er ist es. Ich sah ihn einst in meinen Träumen. Ich sah ihn Dort Oben im Bild. Mein Blick folgt ihm so weit, bis er im Nebel verschwindet. Doch das ist ohne Belang. Was zählt, ist nah und real. Das ist auch nicht die tosende Gischt drüben am anderen Ufer. Näher ist der Felsenrand, wo knorrige Kiefern in luftige Leere wachsen.

Meine Augen weiten sich, tief atmet meine Seele ein.

Falle auf die Knie und staune noch immer über dieses träumende Land, das dort unten auf mich wartet, das schon immer in mir war, mich zu sich rief.

Warum?

Ein Traum von einem Land, einem NEBELLAND. Träume ich noch immer nur, hier oben zu stehen? Oder bin ich längst aus meinem Traum erwacht und wirklich hier und schaue voller Sehnsucht hinab?

Träume gebären Träume. Und so schließe ich meine Augen und atme ein und atme aus und erblicke ihn wieder, sehe ihn vor mir, sich an den Felsen entlangwinden, in endlosen Bahnen hinabschlängeln, meinen Leuchtenden Pfad, der mich einst aus dem Alltagsleben rief, der mich noch immer ruft.

Ich öffne meine Augen - nichts hat sich verändert. Ich lache, verharre noch ein wenig, atme dieses eine Bild ein, das niemals mehr wiederkehrt. Jetzt lebt es in mir.

Und wiederum verwandeln sich die Dinge. Und nichts ist mehr wie zuvor. »Denn ich habe das NEBELLAND gesehen«, flüstere ich mir zu und weine.

Stille
Leere
Eins mit allem

Irgendwann - es könnten Sekunden, Minuten, aber auch Stunden vergangen sein - stehe ich von dieser fremden, stillen, ach so bekannten Erde auf.

Du bist erwacht in mir, denke ich, denn ich spüre dich, fühle dich und zittere. Denn ich weiß, dass Du durch meine

Augen schaust. Du bist jetzt in mir, mein Schöpfer, mein Gott. Du bist in mir und gehst meinen Weg in meiner Welt mit mir und verrätst mir nicht, wer jetzt deinen Körper Dort Oben - wenn du denn einen Körper hast - bewohnt. Ob er leer und verlassen auf die Rückkehr Deiner Seele wartet? Du bist in mir, wir beide sind eins.

Du antwortest nicht. Weil alles nur Illusion ist, nichts weiter als ein Traum?

Und wäre es so, so bleibt mir die Erinnerung, die schon verblasst.

Drei Silben, drei Worte spreche ich nun: »Ich bin ich!«

So ist es. Aus mit den Träumen. Ich stehe auf, gehe zum Abhang, drehe mich um und beginne hinabzusteigen. Es ist, als wichen die Nebelschleier zurück, als neigten sich selbst die Krüppelkiefern vor mir. Spüre keine Kälte mehr. Mein Leuchtender Pfad, der mich hinabführt, hüllt mich wärmend ein. Vorsichtig seitwärts kletternd geht's rasch vor... Verliere den Halt! Rutsche schneller und schneller. Falle ... noch nicht ins Tal hinab. Ein seltsam geformter Grat fing mich mit steinerner Hand.

»Was nun?«, frage ich mich und schaue hinab und schaue hinauf und schaue hinab.

Du aber, liebe(r) LeserIn, wunderst dich und fragst dich: »Warum klettert Manfred denn als Mensch da rum. Wieso verwandelt er sich nicht noch einmal in einen Raben? Muss das denn sein, ein Abstieg zu Fuß? Wenn einer schon Magier ist, dann sollte er fliegen und schwimmen und schweben, wo immer er kann. Der ist aber blöd. Oder ist der etwa lebensmüde?

Stimmt. Klingt sehr logisch und überzeugend. Doch vieles hätte in unserer Welt anders sein können. Hätte, könnte, könnte sein - war es, ist es aber nicht. Denn es ist, wie es ist.

Also schau einfach zu, wie es weitergeht, schweige und ...

Sieh an, unser Magier hat wohl deinen Einspruch vernommen, der klettert ja gar nicht mehr!

Jetzt reicht's aber mit dem Gekrabbel, denke ich - warum erst jetzt und nicht schon früher? - und springe kopfüber von meinem Felsgrat hinab ins Tal. Mir voraus fällt blaues Licht, mein Leuchtender Pfad. Noch falle ich einfach nur, halte meine Arme nach hinten angelegt, falle und falle, während mein Körper schrumpft und sich wandelt, die Knochen hohl werden und sich verändern, braunes Gefieder mir wächst, wo vorher nackte Haut, Haare und Kleidung waren. Arme und Menschenhände sind nun Falkenschwingen. Rasend geht es mit angewinkelten Flügeln im Sturzflug hinab, so als wollte ich mich auf eine Beute stürzen. In letzter Sekunde breite ich meine Flügel aus und schwebe, lande sanft, kralle meine befiederten Fänge in Erde und Stein. Sehe an mir hinab und dort aus vierzehigen Fängen fünfzehige Menschenfüße werden und meine Beine wachsen.

Ich schaue mich um - noch immer mit Falkenaugen, die schärfer sind als Menschenaugen es jemals waren, lausche schon mit Menschenohren und rieche mit einer Menschennase.

Dort vor mir jenseits der Wiese liegt ein See.

Ich schließe meine Augen und sehe die Sumpfschildkröten ein letztes Mal sich auf Ästen im Wasser und warmen Steinen am Ufer sonnen. Dann werden sie ihre Winterquartiere aufsuchen, sich eingraben und Monate ruhen.

Enten sehe ich im Winter: Ein bunter Erpel balzt die grau gefleckte Entenfrau an. Am Abend wird er müde, schließt ein Auge, das andere bleibt offen. So ist er immer vor Katze, Fuchs und Wolf auf der Hut. Nun schläft die eine Seite seines Gehirns. Dann schließt er das andere Auge, und die andere Hälfte schläft. So geht es die ganze Nacht hindurch. Das ist der Halbschlaf der Einsamen und aller Enten am äußeren Rand der großen Schar. Die aber, die innen sitzen, das sind die stärkeren, die sich die besten Plätze eroberten, halten beide Augen geschlossen - sie schlafen vollständig und vollkommen.

Ich aber öffne meine Augen und sehe nun wieder mit Menschenaugen weder Tau noch Spinnennetze und auch nicht den Tempel der weißen Kiefer. Denn sie alle sind meinem Blick verborgen. Was ich erblicke, sind die Silhouetten der gewaltigen Berge ringsum. Düster und schwarz sind sie hinter Nebeln fast verborgen. Was mögen sie behüten, was Menschenaugen niemals sahen - niemals sehen werden, weil es verboten ist?

Dort vorn am Rande des kleinen Eichenwaldes taucht eine Wildschweinrotte auf. Eine Schar junger Raben fliegt heran. Wie mutig die sind, ja, Frechheit siegt! Einige reiten gar auf den Rücken der Allesesser. Die Halbstarken üben sich im Liebesimponiergehabe: schlagen Salto in der Luft, fliegen synchron.

Ich schaue ihnen zu und denke - noch immer im Flugtaumelrausch - nur vier Worte, immer wieder und höre auch schon meine Lippen das Mantra summend flüstern:

»Rabe sein im Frühling
Im Frühling Rabe sein
Rabe sein im Frühling«

Zeit rast. Herbst und Winter gehen dahin. Frühling. Es grünt so grün. Gelbe, weiße und rosa Blüten.

Ich finde mich wieder im Körper eines fliegenden Raben, vielleicht tausend Flügelschläge von der Stelle entfernt, wo ich einst landete und wo wilde Schweine Eicheln aßen.

Jetzt höre ich in weiter Ferne die Drachen erwachen. Sie lachen. Welch Gebrüll in Raben- und auch in Menschenohren! Letztere aber gibt es hier nicht. Jetzt nicht. Niemals nie für alle Zeit?.

Noch immer hüllen mich Nebel ein.

Höre die anderen singen, lausche dem Lied und den Worten aus schwarzen Schnäbeln: »Kroar kroar kroar.« Verstehe: Es ist nicht mehr weit zum Zentrum des *NEBELLANDES*.

Sehe einen großen Raben für Augenblicke aus den Nebeln hervor treten. Er fliegt nicht, sondern steht dort still und wartet. Er ist der Wächter, der Posten auf dem Pfosten!

Öffne meine offenen Augen wieder der wirklichen Welt ringsum.

Weiße Wolken umgeben mich gleich Nebeln. Oder verwandelt sich Nebel in Wolken? Sind Nebel und Wolken eins?

Wasser sind sie, das aufsteigt, Wasser, das dahinzieht und hernieder nieselt/regnet/prasselt/strömt, Wasser, wie der Bach, der dort unten hörbar plätschert.

Ist es ein Bach oder gar der Atem eines großen Tieres, das dort liegt und schläft und - schnarcht?

Ist es das Lachen der Drachen, das die Berge jetzt vielfach in meine Rabenohren zurückwerfen?

Regen fällt hier oben und unten - überall.

Dann bricht wieder Sonn hindurch. So warm für mich, denn schwarz ist mein Gefieder, so nimmt es die Wärme auf. Schwarz ist mein breiter Schnabel, meine Augen sind schwärzer als die Nacht. Doch mein Herz ist es nicht.

Schwebte ich eben noch Adlern gleich, so schlage ich jetzt einige Male kräftig mit den Flügeln, gleite dann wieder ruhig über dem Tal dahin.

Doch dies - wie alles andere auch - endet einmal, vergeht, ist einigen Erinnerung, anderen längst entfallen.

Schlafe ein im Flug.

Wache auf - nicht im Jenseits, weil ich abgestürzt bin, nein - wache auf in einem Menschenkörper.

Gewaltig geht der Sonn am Horizont auf. Noch ist die Welt kalt von der Nacht, doch schon ist der Tag erwacht. Vögel zwitschern, singen, jubilieren in meinen Ohren, in meinem Geist, der sie als Mensch niemals verstehen, der nicht wie sie singen kann. Denn mir fehlen Vogelschnabel, -syrinx, -ohr, -hirn und -seele.

Erhebe mich von meinem Lager, stehe auf, drehe mich frontal zum Sonn, schließe die Augen, strecke mich, breite meine Arme aus, atme den Duft der frischen Morgenluft. Beuge mich nieder, lasse die Arme fallen und atme aus. Und strecke mich wieder, beuge mich - wieder und wieder - sieben Mal. Dann stehe ich aufrecht und still. *Seine* Wärme fange ich mit Gesicht, Körper, Armen und den Innenflächen meiner Hände auf. Mein ganzer Körper atmet *Seine* Energie, ganz so, wie es die Blätter und Nadeln der Pflanzen tun.

Einer sieht alles, schaut nur kurz hin, sieht alles aus Vogelaugen, was dort unten vor sich geht. Es ist der Amselmann dort oben auf dem Wipfel. Er schaut hinab, sieht sich nach Rivalen, Feinden und Frauen um, während er sein Amsellied singt: »Hört mich an, hier bin ich, ein Mann, so jung, so stark! Und das ist mein Revier!« Er wundert sich nicht, denn er ist ja kein Mensch, ist nicht wie der dort unten, der etwas von einem gefährlichen Vogel zu haben scheint - deshalb tixt er nun doch, denn der dort unten wandelt sich.

Nackt und still und stumm steht der Mensch für einen Augenblick. Dann wächst etwas, wachsen aus Rumpf, Beinen und Zehen, Armen und Händen Zweige, die sich auch schon mit frischem Grün beblättern. Blätter und Grün breiten sich aus. Die neugeborenen Chloroplasten in den Zellen atmen Kohlendioxid der Luft und Sonnenmorgenlicht ein.

Anderes nehmen die Engerlinge und Regenwürmer unter der Erde wahr. Sie verstehen es nicht, und könnten sie es begreifen, so wäre es ihnen sicher egal. Denn Menschenfüße wandeln sich: Wurzeln wachsen heraus, hinaus und hinab in die Erde, suchen Wasser und saugen es ein.

Aus Kohlendioxid und Wasser wird Zucker in seinen grünen Oberflächenzellen, Sonn liefert die Energie, aus Zucker wird Stärke und ... Pflanzenstoffwechsel. Sauerstoff wird frei.

Ein Rabe kommt geflogen. Er landet ganz in der Nähe auf einem anderen Baum und schaut im Gegensatz zum Amselmann, der »Luftfeind« schreiend jetzt verschwindet, interessiert zu dieser seltsamen Birke, die anders ist als all die anderen, die sich nun rauschend und schüttelnd wieder zurück in einen Menschen verwandelt.

Rundum gesättigt wache ich auf, reibe mir die Augen und - kann mich nicht daran erinnern, was eben noch geschah, muss wohl eingeschlafen sein.

Die *Rabin*, nicht *der* Rabe, fliegt hinüber, setzt sich auf einen Ast und schaut dem Menschen tief in die Augen.

Schwarz sind ihre Augen, die da vor mir landet und mich neugierig zu betrachten scheint. Ja, Raben gehören doch zu den intelligentesten Vögeln. Schwarz, denke ich, schwarz ... schließe meine Augen, um mehr zu sehen, zu ergründen, wer sie wirklich ist.

Die waren doch eben noch blau-grau, denkt die Rabin, deren wahren Namen Menschenmünder niemals aussprechen könnten. Denn jetzt sieht sie dort rote Feuer brennen.

Gedanken rasen: Eine Rabin. Wer könnte sie sein? Weshalb schaut sie mich so an. Das kann doch kein Zufall sein! Trafen wir uns früher schon? Eine Frau bist du. Doch wer? Erinnerst du mich an sie, die ich einst verlor. Du - in mir - und du dort draußen? Bist du Nairra in neuem Körper? Weilt ihre Seele in dir? Weine ich nun wieder Tränen um meine verlorene Liebe? Tränen - salzige Wassertropfen oder Tränen aus Feuer, die fern der Außenwelt brennen. Ein Krächzen, ein Singen. Ach ja, eine Rabin war da. Öffnet euch, meine Augen! Öffnet euch und schaut!

Aha! Noch immer sieht sie mich interessiert an, spricht schließlich: »Kroar kroar!«

Ich nix verstehen, nix Rabe, denke ich noch und schlage mir auch schon mit der rechten Hand an meine Menschenstirn: »Ach, was mache ich denn, wieso tue ich nichts? Die Lösung heißt doch Verwandlung. »Hallo, wie geht's?!«, antworte ich ihr nun aus Syrinx und Schnabel auf rabisch.

Die Rabin aber spricht: »Träume noch ein wenig! Schwebe dann nach Osten! Dort triffst du die Drachen, die jetzt erwachen. Hörst du sie lachen, die da bewachen - schon lange keine Schätze mehr?« Dann fliegt sie davon.

Und was tue ich? Fliege ich hinterher oder ...?

Ich bleibe, nehme meinen alten Menschenkörper wieder an und denke ein wenig nach über Raben, Zahlen und Magie: Rabenzahlenmagie. Ich sehe Bilder in mir. Ich höre, lebe es: Eins, zwei, fünf, zehn, einhundert.

Eins

Eine Rabin, ein Rabe - eine Liebe.

Einst im Westen lebte *Lug*, der große Gott der gallischen Kelten. Lug aber trug auch andere Namen. Er war *Lamfada,* der mit der langen Hand, *Samildanach,* der Alleskönner, Meister des Handwerks und der Künste. Ihm verbunden war der Rabe. Heil dem Zauberer und dem Dichter. Er war der Lichte.

Dann war da der Rabe als Diener der Zauberer und Hexen. »Sieh dem Raben nicht zu lange in die Augen, sonst stiehlt er dir deine Seele und fliegt damit davon!«, sprach der Zwerg zu Sneewittchen.

Zwei

Ein Rabenpaar. Einst lebten zwei Raben, *Hugin* und *Munin*, bei *Odin*. Ihm opferten die Normannen den Abt der Mönche. Odin aber ist Wodan, Gott des Krieges und Vater der Toten, der auf seinem Schimmel Sleipnir durch die Kältewüsten zieht. Wolf und Rabe sind ihm geweiht. Ein Auge gab er für die Weisheit hin, denn er ist der Gott der Dichtkunst und Ekstase. Seine Raben sandte er als Späher aus. Nachts raunten sie ihm ins Ohr, was sie auf ihrem Flug durch die Welt bei Tag gesehen hatten.

Fünf

Im Frühling finden sich die Paare. Rabe und Rabin, aus eins und eins werden zwei, aus zwei werden mehr. *Er* bringt *ihr* einen Leckerbissen und zeigt ihr, was für ein Kerl er ist: segelt dahin, dreht und überschlägt sich. Beide fliegen sie synchron: das ist zeitgleicher, gleichstarker und gleichartiger Flügelschlag ... Eins-sein in Harmonie.

Nun sind wir wieder vereint - jetzt - für einen Augenblick - für alle Ewigkeit: Du und ich sind nun ein Rabenpaar, eine Familie, die bald Nachwuchs bekommen wird. Denn ich habe dich begattet, und du hast die Eier gelegt. Drei sind es im Nest dort oben in der Felsenwand, die nur Vögel wie wir erreichen können.

Dann kommt die Zeit der Geburten, brechen die Schalen auf, schauen drei Rabenkinder heraus. Wir füttern sie.

Zeit rast dahin. Frühling und Sommer. Schon wagt hechelnd unser erstes Kind seinen ersten Flug, und - landet auf dem Boden. Nebel liegt über allem am Morgen, Regen. Endlich bricht Sonn durch Wolken.

Sie fliegen, sie lernen, sie leben für sich mit den anderen in der Gruppe.

Du und ich sind wieder zu zweit, ein Rabenpaar für alle Zeit!?

Zehn

Ein Rabe, eine Rabin, ein Rabenpaar, drei Kinder, fünf Raben. Zehn waren es einst. Weit im Osten lebte Shen-Yi, der himmlische Bogenschütze. Dort erzählt man sich die Sage, das vor langer Zeit zehn Sonnen in Gestalt von Raben das Leben der Erde bedrohten. Yi schoss neun von ihnen ab, *ein* Rabe blieb am Leben. Und deshalb kann man heute noch den dreifüßigen Raben im Sonn erblicken.

Einhundert

Auf den Schlachtfeldern und an den Leichen der Tiere, die die Wölfe jagen und erbeuten, versammeln sich die Raben und nehmen sich die leckeren Bissen. Hundert Jugendliche finden sich im Winter im Tal ein. Dort gibt es jetzt Essen im Überfluss. Auch die Drei, die vor kurzem noch Kinder waren und die wir kennenlernten, sind dabei.

All diese Dinge sieht Manfred in sich, denn er erinnert sich an Vieles aus längst vergangenen Zeiten und fernen Ländern. Und während er all dies erlebt und im Lotussitz von West nach Ost schwebt, merkt er nicht, wie der Tag vergeht, wie es dämmert. Er landet und öffnet seine Augen.

Bist *du* es?, frage ich mich und betrachte dich noch immer.

Träumte ich nicht eben noch von *dir* und *mir* und *unseren* Kindern?

Was tust du hier? Und wo sind denn nun die Drachen?

Denn *dort* sitzt du so nah vor mir, groß und schwarz von Kopf bis Fuß und von Rabengestalt.

Doch sitzt du nicht auf einem *Pfosten*. Denn *den* wird es hier niemals geben: keine Menschen, keine Zäune, keine Pfosten! Also ist in der Außenwelt alles doch ein wenig anders als in Gedicht und Traum.

Also sitzt da kein *Rabe* auf einem Pfosten, sondern eine *Rabin* auf einem Zwei…, sie sitzt auf keinem Zweig, sondern auf dem verwitterten Stubben einer alten von einer Sturmbö gefällten Eiche, in dem die Larven des Hirschkäfers essen und wachsen, bis sie sich verpuppen, um zu schlüpfen.

Gedanken rasen: Schau sie dir an! Ist sie nicht wie Badb, die irische Göttin des Krieges? Komm näher! Geh dicht ran. Ja. Jetzt siehst du, was sie tut. Sie pickt an irgendwas dort unten, das sie mit den Zehen ihres rechten Fußes hält. Und immer wieder schaut sie auf, dreht den Kopf und senkt ihn wieder. Wechsel der Konzentration auf Mahlzeit und Blick in die Weite der Welt. Das ist Leben, Überleben! Dann fliegt sie davon und lässt die Reste auf ihrem Ruheplatz zurück.

Ich komme näher und sehe die Leichenteile eines kleinen Wesens, die Augen sind ausgehackt, der Bauch ist aufgerissen. Pelzig zwar und doch irgendwie menschlich, so winzig, so zart - soo tot! Mein *Homunkulus* fällt mir ein, den ich einst schuf nach meinem Bilde und Rainar nannte. Doch *der* kann es nicht sein, *hier*, so fern seiner Heimat. Und außerdem war er ja fast unbehaart. Ich weiß nicht, was für ein Wesen dies ist, doch verstehe ich, was geschah und gehe weiter.

Gehe ich wirklich durch den Nebel oder blieb ich längst stehen, und es sind die Nebel, die sich bewegen, deren Schleier an mir vorüberziehen? Gehe ich im Kreis, bin ich in einer Zeitschleife gefangen oder einfach nur verwirrt im Geist? Weiter, immer weiter gehe ich - oder glaube ich zu gehen, denn mein Wille ist eisern, auch wenn ich längst jede Orientierung verloren habe -, bis ich *dich* treffen werde - irgendwo und irgendwann. Was wird mich erwarten an einer Grenze, die weder aus Stahl noch Stein noch Holz ist, die niemand sieht, die niemand riecht, noch hört, die also gar nicht existiert!? Wie auch der Pfosten nicht, von dem ich träumte. Und war da eben überhaupt ein großer schwarzer Vogel auf einem Eichenstumpf? Erträumte ich ihn mir? Brachten die Nebel mir ein Bild aus längst vergangenen Zeiten? Gibt es die ewige Wiederkehr des Gleichen?

Denn jetzt taucht ein vom Blitz gespaltener, gebrochener Kiefernstamm vor mir auf. Darauf sitzt ein großer schwarzer Vogel, blickt herab, schaut mich neugierig an.

»Never more! Never more! Never more!«, klingt in mir Erinnerung an einen Raben anderswo, »Raven« genannt.

»Hallo!«, spreche ich den einzig realen, den Raben - die

Rabin - hier und jetzt an. »Kennen wir uns?«

Sie nickt mir zu - majestätisch, adlergleich -, sagt keinen Ton, schaut mich nur an.

So nenne ich dich *Kolk*, denke ich bei mir.

»Nein!«, ruft *sie* empört, die meine Gedanken liest, mit einem Krächzen in meinen Ohren und Worten in meinem Kopf. »Ich trage keinen Menschennamen«

»Verzeihung, Gnädigste! Sollte ich Sie einfach nur *Wächterin* nennen? *Mein* Menschenname lautet übrigens *Manfred*.«

Sie antwortet nicht.

Nun gut, denke ich, keine Empörung heißt einverstanden sein.

Menschennamen sind nichts für Raben.

Reden ist Silber, schweigen ist Gold.

Ich trete näher.

Lange sehen wir uns an.

Ich schaue zu ihr auf, die mich still betrachtet.

»Ich liebe diese Nebel nicht«, beende ich das Schweigen.

Sie lacht.

Und du, ja, liebe(r) LeserIn, DU! wunderst dich, dass Raben lachen? Die krächzen doch nur, denkst du.

Ja, in deinen Ohren krächzen sie, aber weißt du, wie deine Stimme in Rabenohren klingt?

Hier im N<small>EBELLAND</small> *lachen Raben und sind vielleicht nicht einfach »nur » Vögel. Denn wenn ein Magier sich in einen Raben verwandeln kann, wer kann dann schon sicher sein, dass ein Rabe ein Rabe ist ...*

Und war nicht die Realität schon immer fantastischer als die Phantasie des Menschen?

Bist du dir sicher, dass in deiner Welt Raben niemals lachen? Woher willst du das wissen? Wer weiß schon, was Tiere fühlen?

Du weißt ja noch nicht einmal, was dein(e) Geliebte(r) bei deinem Streicheln wirklich empfindet - und erst beim Sex und ...

Noch immer lacht die Rabin leise vor sich hin.

Dann aber - welch Wunder! - antwortet sie doch, ohne ihren Schnabel zu öffnen, spricht sie in mir:

»Der Name war gut gewählt. Ich *bin* die Wächterin an den Grenzen.

Was willst du, Fremdling, im *NEBELLAND*? *Wer* bist du, der du dich *hierher* wagst? Wo kommst du her? Öffne dich und sprich!«

Jetzt aber schweige ich.

Doch sie spricht weiter: »Kommt Zeit, kommt Tod!«

Ich nicke ihr zu und spiegle ihre Worte.

Sie hört sie in sich und fragt. »Du willst es tun?«

Wir brechen auf. Ich folge ihr. Sie steigt auf, kreist über mir. Drei Kreise - und schon lichten sich die Nebel - ein wenig.

Dann kommt sie zu mir geflogen. »Kroar kroar!«

Rabenmensch oder Menschenrabe, das ist hier die Frage, fällt mir da ein, als sie sich auf mir niederlässt, sich ihre Krallen in meine Haut bohren und sich an die Schulterknochen klammern.

Für einen Augenblick nur sah die Rabin unter sich das Büffelfell des Menschen lichterloh brennen und sich darunter schwarze Rabenfedern aus weißer Haut entfalten. Dann ist da wieder nur der fellbekleidete Mensch, auf dessen rechter Schulter sie nun sitzt. Und doch sah sie noch ein wenig mehr: einen Rabenmann, der schaute sie an und alles war klar. Er ist Mensch und Rabe zugleich, *ein* Wesen nur, manchmal ein Rabe wie sie, der sich in die Lüfte erhebt und von den Toten isst, dies und das und mehr.

So trage ich sie mit mir dorthin, wo sie noch niemals war, denn ihr Revier sind die Grenzen, die Randgebiete, wo Leben, wie Menschen und Raben es kennen, noch möglich ist. Nun aber gehen wir ins Zentrum des *NEBELLANDES* hinein, dorthin, wo die Drachen wohnen. Sie hörte es den Wind flüstern, dass die Nebel vielleicht noch andere Wesen verbergen: winzige Elben und Feen, kleine Götter und große Dämonen.

Während wir so dahingehen und nichts weiter geschieht, spricht sie in mir: »Du hast gesehen, was ich aß? Das war kein Traum. Ich war es auf dem Eichenstumpf. Du weißt, was Raben tun in diesem Drachenland, hier wie dort, wie einst bei dir?«

Ich nicke ihr im Geist zu, sehe Bilder aus fernen Zeiten - von ihr, von mir, von uns: Raben und Krähenschwärme, die picken und hacken den toten Menschen die Augen aus und schlingen sie hinab. Und erst die Eingeweide! Unmengen von Darm stecken doch in Menschen und Pferden, die auf den Schlachtfeldern liegen, die weit draußen im Land starben, die kein Mensch fand, zu Asche verbrannte oder in ein Erdengrab legte!

»Ja«, unterbricht die Rabin die Bilderflut, »manche von ihnen leben noch, können sich nicht regen, nicht wehren. Laut schreien sie vor Schmerzen auf. Wir hören es. Manche von uns warten. Andere aber singen ein Lachen über ihr Leid und hacken freudig weiter. So ist es bei uns - Rabe ist nicht gleich Rabe. Solche gibt's und solche. *Die anderen* sind am besten genährt. *Sie* überleben uns alle in Zeiten der Not. Also ist diese Welt nicht das Paradies.«

Ich nicke ihr zu, verstehe. Alles scheint mir höllendüster auf dieser Erde. Höllen - Feuer, denke ich. Bin ich denn ein Magier oder nicht? Erinnere mich und hebe meine Arme empor, schließe meine Augen und wachse gewaltig. Noch immer in Menschengestalt singe ich die Elbenworte. Aus tiefsten Tiefen in mir braust es weiß heran, glüht auf im Zentrum meiner Stirn, verlässt sie jetzt, bricht wie ein Sonnenstrahl hervor.

Schreiend weichen die Nebel zurück. Denn Licht zerteilt das Dunkel und bahnt sich einen Weg.

Stimmen aus fernen Zeiten und Welten sehen, staunen, murmeln und beten: »Und siehe, es war ein Leuchtender Pfad, ein funkelnder Weg, der sich durch feuchte Wiesen wand. Ein Pfad war es, glitzernd wie diamantenes Feuer. Es war der Kristallene Pfad seiner Sehnsucht, sein Lebensweg, der sich da schweigend am Morgen dieses einen neuen Tages auftat. Seht und staunt und betet. Denn er und sie sind ...«

Und nicht nur ich höre diese Stimmen, sondern auch die Rabin auf meiner rechten Schulter.

Und sie ruft lachend: »Ach, du bist es ja, von dem die Rabenweisen schon immer sagten, dass er eines Tages kommen werde, einer, der ist wie wir und anders doch zugleich. Kommen wird er, sprachen sie, um uns von Füchsen, Greifen und Menschen zu befreien. Du bist der Erlöser!«

Ich aber schweige, weil ich weiß, dass ich nicht der bin, für den sie mich hält. Immer wieder gab es einen unter den Menschen - und anderen Wesen, in dem manche den Messias sahen. Einer war es nicht, zumindest nicht der König, den sie sich erhofften. Er konnte es nicht sein. So ließen sie ihn ans Kreuz schlagen. Und doch verbreiteten sich seine Lehren und die seiner Jünger ... Weh mir, was mir passieren mag!

Die Rabin aber, die meine Gedanken liest und alles versteht, weint: »Du bist es also nicht! Und alles bleibt, wie es ist. Also ist das Rabenparadies auf Erden noch immer nur ein Traum.«

Ich bleibe stehen, trete für einen Augenblick aus meinem Körper und sehe sie lange an, die da auf meiner rechten Schulter sitzt, und erkenne dich wieder in ihr:

»Aber du bist es ja?! Du bist es und weißt selbst nicht, dass du es in Rabengestalt bist! Mein Gott, du bist die fehlende Hälfte des Mannes zum Menschen! Du bist meine Liebe, Nai... Welch seltsame Dinge geschehen nur hier mit dir und mir!?«

Diesmal aber versteht sie nichts, kann es mit ihrem Rabenverstand nicht begreifen.

So kehre ich in meinen Menschenkörper zurück.

So gehen wir schweigend und unvereint auf meinem Leuchtenden Pfad weiter, der sich schlängelnd durch den Nebel windet.

Was wir beide aber wissen, ist dies: Irgendetwas wird geschehen. Dieser Nebel wallt nicht umsonst. Dieser Nebel ist Tarnung für das, was darunter schlummernd oder lauernd liegt. Wir werden ihm begegnen. Und nichts wird wieder so sein wie zuvor. - Doch ist es nicht immer so?

So schritten sie still dahin. Wie Wächter ragten die schwarzen Äste und Gipfel toter Bäume aus der Nebeldecke empor. Alles war wie ein Traum - ein magisch schöner Traum, kein Monster nirgendwo, kein Alb. Also packten die Nebel weder Manfred noch die Rabin auf seiner Schulter. Also behielt er seine Führerin bei sich und ging mit ihr auf dem schmalen Pfad aus Licht durchs stille Moor, zu dem die Wiesen längst geworden waren.

»Schläfst du? Wach auf! Was siehst du?«, spricht irgendwer mit tiefer, donnernder Stimme tief in mir?

Ich schrecke auf. Schaue mich um.

Vor mir ragt ein gewaltiger Felsen aus den Nebeln auf, moosbewachsen, immer wieder zur Regenzeit von Bächen überströmt.

Nun gut - aber der *redet* ja!

»Fremder, du denkst, die Drachen wären vergangen, vor Zeiten gegangen, von Schwertern und Heiligen Lanzen der Ritter zerschlagen. Doch *da* irrst du gewaltig. Lausche meinen Worten und staune, wenn du denn hören kannst und willst!«

Also schließe ich meine Augen und lausche dem Sprechenden Fels:

»Einst zog ein Magier aus, der einen Menschenkörper trug, die Drachen zu suchen. Nach langer Zeit fand er sie endlich im Tal der Tausend Nebel.

'Sei gegrüßt, Bruder!', sprachen die Drachen in ihm.

'Seid gegrüßt!', antwortete er ihnen und wunderte sich nicht darüber, dass sie ihn 'Bruder' genannt hatten.

Sie führten ihn in das Zentrum des Steinernen Kreises. Dort sahen sie ihn mit ihren feurigen Augen an.

So schlief er ein und begann zu träumen, sah sich im All schweben und die dunkle Seite eines fernen Planeten betreten. Dort war es, wo ihn das Licht des roten Sonn so überraschend traf - denn die dunkle Seite blieb nicht finster, denn der Planet hatte begonnen, sich schneller zu drehen. Erstaunt sah er empor und schloss die Augen nicht, erhob sich von der Erde zu dem Lied, dem magischen Ton, den der Planet nun sang, hob seine Hände empor und sah sie staunend an. Denn seine Hände waren weder weiß noch gelb noch schwarz, sie waren nicht mehr nackt und doch ohne Fell und ohne Federn, sie waren von leuchtend grünen Schuppen bedeckt. Jetzt wusste er, dass er schon immer ein Drache gewesen war.«

Ich schrecke auf wie aus einem Traum und öffne meine Augen und - finde mich noch immer im *NEBELLAND*. Meine Hände sind Menschenhände: weiße, nackte Haut, wenig behaart. Keine Kleidung hüllt mich ein. Denn es ist warm geworden. Kein Sprechender Felsen - nirgendwo. Doch auch die Rabin auf meiner Schulter, die mir ihren wahren Namen nicht verraten wollte, hat mich unbemerkt verlassen. So bin ich wieder allein

Welch seltsame Dinge ich doch träumte!? Ist alles wahr? War es, ist es oder wird es sein? Vielleicht aber bin ich gar nicht hier, sondern schlafe irgendwo in weiter Ferne, träume dort mehr, als manch einer sich erträumen mag, träume dort meinen Traum vom *NEBELLAND*, in dem ich träume zu erwachen und mir diese Fragen jetzt und hier zu stellen?

Traumfetzen hüllen mich noch immer ein, während ich mir verschlafen die Augen reibe. Bilder und Fragen, denke ich, Nebel hier und Nebel da, drei waren wir.

Drei

Ich bin einer von denen, die sich einst trafen in einem anderem Nebeltal, irgendwo und irgendwann.

Drei in dunkle Mäntel gehüllte Gestalten sind wir - denn es ist klirrend kalt an diesem Morgen. Längst haben wir unsere Schwerter gezogen, erhoben. Dort oben berührten sich klirrend unsere Klingen. Dieses Klirren aber klingt und singt und hallt noch immer fort.

Ich sehe die anderen dicht vor mir und kann doch ihre Gesichter nicht erkennen. Denn dort, wo Augen, Nase und Mund sein sollten, ist nur Schwärze.

Dreimal Gevatter Tod wäre zweimal zu viel.

Sind wir alle drei Männer? Sind Frauen dabei? Ob die anderen überhaupt Menschen sind?

Erdenmutter bebt. Aufgehender Sonn, dessen erste Strahlen für einen Augenblick bis zur Erdoberfläche reichen und die Klingen zu rotem Feuer werden lässt.

Dann umhüllen uns wieder nur Nebel.

Stumm stehen wir unbewegt den ganzen Tag, den Abend und die Nacht.

Um Mitternacht geschieht es, schlägt der Blitz ein, wirft Feuer in die Dreiheit/Einheit unserer Schwerter.

Sie brennen in weißem Licht.

Weiter frisst sich die Glut - z e i t l u p e n h a f t - von der Spitze zur Basis der Klinge, zum Griff, zur Hand, zum Arm, zum Rumpf.

Drei glühende Fackeln in der Nacht sehe ich nun.

Und eine davon war ich?

Erinnere ich mich?

Ja.

Wenig später trennten wir uns.

So geschah es irgendwo und irgendwann. Doch dies ist alles längst vergangen, auch wenn es bis in alle Ewigkeit weiterwirkt, ganz wie der Flügelschlag eines Schmetterlings auf Erden einen Sturm zur Folge haben kann.

Vielleicht werde ich eines Tages mehr sehen und - verstehen.

»Kroar kroar (Nebel, Nebel)!«, ruft eine Rabin irgendwo aus der Ferne.

Aha, das war der Weckruf, denke ich, ein Zeichen, Zeit für den Aufbruch.

Also stehe ich auf und gehe weiter, taste mich durch die kühlen Nebelschleier, die sich verwandeln, sobald sie mich berühren: Wasser und Kälte gehen und mit ihnen Menschenhaut und Menschenhaar. So entkleiden sie mich Nackten weiter. Und sind sie nur ein Hauch, so wirken sie doch wie Säurerauch: hüllen mich ein, legen mich frei.

Nein, ich schreie nicht. Keine Schmerzen. Jetzt erst verstehe ich, weiß ich, *was* vor mir liegt - *wer* dort liegt. Es sind die Drachen! Es gibt sie wirklich. Dort warten sie auf mich seit »Ewigkeiten«. Sie warten und wachen. Sie werden erwachen und mir die *eine* Frage stellen. Wer sie weiß, darf weiterleben. Wer nicht ... Aber das weiß ja jedes Kind, das Märchen hörte, las oder sah. Also auch ich, der ich einst in einer anderen Welt mit Namen STADT geboren wurde, aufwuchs, den alten Geschichten lauschte und schließlich selbst Märchen, Mythen und Legenden las.

Überall kann mein Pfad erlöschen, jederzeit kann alles zu Ende sein. *Noch* aber leuchtet er, strahlt mein Geist, der sich nun immer mehr leert. Stille wächst, Gedankenströme hören auf zu fließen.

Schau: Manfred schreitet, nein, jetzt schwebt er ja wieder im Lotossitz, folgt so einem schmalen Pfad aus Licht durch ein Land, das dir fremd scheinen mag und es doch nicht ist, weder Menschen, Tieren, noch Pflanzen.

Denn alle Körper hier unten sind aus ihrem Stoff gewoben, alle Welten, die er bisher durchwanderte: S<small>TADT</small>*,* W<small>ALD</small> *und* N<small>EBELLAND</small> *sind Teil der einen großen Welt, unserer aller Mutter* ERDE.

Keine Gedanken. Leere.

Aus dem Zentrum seiner Stirn bricht ein weißes Licht, leuchtet Manfred den Weg, der die Augen längst bis auf einen Spalt geschlossen hat.

Jenseits des Leuchtenden Pfades wallen die Nebel wie schon seit Urzeiten. Stille ist allüberall. Nirgendwo ist das Quaken eines Frosches oder Vogelgesang, also auch keine Rabenrufe.

Ist dies die Ruhe vor dem Sturm?

Warten wir also gespannt auf die Dinge, die da kommen. Oder aber auf Godot? Doch wer oder was war denn das noch mal? Also warten wir auf das Erscheinen der Herren des N<small>EBELLANDES</small> *- wenn es sie denn gibt. Bei all der Düsterheit und dem Nebel könnten es Zombies sein. Oder Dracula, der Vampir, Nosferatu gar. Ja, wenn dies eine von Menschen erdachte Welt - Traum, Erzählung, Theater, Buch, Film - wäre. Aber so ist es ja nicht.*

Wenn da aber Drachen leben, wie Manfred meint, sind nicht auch sie nur Wesen aus Menschenträumen, nicht mehr als Märchengestalten? Warum sollten echte Drachen Menschenschätze rauben und bewachen? Weshalb sollten sie zu welchem Zweck auch immer Menschenprinzessinnen entführen? Oder wer hörte je davon, dass Menschenmän-

ner Krokodilfrauen raubten, weil sie sie begehrten? Drachen könnten ganz anders sein, als Menschen meinen. Gab es sie denn einst einmal irgendwo? Haben die alten Geschichten einen wahren Kern? Was ist Wahrheit, Fantasie, was Lüge?

Ich öffne meine Augen und schwebe noch immer und sehe sieben Raben vor mir auf dem Ast einer uralten Weide am Ufer des Nebelsees sitzen. Es sind die ersten lebenden Wesen seit langem.

Noch immer ist alles still. Denn auch die schwarzen Vögel schweigen.

Staunend - nein, nein, nicht mit offenen Schnäbeln - staunend schauen sie das Licht und den Menschen.

Sieben an der Zahl, diese fehlt ja noch in meiner Rabenzahlenmagie, denke ich und mir fällt ein Märchen ein. Es heißt *Die sieben Raben*:

Sieben

Einst hatte ein Paar sieben Söhne, aber keine Tochter. Als diese endlich schwächlich zur Welt kam, sollte sie noch die Nottaufe erhalten. Also schickte der Vater seine Söhne aus, Wasser zu holen. Doch der Krug fiel in den Brunnen und die Söhne trauten sich nicht heim. Die Zeit verging, und ihr Vater sprach im Zorn: »Ich wollte, dass sie alle zu Raben würden!« So verfluchte er sie und so geschah es: als Raben flogen sie davon. *Sie* aber überlebte und wuchs heran, so wunderschön und erfuhr erst spät, dass sie sieben Brüder hatte, zog hinaus in die Welt, um sie zu finden, und gelangte ans Ende der Welt. Dort traf sie auf Mondin und Sonn, die zu ihrer Zeit Menschenfresser waren. Die Sterne aber waren freundlich, einer von ihnen, der Morgenstern gab ihr den Schlüssel - das war ein Hinkelbein - zum Glasberg, in dem die Raben wohnten. Doch sie verlor den Schlüssel und musste einen Finger opfern, um ihre Brüder zu erlösen: aus Raben wurden wieder Menschen.

Verwünschung, Erlösung, Verwandlung von Menschen in Raben, von Raben zurück in Menschen, Geschwisterliebe und Opfer: Fleisch und Blut erlösen die Verfluchten.

»Kroar kroar«, höre ich Sieben Raben rufen.

Bilder steigen auf, geboren – wiedergeboren, Gedanken beginnen zu kreisen: Krähenkrächzen, Rabenkrähen, Raben, die hier leben, sich ernähren vom Nachwuchs der Kleinen, von Kranken und Leichen. Augen und Gedärm, Knochen und die Reste der Felle und Federn verbrannter Tiere.

Feuer. Flammen. Drachen! Nicht Wächter, nicht Wachen! Erwachen die Drachen?

Drachenträume

Blau der Himmel
über weißen Wolken,
die sich wandeln in Drachen,
die lachend erwachen.
Ihr Leben
währt Äonen.
Feuer ist ihr Atem
in diesem kalten nassen Land.

Worte des Magiers

Niemand fragt nach dem Weg.
Nach welchem Weg?
Wohin?
Also antworte ich dir auch nicht: »Wie du hinkommst? Das ist die einfachste Sache der Welt. Wer suchet, der findet!«
Und so findet ihn Manfred irgendwann im Irgendwo.
Sieh an, schau da, sein Mund ist geschlossen. Erstarrt liegt er da - doch wirklich leblos, gänzlich tot?

Träumen Drachen?

Träumen Drachen von längst vergangenen Zeiten, von Drachen und all den Sachen, die Drachen miteinander machen?

Wartet der *eine* hier vor mir?

Worauf?

Dass ich die Worte spreche, die ihn zum Leben erwecken?

Gut, ich werde es tun. Schließe meine Augen und spre..., kein Menschenmund kann sie sprechen. Also denke ich dem steinernen Drachen Bilder zu, der da so gewaltig vor mir aufragt, dem winzigen, sitzend schwebenden Menschen.

Und tatsächlich, der Drache erwacht aus seinem steinernen Traum und öffnet seinen gewaltigen, vor Zähnen starrenden Mund.

Ich sehe ihn, ohne meine Augen zu öffnen - Lider statt Kinderhände, hinter denen ich mich verstecke?. Gedanken rasen: Aha! Jetzt wird es spannend und sich zeigen: Schnappt er zu oder kommt da gar etwas aus seinem gewaltigen Mund heraus? Zunge, Worte oder Feuer - das ist hier die Frage.

Ich öffne meine Augen.

Was geschah? Starb ich? Wurde ich wiedergeboren? Wo bin ich?

Schwebe nicht mehr, sondern stehe aufrecht auf der Erde, drehe mich einmal im Kreis und schaue mich um und sehe ihn nicht. Trete ein paar Schritte zurück und erkenne die Formen im Felsen vor mir: gewaltig, gigantisch, doch ohne Leben, in der Bewegung erstarrt, als hätte er einst Medusa erblickt, so ragt ein Jadedrache vor mir auf.

Ist es überhaupt ein Drache?, frage ich mich nun doch. Was sahen Menschen nicht alles schon in irgendwelchen Formen - Kanäle und ein Gesicht auf dem Mars - und schon war die Marszivilisation geboren, Leben, das es in bescheidener Form dort geben könnte, einst gegeben hat, wieder geben wird.

Also träumte ich nur, der Drache würde erwachen. Also tat ich noch nichts. Das muss irgendwie an diesem *NEBELLAND* liegen: nichts als Schäume und Träume.

Also stehe ich auf, hebe meine Arme und singe mit gewaltiger Stimme die magischen Worte.

Und eine zweite Stimme flüstert synchron andere Worte in mir und aus mir hinaus.

Und so ist es, als sei ich ein Vogel und könnte auf der Syrinx mich selbst begleiten.

Draußen aber ...

Schau an: es scheint, als verwandelten sich Manfreds Mund und Hals für einen Augenblick, in dem er die Worte singt, in den eines Drachen.

Rufe die Worte hinaus, die Drachen wecken!
Sie lauten:

»Stein, wach auf!
Kehre ins Leben zurück!
Drache bist du!
DRACHE erwache!
Wach auf aus deinen Träumen!
Wach auf!«

Singe immer und immer wieder den Refrain: »Wach auf!«

Nichts geschieht.

Nun, einen Versuch war es wert. Hätte ja gelingen können. Setze mich wieder ins Laub, das ein kleiner Zauber trocknete. Jetzt hüllt mich wieder ein Bärenfell ein. Es ist kalt geworden.

Fliegt Zeit dahin, vergeht der Tag. Der Sonn versinkt so rot und groß hinter Büschen und Bäumen.

Nacht. Sterne strahlen über mir. Voller Sehnsucht schaue ich auf. Kein Nebel nirgendwo. Und auch die Volle Mondin scheint dort still zu stehen.

Werwolfzeit, Zeit der Morde, Zeit der Liebe, denke ich noch und ...

Manfred schläft. Nichts passiert.
Noch immer nichts.
Nichts - nichts - nichts - ...
Jetzt aber ist da ein Fauchen, ein Hitzeschwall.
Ja, so erwachen Drachen und lachen.

Dieser Lärm! Springe auf und ziehe mein Schwert aus den Dimensionen, in denen es geborgen ruhte.

Sie falten sich wieder zu und behalten OM in sich.

Ach, diese lebenswichtigen Reflexe. Meist sind sie gut und richtig, doch jetzt und hier scheint mein Schwert der Meinung zu sein, dass ich es nicht brauche. Tja, so ist das mit denkenden Waffen.

Also bleibt mir nichts anderes übrig als zu verharren. Ich rieche, höre, fühle und weiß, was war, was ist, stehe da und schaue dem Drachen in die Augen, versuche, *ihn* zu bannen.

Seine Augen aber befehlen *mir.*
»Komm näher! Komm zu mir und wärme dich! Denn kalt ist die Nacht. Komm zu mir!«, flüstert seine Stimme in meinen Ohren, meinem Geist, in meiner Seele.

So muss ich denn gehorchen, gehe näher und näher an den Drachen heran, sehe *es* für den Bruchteil einer Sekunde auf mich zuschießen, denke einen letzten Gedanken: Feuer!

Schwärze.

Erwacht, frage ich mich: Starb ich? Bin ich nun tot - gegrillt, verkohlt, zu Staub zerfallen, längst gestorben, im Jenseits geborgen?
Ich lebe!
Wo lebe ich und wann?
Bin wohl wiedergeboren, denn mein Menschenkörper brannte, verbrannte. *Daran* erinnere ich mich und verstehe: Mein alter Körper blieb drüben - in der alten Welt zurück. Hier aber im Drachenland laufe ich die ersten Schritte auf allen Vieren zum Ufer hin, schaue in den spiegelnden See und betrachte still meinen Drachenkörper.

Sehe verwundert meine Hände an, die sich nirgendwo mehr spiegeln, denn da ist kein See vor mir. Das sind ja Menschenhände. Da waren doch eben noch Drach... Und da sind Menschenbeine, ein Menschenrumpf. Ich betaste meinen Kopf, auch der scheint ziemlich menschlich zu sein.

Diese Träume!, denke ich verwundert. Alles schien doch so real. Aber Träume sind Schäume. Träumte ich tatsächlich, als Drache zu erwachen! Wie kann das sein? Träumte ich, von Drachenatem verbrannt zu werden? Träumte gar, ein steinerner Drache erwachte?

Versuche, mich zu erinnern: Was sah ich noch in meinem Traum? Was nahm ich mit meinen Drachensinnen wahr?

Einen Augenblick lang sah ich die Drachen in ihren Höhlen liegen: Weit reichen ihre Sinne ins *Nebelland* hinaus. Rauch steigt aus ihren Nüstern auf, Rauch, der sich mit dem Nebel der feuchten Wiesen mischt. Und jetzt begreife ich, woraus die Wolken über dem NEBELLAND bestehen. Sie sind Wiesen-, Moor- und Drachenatem.

Ja, im Nebel wohnen die Drachen. Ich habe von Drachen geträumt!

Und du, liebe(r) LeserIn glaubst, es gäbe die Drachen der alten Sagen und Märchen nicht mehr, die hätte es nie gegeben? Vielleicht glaubst du den Biologen, die dir sagen, dass Drachen gewaltige Warane waren oder Saurier, Relikte aus den alten Tagen der Größe, als unsere Vorfahren noch Spitzmäuse waren? Oder dass einige Dinos bis in die ersten Tage der Menschheit, Vormenschheit überlebt und sich ins kollektive Gedächtnis eingebrannt hätten. Andere kennst du, die erzählen von Drachen, auf denen Menschen reiten wie auf Pferden, Drachen, die nichts anderes als Flugsaurier sind? Drachen wären nicht aus Fleisch und Blut, meinen wieder andere. Welches Wesen kann schon Feuer speien? Drachen wären die Raumschiffe der Götter gewesen, die einst die Erde besuchten?, schrieb einer einst.

Wenn du dies oder jenes glaubst, dann irrst du dich gewaltig - drachengewaltig! Denn alles ist falsch. So sind Drachen nicht, sind sie nie gewesen. Aber sie sind, sie waren, sie werden sein - sie existieren! Wenige Menschen gibt es heute noch, die sie sehen können. Und selten ist da einer, der ihnen begegnet. Denn Drachen leben in anderen Dimensionen, in Räumen neben unserem Raum, in Zeiten neben unserer irdischen Zeit. Ja, hier in diesem versteckten Nebeltal könnten sie existieren. Du denkst an vergessene, verlorene Welten, an Tepuis und Saurier, Atlantis und Caprona. Dort jedoch ist Manfred nicht, jetzt und hier weilt er im NEBELLAND.

Worte zerbrechen die Stille, klingen wie Glocken, als kämen sie von weit, weit her, als wären sie vor langer Zeit in uralter Sprache gesprochen und hallten noch immer und immer wieder wider. Und nun haben sie auf ihrem langen Weg endlich dieses Tal und meine Ohren, meinen Geist meine Seele, mich - ihr Ziel? - erreicht:

»Schau mich an!«, spricht nicht der versteinerte, sondern der andere Drache jenseits/neben/über mir.

Ich gehorche und ... begrüße ihn mit einem wahren Schwall von Worten, höre nicht auf zu quatschen. Reden lenkt von der Angst ab und verwandelt sie doch nicht in Mut, denke ich uns spreche: »Hallo, Herr Drache, ach ... Verzeihung, diese Geschlechterverwechslung passiert mir ja ständig. Also noch einmal: Guten Tag, Frau Drachin. Welche Pracht und so chinesisch! Ganz entzückt von ihrer Gestalt. Wahrhaftiges Sinnbild der Einheit von Wasser und Land, Himmel und Erde, Geist und Materie, Gut und Böse ... Aber was rede ich da? Sie sind doch echt! Oder etwa nicht?«

Ich verschnaufe und rieche nicht ihren dampfenden Atem, der mich nun umbläst. Denn ich habe nur noch Augen für ihr goldenes Haupt. Und erst ihre Augen aus Kristall, ihre träumenden, leuchtenden Augen!

Was ist das? Bin ich nähergerückt oder weshalb sind sie plötzlich so groß?

Und was schlängelt sich da in ihnen durch Schwärze?

Das ist ja ein leuchtender Pfad, ganz wie der meine. *Er* ist es ja! Habe ich ihn wieder einmal erblickt: meinen Weg zu mir. Ich schaue ihn an, mein Blick folgt ihm tief hinein in Drachenaugen, Drachengedanken und Drachenträume.

»Schau!«, spricht der magische Blick der Drachin noch immer.

Ich tue es ja, tue es noch immer, bin längst gebannt, gefangen in ihren Augen, finde mich wieder in einem ungeheuren Raum und begreife, was mein Schwert OM mir schon zeigen wollte: Hier im Drachenland ist all meine Magie ohne Wirkung.

Das aber weiß die Drachin längst. Lächelnd - ja, auch Drachen können das, doch nicht so wie Menschen, denn Drachen haben keine Menschengesichter, es ist ein Lächeln von Weisheit und Erleuchtung - lächelnd treten ihre Gedanken in mich ein.

Starr stehe ich, Manfred der Magier, winziges Wesen, noch immer in meiner Menschengestalt - worin sonst!? Doch nackt, nun ohne Bärenfell - vor ihr.

Und lautlos schießen ihre Feuer auf mich zu, hüllen mich ein ...

Draußen sehe ich meinen Magier-Menschenkörper verglühen Geschah das nicht alles schon einmal?, frage ich mich noch.

Draußen habe ich meinen Körper verloren.

Das ist geschehen, Vergangenheit.

Jetzt lebe ich in den leuchtenden Augen der Drachin und sehe mit ihnen, wie ein Wirbel von Luft, Atem aus ihren/meinen Nüstern, die Asche meines Menschenkörpers fortbläst.

Weißt du eigentlich, wie die Welt entstand, wie *unsere* Welt entstand?, denkt sie mir zu, der ich nun *in ihr* bin.

Ach, ich höre es ja in dir. Du weißt es nicht. Nun gut, ich sage es dir. Lausche meinen Gedanken!

Und die Drachin erinnert sich. Ihre Gedanken wandeln sich zu Worten in meiner Seele: Am Anfang teilte sich das Weltenei in Leichtes und Schweres, in Yang und Yin, denn *P'an-ku*, der Weltenschöpfer war gewachsen. Als aber der Drachenköpfige mit dem Leib einer Schlange starb, bildete sich aus seinem Körper die Vielfalt der Erde: Flüsse wurden aus seinen Tränen, aus seinem Haar und seinen Augenbrauen entstanden Sterne und Planeten, sein Schweiß verwandelte sich in Regen und die in seinem Haar nistenden Flöhe wurden Menschen. Und nun fragst du noch immer, wer wir sind?

Wir sind die Herrscher von Himmel, Unterwelt und Wasser.

Dies hier aber ist *unsere* Welt inmitten *eurer* Welt, der *du* den Namen Nebelland gabst.

Dann Schweigen.

Schließlich kommt die Antwort auf die nie gestellte Frage: Es gibt solche und solche Drachen, denkt die Drachin, in der ich nun wohne, mir zu. Ist es nicht auch so bei Magiern und Menschen, bei Raben und Spinnen, bei allen Wesen?

So ist es, antworte ich im Geist.

Unter den Drachen der Finsternis, die das Dunkel lieben, gibt es solche, die liebend dort leben. Sie haben ein schwarzes Herz und es ist gut. Und solche gibt es dort, die ein weißes böses Herz besitzen und ihre Kräfte gebrauchen, um andere Wesen zu quälen, mit Feuer zu foltern und langsam zu töten.

Und so ist es auch bei den Drachen des Lichts, die im Tag wohnen: manche haben schwarze böse Herzen und missbrauchen ihre Macht. Die anderen mit den weißen guten Herzen lieben das Leben, wie wir, wie ich, wie *DU!*

Verwundert sehe ich in ihr auf:

Bin *ich* denn ein *Drache*?

Da dachte ich doch immer, ich wäre nur ein Mensch mit magischen Kräften, der die Körper anderer irdischer Wesen annehmen kann, doch niemals den eines Drachen.

Wie ist dein Name, Große Drachin?

Wir tragen viele Namen, so wie Menschen Kleider tragen, wie auch dir viele Namen gegeben wurden. Doch erinnere dich und nenne mir einfach den Namen deiner Mutter!

Und ich stammle Silben, die sich zu Worten verbinden und weiß nicht, woher ich sie weiß und spreche/denke ihr zu: »Meine Mutter ... hieß ... heißt für alle Zeit 'Smorré-Aié'.«

Ja, das ist der Name deiner Mutter. Das ist *mein* Name!, höre ich sie in mir lachend sprechen.

Und staunend begreife ich. Mutter!, stammle ich weinend in ihr und sehe alles: Du bist es, die einst vom Vater Sonn begattet und befruchtet wurde. Verstehe. Wie viele Jahrhunderte, Jahrtausende mögen seitdem vergangen sein, damals lichteten sich die Nebel für eine Sekunde nur, hier unten in dieser Dimension des *NEBELLANDES*. Das war der Lichtschrei von Sonn und Erde und mein Beginn.

Also weißt du, wer dein Vater ist.

Ja, jetzt erinnere ich mich, als wäre ich dabei gewesen, ich war ja dabei als Ei und Sonnensamenstrahl.

Mein Gott, wie kann ich mich an meinen Ursprung erinnern?

Das können doch weder Mensch noch Magier! Doch ein Drache, eine Drachenseele ...

Denn da ist noch mehr, sind auch noch die Erinnerungen an meine zweite Geburt, dem Schlüpfen aus dem Ei.

Und ich erinnere mich an meine dritte Geburt als Magier, das war einst vor langer Zeit am Beginn meiner Reise. Glaubte ich doch damals noch, als ich die Stadt verließ, als strahlend schöner Menschenheld dem Drachen zu begegnen, dem Drachenungeheuer, das meine Prinzessin bewacht, wollte den Drachen im heroischen Kampf besiegen, dann Siegfried gleich im Drachenblut baden, meine Liebe befreien und mit ihr für »immer und ewig« zusammen sein. Welch irrealer Märchentraum das doch war!

Nun habe ich meine *Mutter* gefunden. Und sie ist eine *Drachin!*

Also bin ich kein Drachentöter, sondern ein Drache und weder Held noch Prinz noch Mensch. Und weit und breit ist da keine Prinzessin in Sicht, die ein Drache, die ich mir gar selbst einst raubte. Nairra ist nicht mehr, denn sie starb. Was aber ist mit Drefman, wenn er denn mein Bruder und meine dunkle, schwarze Seite ist, so wäre ja auch *er* ein Drache und Sohn vom Sonn und meiner Drachin-Mutter? Doch nein, das kann niemals sein, wo er doch schwärzer ist als schwarz, ein Kind der Unterwelt, das sich am wohlsten bei Nacht und in den Höhlen unter der Erde fühlt, wo Menschen Höllen vermuten, in eisiger Kälte an den Polen und in tiefsten Meerestiefen. Also kann er nicht mein Bruder sein, obwohl ich ihn einst so nannte und ihn als mein Spiegelbild sah!

Dann Stille - Strom, Fluss, Bach und Quelle versiegen.
Keine Worte.
Keine Gedanken.

Die Augen geschlossen - Verharren im Nichts, das alles ist.

Draußen wird es dunkel und Nacht, aber niemals völlig finster. Denn über den Bergen geht rund und voll, hinter Nebeln fast verborgen, schwach, verschwommen, klein und fern, die Volle Mondin auf.

Aus dem Schlaf gerissen, plötzlich erwacht stehe ich auf. Bin wieder allein. Keine Drachin weit und breit. Ist es Zeit, wofür?

Meine rechte Hand ergreift das Schwert, zieht es aus meiner linken Seite, wo es schlummernd ruhte. Nun rast es leuchtend im Halbkreis nach rechts und dann zur Mitte zurück. Ich halte es aufrecht vor mir. So wird Nacht zu Tag für Drachenaugen.

Doch da ist nichts und niemand weit und breit, was mir gefährlich werden könnte.

Der Feuerstrahl erlischt.

Betrachte mein Schwert nun einmal von nah. In Drachenrunen geschrieben, die niemals bei Tag, sondern nur im Mondinlicht leuchten - deshalb also wachte ich auf -, steht da sein Name, der auch einer meiner Namen ist. Weißblau strahlen die geheimnisvollen Zeichen, die Magie und Worte sind. Es ist ein Geschenk meiner Mutter Smorré-Aié. Ich aber erinnere mich an mehr. Kenne dieses Schwert, sein rotes Glühen, das leuchtend blaue Bild des Drachen am Griff. Als Menschenmagier gab ich ihm den Namen *OM*. Es ist mein Schwert aus alten Zeiten. Jetzt aber in Drachenhänden - denn ich habe noch immer einen Drachenkörper und stehe doch aufrecht, ganz nach Dinomenschen-Art, so wandelten sich meine Vorderbeine und Zehen in Arme mit Händen, die halten das Schwert - ist es kein Menschenschwert mehr. Jetzt trägt es einen anderen Namen, *meinen* Drachennamen *Drachensohn*.

Ich stecke das Schwert in meine Drachenhaut zurück, mit der es verschmilzt, denn wir beide sind eins.

Die Zeit des Wartens ist zu Ende. Es gibt kein Zögern mehr, keine Furcht vor dem lauernden Tod im Dunkel.

»Eisdämonen« sind es, die da in den Tiefen des N<small>EBEL-</small><small>LANDES</small> das Totenlied für alle Lebewesen singen. Ihr Ruf friert alles ein, hält Leben frisch für lange Zeit.

Tiere und Menschen mögen sie töten, Magier vielleicht, doch niemals Feuerwesen wie Drachen!

Was also kann mir schon geschehen!?

Nichts!

Ich breche auf.

Träumend und lautlos erhebt sich der Drache. Drachensohn überfliegt das N<small>EBELLAND</small>.

Unter mir kriechen die Eisdämonen aus ihren Höhlen, geweckt vom Rauschen meiner Flügel.

Jetzt greifen sie empor mit ihren eisigen Klauen.

Ich aber öffne meinen Mund und hauche mein Feuer über sie.

So schmelzen sie brodelnd und schreiend dahin, platzen spritzend auseinander.

Ein Weilchen kreise ich und genieße die Abkühlung von unten - oder habe auch ich ein böses weißes Herz, das nach Vergeltung/Rache für den Tod so vieler Lebewesen schreit?

Dann fliege ich weiter, lasse Wasserlachen unter/hinter mir zurück.

Lachend schwebt Drachensohn, dessen Flügel zu beträchtlicher Größe angewachsen sind - »Quetzalcoatlus«, flüstert eine Stimme tief in ihm -, bis zur östlichen Grenze des Nebellandes. *Ein weiter Weg ist dies - unüberwindbar für Menschenfüße, doch nicht für diese Drachenflügel.*

Und während er durch den Raum gleitet, geschieht das Wunder - durch ihn allein, weil er es immer schon wollte und nicht konnte, weil er jetzt nicht daran denkt? - oder mit Hilfe seiner Drachenmutter und all der anderen weißen Drachen?

Niemals als Mensch, doch als Drache kann er es tun: nicht ihren toten Körper zum Leben erwecken, sondern ihre Seele zu neuem Leben.

So wird Nairra andernorts durch Drachenmagie wiedergeboren.

Jenseits des Nebellandes *aber, niemals im Tal, doch an den Grenzen im Osten dort oben auf dem Plateau wehen die Westwinde über Stein, über Sand und* Gräsernes Meer. *Wahnsinn wehten und webten sie in Menschenhirne. Menschenseelen bliesen sie aus Menschenkörpern, nähmen die leeren Hüllen hinfort, wehten leere Körper übers Land - wenn es denn dort Menschen gäbe.*

Das sind die Worte, die irgendwer spricht, das ist das Bild tief in mir, der ich nun nach meiner Landung hier unten am äußersten östlichen Rand des Nebellandes stehe, nicht oben, sondern am Fuß der Felsenwand, die kilometerweit hoch in die Himmel zu reichen scheint und noch immer wächst - oder erscheint es mir nur so, weil ich vom gewaltigen Drachen zum winzigen Menschen schrumpfe?

Nun stehe ich also hier, mit einem Fuß noch im Nebelland und mit dem anderen schon in der Schlucht, drehe mich im Kreis, drehe mich im Wind, von Ost nach Süd nach West nach Nord nach Ost. Dann verharre ich und nur mein Auge ist es, das adlergleich in Kreisen mit dem Aufwind nach oben steigt und dort auf Wolken und Wind reitend sich weiter im Kreise dreht.

Jetzt habe ich den gewünschten Überblick: sehe unter mir die Nebel im Westen, eine winzige Gestalt und eine Schlucht, die in zahlreichen Windungen den schützenden Felsenring von West nach Ost durchquert.

Mein Blick fällt wieder hinab, kehrt zurück in meinen Menschenkörper.

Nun verstehe ich, was ich sah und was es für mich bedeutet: Die Schlucht, das ist der Weg des Wanderers, ein Weg, den wenige Wesen nur beschreiten. Denn nur *die*, die Nebel und Drachen und Eisdämonen überleben, nur *sie* gelangen hierher. Wie viele, wie wenige mögen das in den letzten Jahrtausenden gewesen sein? Es ist der *einzige* Weg durch die ruhenden Tafelberge hindurch, um weiter nach Osten in die großen Steppen zu gelangen. Es ist *mein* Weg.

Du aber wunderst dich schon wieder: Warum fliegt Manfred nicht einfach weiter. Flog er nicht eben noch als Drache durch die Lüfte? Und wenn es eine Grenze wäre für Drachen, vielleicht dann nicht für Raben. Könnte er nicht auch jetzt noch als Mensch hinaufschweben. Begann nicht seine Reise vor langer Zeit mit seinem Aufstieg ums Rathaus herum und seinem Flug aus der Stadt?

Ja, vieles könnte anders sein und anders geschehen. Nichts ist vorhersagbar. Ein kleiner »Zufall«, und schon ... hat der Wind ihn gepackt und fortge...

Nein, noch nicht.

Jetzt wage ich den ersten Schritt, der immer der schwerste ist, setze einen Fuß in die Schlucht hinein und - es geht ja - auch den zweiten. So also verlasse ich das N<small>EBELLAND</small>, das ich wohl niemals wiedersehen, -fühlen, -erleben werde.

Wind bläst mir in den Rücken, treibt mich voran. Wind heult in meinen Ohren, dringt in meinen Geist ein. Wind heult mit meiner Seele!

Halte ich mir die Ohren zu?

Stehe ich aufrecht da mit erhobenen Armen und warte?

Nein. Ich falle auf alle Viere. Hebe meinen Kopf und schaue empor.

Voll geht die Mondin über mir auf - in einer nie erahnten Größe, noch sind da Farben für einen Augenblick, dann schon nicht mehr. Denn ich habe mich verwandelt. Heule sie an wie die anderen auch, falle zurück in andere Zeiten, bin Wolf unter Wölfen.

Dieses Heulen aber gebärt Höllen.

Oder sind es Erinnerungen an ferne Zeiten und Welten?

Bin der Schrei der Folter, Opfer von Feuer und glühender Eisen. Bin das Stöhnen der Henkersknechte, die wiedergeboren nun selber Opfer sind.

Weiter, immer weiter. Wirble hinab in tiefste Tiefen. Schon lange ist da kein Denken mehr, sondern nur Fühlen. Andere Visionen, Wahnsinn, Höllenträume, Höllenbilder, Höllenqualen packen mich.

Einer tritt mir entgegen, der ist wie ich und ist es doch nicht. Auch *er* kann Menschengestalt annehmen, jetzt aber ist er ein Rabe. *Malphas* ist sein Name. Einer der hohen Gebieter der Menschenhölle ist er, der mich jetzt mit heiserer Stimme anspricht.

Ich sehe und höre, doch verstehe ich ihn nicht, der in seiner Welt mächtig ist, aber nicht in meiner. Dort befiehlt er über 40 Legionen von Teufeln. *Dort* - doch nicht *hier*. Ich verstehe ihn nicht und verliere ihn aus dem Sinn. Schon ist er verschwunden.

Finde mich wieder in einer Nebelhölle, die sich wandelt in leeres N<small>EBELLAND</small>, also Land, fester Boden unter meinen Menschenfüßen, Rettung.

Erwacht in meinem Menschenkörper, schaue ich mich um. Da ist kein Nebel, da ist kein Wesen weit und breit. Hinter mir sehe ich die Pforte zur Schlucht, durch die ich ging.

Ich gehe weiter meinen schmalen Weg. Neben mir ragen die Wände aus Granit bis in die Wolken auf, die weder ziehen noch sich wandeln, sondern nur eine einheitliche graue Decke bilden. Dunkelheit am Tag und Schwärze bei Nacht. »Mordor«, fällt mir ein, welch seltsames Wort: »Mordor«. Düsternis und Trübsal überall, doch im Zentrum meiner Stirn brennt das Lebenslicht - Hoffnung. Daraus entspringt und windet sich hell und klar noch immer mein Leuchtender Pfad.

So schreitet Manfred zügig voran, Tag und Nacht und Nacht und Tag, denn sein Licht trägt er bei sich, das ihm den Weg zwischen den Steilwänden weist. Weder hungern noch dürsten muss er. Er trinkt aus seinen Händen das kühle Nass - winzige Bäche treten da aus Spalten zwischen den Felsen aus. Etwas von Wolf und Drache muss in ihm verblieben sein. Denn er fängt sich manche Maus mit Zähnen, auf Chamäleonart mit gewaltig verlängerter Zunge oder einfach nur mit seinen Händen. Was für ein Anblick/Laut/Geruch in den Sinnen der Ratten, die durch seinen Blick gebannt sitzen bleiben und darauf warten, von ihm verspeist zu werden. Dann wird er aufgehalten. Vor ihm liegen Berge von Geröll.

Ich schließe meine Augen und sehe in mir, was einst hier geschah:
Die Erde bebt. Die steinernen Wände erzittern. Felsen stürzen in die Schlucht und füllen sie meterhoch auf.
Ich bin Schlucht und werde von ihnen getroffen.
Ich bin Felsen und falle hinab, schlage unten auf und zerbreche in viele Teile.
Ich bin alles und sehe und fühle und - kehre zurück in meine Zeit und meinen Menschenkörper. Öffne meine Augen und sehe empor in den schwarzen Sternenhimmel - kein Grau, keine Wolken mehr - und breite meine Arme

aus, die sich nun nicht wandeln in befiederte Schwingen, sondern Menschenarme bleiben. Doch noch immer spiegeln sie meine Sehnsucht emporzuschweben. Und nichts ist da mehr, was mich unten halten könnte. Nichts hält mich nun noch auf. So ziehen sie meinen Körper mit sich fort. Fast ist es so, als zöge sich Baron Münchhausen selbst an den Haaren aus dem Sumpf. Doch meine Hände halten keinen Körperteil. Lautlos schwebe ich im Strom der warmen Luft am Felssturz empor. Vielleicht bin ich ja federleicht geworden und werde vom Wind emporgetragen wie Löwenzahnsamen, wer weiß. Bald werde ich oben angekommen sein, dort, wo auf endlos scheinenden Ebene jeden Morgen im Osten der Sonn aufgeht und fern die höchsten Berge der Erde auf mich warten. Dann werde ich wieder festen Boden unter den Füßen haben.

In welchen Körpern werde ich dort wohnen?

Wie viele Jahre werde ich dort oben vorwärts schreiten, galoppieren oder fliegen - auf wie vielen Beinen und mit welchen Flügeln auch immer?

Welchen Wesen werde ich dort begegnen?

Und wann werde ich am Ziel meiner Reise sein? Wo wird das sein?

Tränen weine ich, denn ich weiß, wie das Ziel heißt. Es hat nur *einen* Namen - in welcher Sprache auch immer - , *einen* Namen für alle Lebewesen dieses Universums, die geboren werden.

Er lautet »Tod«.

Der gar nicht mehr so alte Alte

ruht sich aus, trinkt ein Glas Wasser, pflückt sich rote Johannisbeeren und einen grünen Apfel von Zweigen und Ästen. Schon sind die Früchte in seinem Mund und auch das Glas, der Baum, der Strauch verschwunden.

Pfiffig lächelnd schaut er dich an: »Fünfzig«, spricht er, »all die Erinnerungen verjüngen mich beträchtlich.«

Wieder zehn Jahre, denkst du, zehn Jahre verbringt er in jeder Welt, zehn Jahre erhält er zurück fürs Erinnern. Wohin soll das noch führen, falls noch viele Welten folgen?

»Nun, wo ich jünger und jünger werde, wird es Zeit, wieder einmal von der Liebe zu berichten, von meiner großen, einzigen und ewigen Liebe Nairra. Tränen bilden sich und seine Stimme stockt, er weint.

Du erinnerst dich? Einst wurde sie von Drefman in zwei Hälften gespalten. Für immer verloren, dachte ich damals mit meinem kleinen Menschengeist. Und so war es, denn ich trug ihren Körper zu Grabe. Und so war es nicht. Denn sie kam wieder, nicht als die, die sie war, nicht als untoter Zombie aus dem Grab, sondern als eine andere in einer anderen Gestalt. Auf einem anderen Kontinent erblickte sie das Licht der Welt, das sie schon einmal - oder öfter, immer wieder?´- erblickt hatte, auf einem Kontinent, von dem alle Menschen stammen. Sie wurde wiedergeboren. Möchtest du nicht wissen, in welcher Gestalt sie wiederkam? Als Mensch, als Tier, als Pflanze? Wo genau und wie und wann?

Und dann wandelte damals ja noch der andere, Drefman, auf Erden. Willst du denn gar nicht wissen, was aus IHM wurde: wohin ER gelangte und ob ER sie wiederum finden und töten würde, einmal, zweimal, gar immer und immer wieder, in der ewigen Wiederkehr des Gleichen?

Ach, du willst ja alles wissen. Nun gut, lausche weiter meinen Worten, lass dir von unseren Wegen durch weite, ebene Welten berichten. Gräser wachsen dort, vereinzelt auch Büsche und Bäume. Denn diese Welten sind trocken, doch weder wüst noch leer - wie es auch Wüsten niemals sind.

4. Gräserne Meere

S̄AVANNE - P̄RÄRIE - S̄TEPPE

Das ist kein Nebel,
das ist Staub der Erde,
auch kein Donnern aus den Himmeln.
Es sind die trommelnden Büffelhufe,
Tausende und Abertausende!

ER

In jeder Kreatur könnte ER sich verbergen
- und du wärst verloren,
wenn Er Dort Oben es denn will.
Doch auch Manfred könnte es sein
in einem anderen Körper.
Und ist er es nicht,
so ist es ein anderes Wesen,
so fantastisch und real wie du.
Dort vor dir steht es
und schaut dir in deine Pantheraugen.

MOYO

Drei Wesen
zu einer Zeit
zu anderen Zeiten
in einer Welt.

Manfred

Drei Geier sehen drei Wesen in drei Welten

Blau und klar sind die Himmel dieser Erde - hier und da und dort.

Drei Geier ziehen ihre Kreise.

Drei Wesen fallen ihnen unter all den anderen dort unten auf.

Drei Wesen sehen sie in Landschaften, die sich gleichen, wo Gräser wachsen, so weit ihre Augen reichen, wo nur wenige Büsche und Bäume eine Chance haben. Denn es fällt wenig Niederschlag, und all die Blattesser haben großen Hunger.

Ebenen sind es hier und da und dort, bisweilen von Hügeln und Senken unterbrochen, wo sich Wasser sammelt in Pfützen und Seen, wo Rinnsale und Bäche zur Regenzeit entstehen.

GRÄSERNE MEERE sind es - Milliarden von Halmen, die unaufhörlich wachsen, die angepasst sind an die langen Perioden der Trockenheit, die das Bild prägen, bis der Große Regen kommt - oder das Feuer. Alles keimt, wächst und blüht so ungestüm.

Meere von Gräsern, die nur von wenigen Tieren gegessen werden. Nur *sie* können die harte, nährstoffarme Kost verdauen - Wiederkäuer sind die wahren Meister unter ihnen.

Gräser wachsen hier, deren Siegeszug einst begann, als das Klima der Erde sich änderte, damals, als die Großen, die Dinosaurier, gingen.

Viele Namen gaben Menschen dem Land aus Gras: *Veld* heißt es im Süden des alten Kontinents, *Pampa* im Süden des Doppelkontinents. Drei andere Namen kennt jedes Kind: *Steppe, Savanne, Prärie*.

»*Nur* Pflanzen«, so äußern sich manche Menschen abfällig über diese fantastischen, an einen Ort gebundenen Lebewesen. Doch sie bewegen sich im Wind, neigen sich, beugen sich, richten sich, niedergedrückt von Hufen und Böen, immer wieder auf und keimen neu aus, wenn Feuer sie verzehrte. Sie wachsen, verändern ihre Gestalt so langsam, dass es den scharfen Geieraugen verborgen bleibt. Mit

Wind und Sturm fliegen sie davon. Nein, niemals rollen sie Windhexen gleich dahin, sie schweben am Existenzbeginn als Essenz durch die Lüfte. Windhauch und Sturm transportieren Blütenstaub und Samen. Gräser sind es, die sich da wiegen im Wind, Pflanzen ...

Drei Wesen fallen drei Geiern auf drei Kontinenten für einen Augenblick auf, während sie über ihnen schweben, obwohl die dort unten weder krank, verletzt, noch Aas sind, also eigentlich für sie ohne Interesse sein sollten.

Frühling in der nordamerikanischen Prärie. Das Wesen, das weder Pflanze noch Tier noch Mensch ist, erwacht. Viele Körper trug es schon, in vielen Wesen lebte es, seit es auf Erden weilt. Einst war es EINS und ES. Dann teilte ES sich, wurde VIELE. Ein Teil wählte ein männliches Geschlecht, wurde ER. Irgendwann wird ER auf Manfred treffen. Nicht jetzt, nicht hier. Nicht heute, nicht morgen wird ER erst Manfreds Sieben Samurai und dann auch seine große Liebe Nairra töten und schließlich ... Aber das sind ja Geschichten, die wurden bereits erzählt, die werden erst noch geschehen. ER, der sich immer wieder wandelt, der in vielen Welten zu *einer* Zeit lebt, der zu vielen Zeiten an *einem* Ort ist, IHM gaben Menschen viele Namen. *Drefman* wird *einer* seiner Namen sein. Doch ER ist nicht Manfreds dunkle Seite, wie dieser einst denken wird, der noch lange nicht geboren wurde. ER weilt seit Jahrmillionen auf dieser Welt, seit ES aus den Himmeln fiel und die Großen gingen. ER sah die Affen aus dem Wald in die Weite der Savanne ziehen. Die ersten Menschen nahm ER unter SEINE Obhut. Mächtig ist ER. Wenn SEIN Zorn IHN übermannt, dann ... Ohne Gnade ist ER, schrecklich, dunkel und schwarz und doch so wissbegierig, unsterblich und gewaltig. Nichts kann IHN besiegen auf dieser Welt mit Namen Erde. Menschen werden IHN anbeten wie Gott und IHM viele Götternamen geben. Also wird ER wahrhaftig ein kleiner Gott sein, mehr als jedes andere Wesen hier. Und dennoch ist auch ER nur ein winziger Teil des Ganzen. ER ist nicht GOTT und ist es doch zugleich. Denn es gibt nur *einen* Gott und das ist DER EINE, das ist ALLAH, GOTT, JAHWE, das ist EINER/EINE/

EINES, der/die/das viele Menschen-Namen und Nichtmenschen-Namen trägt und namenlos zugleich in und außerhalb aller Universen, in allen Räumen und Nichträumen, zu allen Zeiten/Nichtzeiten existiert.

Sieh da, ein Menschenmann, der einer Feder gleich aufstieg, der sich aus der Tiefe einer Schlucht erhob, dort stapft er eifrig voran.
»In den Osten Eurasiens«, flüstert eine Stimme in dir.
Woher er kommt, das wissen wir. Er kommt aus einer Welt mit Namen STADT, wanderte durch die WALDwelten und verließ erst vor kurzem das NEBELLAND. Wir alle kennen ihn mit Namen. Es ist Manfred der Magier, in anderer Gestalt auch »Drachensohn« genannt.

Sieh an, eine Menschenfrau mit dunkler, fast schwarzer Haut. *Noch* ist sie »nur« ein einfaches Mädchen, behütet in einem Kral aus Dornen im Osten von Afrika. Die aber kennen wir noch nicht. Sollte sie von irgendeiner Bedeutung sein?

Ein neues Leben

Schau!
Wir sind die weißen, schwarzen Steine auf dem Spielfeld des Lebens.
Wir sind die bunten Blüten am Wegesrand.
NAIRRA

Wiedergeboren ist Nairra, die einst durch SEINE Hand starb, von Scham bis Scheitel gespalten durch den Hieb des Schwertes MO. Wiedergeboren aus dem Schoß einer Massai gehört sie nun zu den großen Hirten mit der dunklen Haut, die die Savanne bewohnen, Nahrung und Salz mit dem Blut ihrer Rinder trinken, die sie hegen und pflegen und beschützen. Neugeboren aus Nass in eine Welt aus Luft und Erde hinein brüllte sie ihren ersten Schrei - wie es alle Menschenkinder tun.

Sie ist die junge Frau im Kral, die ein Geier eben noch unter sich sah.

Wiedergeboren wurde Nairra, weil alles wiedergeboren wird, wieder und immer wieder, es sei denn, es hat die Erleuchtung erreicht?

Weil Er Dort Oben es so will, der diese Welten sich erträumt?

Weil ES will, dass Er Dort Oben es will?

Weil es einfach so geschieht?

Wiedergeboren durch Drachenmagie ist Nairra, die jetzt einen anderen Namen trägt und alles aus ihrem vorigen Leben vergessen hat. Denn jetzt und hier heißt sie »Moyo«. »Moyo« aber bedeutet: Herz, Mut und Gefühl.

Ich sitze still im Lotossitz mit geschlossenen Augen, atme tief ein, atme tief aus. All meine Chakren beginnen zu leuchten, von der Wurzel am Steiß empor bis zum Zentrum der Stirn, dem Dritten Auge *Ajna Chakra*, bis dorthin, doch nicht darüber hinaus.

Kein Denken, nichts, nur Leere.

Dann kommen die Töne, Bilder, Gerüche und all die anderen Sinneseindrücke - von dir.

So sitzt Manfred oben auf dem Plateau irgendwo inmitten des Gräsernen Meeres mit Namen Steppe - Jahre sind vergangen, seit er im Nebelland weilte - und sieht hinab auf die junge Frau dort unten, als wäre er ein Vogel. Er ist kein Vogel, doch weilt sein Geist in einem.

Hält der Bartgeier Ausschau nach Beute, Farben nimmt sein Auge wahr, die sieht kein Mensch. Denn er sieht die warmen Körper der kleinen Vierbeiner dort weit unter sich. Doch jetzt ist da noch mehr: Kaninchenspuren verblassen im Gras. Ein großer Säuger auf zwei Beinen bewegt sich - eine junge Menschenfrau.

Schaue mit geschlossenen Augen von oben hinab. Sehe mit den Augen des kreisenden Geiers, fliege hinab, komme näher, immer näher. Nackt und winzig steht sie einen Augenblick dort unten still, als ob sie etwas ahnte. Und doch schaut sie nicht auf. Schwarz ist ihre Haut und lockig ihr Haar.

Jetzt hat sie sich entschieden, streift und schneidet all ihren Schmuck: die bunte Perlenhalskrause, die goldenen Armringe, die Ohrringe, all dies ab und schreitet aufrecht und entschlossen - dreizehn Jahre jung mag sie sein, aha, Moyo ist *ihr* neuer Name, ins G RÄSERNE M EER hinein.

So taten es auch einst einige der Ahnen aller Menschen. Sie brachen aus ihrer Heimat auf, zogen über Generationen von Süd nach Nord, immer an den Küsten Ostafrikas entlang und erreichten von Afrika aus Eurasien, Amerika, Australien - ohne es jemals zu wissen - denn diese Namen gab es noch nicht, denn sie kannten weder die Umrisse der Kontinente noch ihre Position. Oder etwa doch? Denn sie sahen die Sterne und orientierten sich an ihnen und vielen anderen Dingen. Und was lehrten ihnen die Kleinen Götter, die herabstiegen auf die Erde? Was lehrte ER sie, die ER traf?

Doch all dies ist vergangen. Jetzt ist jetzt. Nur der Augenblick zählt und diese Realität: Ich bin Manfred. Mein Körper ruht im Nordosten, weit von hier entfernt. Ich verlasse den Geier und fahre in dich hinab, die du da unten gehst und mich nicht in dir spürst. So bin ich nun für einen Augenblick mit dir vereint. So wecke ich nun liebkosend deine Seele, gebe dir Wissen von deinem vorigen Leben, erfahre von dir, von deinem neuen Leben als Massai, verlasse deinen Körper schon wieder, erhebe mich und gehe weiter, fern, so fern von dir, immer weiter fort nach Osten.

Du erinnerst dich in diesem Augenblick. »Wiedergeboren als Mensch - als Frau!«, rufst du verwundert in deiner Sprache aus.

»Also war ich tot und lebte schon einmal davor ein anderes Leben!? Ich lebte und - starb in einer Welt mit Namen WALD. Mit einem einzigen Hieb SEINES schwarzen Schwertes tötete er mich, SEINEN Namen nenne ich nicht, denn ER könnte ihn hören und kommen. Und alles geschähe von Neuem. Wieder würde ER mich ... Moyo, vergiss IHN, vergiss! Denn was war, das geschah, das alles ist vergangen. *Jetzt* lebe ich, jetzt atmet meine Seele Weite.«

Du drehst dich einmal im Kreis und riechst, lauschst, schaust, denkst, fühlst und rufst es laut hinaus:

»ICH LEBE!«

Jetzt denkst du wieder daran, was vor kurzem geschah. Da war ein Flüstern. Irgendjemand gab dir einen kleinen Stoß. Du wusstest von dem großen Fest: Und *ich* soll als Einzige nicht daran teilnehmen? Schande mir und meinen Eltern! Ich soll einfach so gehen? Sie werden denken, ich hätte Angst vor dem gehabt, was allen Mädchen geschieht, die zur Frau werden - »Beschneidung«, flüstert eine Stimme - und wollte nicht heiraten.

Doch du hattest keine Wahl, längst war alles entschieden, von außen - dort oben, dort unten? -, von innen - jetzt *willst* du es selbst! Du verließt dein Dorf, die Familie und alle Freunde, tauschtest Geborgenheit gegen Gefahr, Bekanntes gegen Unbekanntes, Heimat gegen Wildnis.

Jetzt bist du unterwegs - und zum ersten Mal allein.

»Wohin werden mich meine Füße tragen?«, fragst du dich.

Doch nichts und niemand antwortet deinem Menschenflüstern. Denn hier ist kein Mensch weit und breit außer dir.

Du gehst einfach weiter geradeaus, immer der Nase nach. Dreht sich dein Kopf, so dreht sich die Nase und mit ihr die Richtung.

Noch ist es Vormittag.

Mittags in der größten Hitze, wenn der Sonn senkrecht über mir steht und heiß herabbrennt, sollte ich ruhen, wie es so viele andere tun, denkst du.

Wie schnell die Zeit vergeht! Schon ist es Mittag. Du hast dich unter einem Akaziendach aus Blättern und Ästen niedergelassen. Dort oben über dir verdöst der Leopard mit den Resten seiner Gazellenbeute den Tag. Und nicht allzu fern im Schatten am Boden tun es ihm die Löwen gleich.

Löwen! Da war doch was. Du erinnerst dich an deine Kinderzeit.

Einst spieltest du mit den anderen vor dem Dorf. Dann waren sie plötzlich da, hatten sich heimlich angeschlichen, ein großes Rudel aus sieben Löwen. Doch das Seltsame war nicht ihre Zahl, sondern dass sie alle - abgesehen von den Jungen - zugleich aufgetaucht waren: zwei Löwenmänner, Brüder, und ihre fünf Frauen. Du erinnerst dich. Alles läuft wieder hinter deinen geschossenen Augenlidern ab, als geschähe es in diesem Augenblick:

Alle Kinder rennen davon und schreien: »Hilfe! Löwen! Hilfe!

Sie schaffen es, bringen sich hinter den Schutzwall aus Dornenzweigen in Sicherheit, der das enk'ang, den Kral, die Hüttenansammlung umgibt.

Du aber läufst nicht davon, sondern ergreifst ein Stück Holz, das sich in einen Speer verwandelt - nur in deinen Augen, deinem Geist, oder doch in deiner Hand?

»Angriff ist die beste Verteidigung«, faucht eine Stimme tief in dir.

Schon stürzt du mit schrillem, markerschütternden Kinderschrei den Löwen entgegen.

Geier fliegen von den Ästen der Akazie auf.

Und das Unerwartete geschieht: Die Löwen ziehen sich zurück.

Stolz kehrst du ins Dorf zurück.

Dort liegst du mit geschlossenen Augen und schläfst, deine Lider zucken im Traum. Du hast den Ruf der Wildnis vernommen. Vielleicht sollten es mir die Löwen zeigen, denkst du nun.

Du siehst und hörst und riechst, bist dort draußen jenseits des schützenden Dornenzaunes unterwegs. Jetzt spiegeln deine Augen das Mondinlicht wider, wie es die Augen aller Katzen tun. *Tapetum lucidum*, restlichtverstärkt kannst du nun bei Nacht sehen – so hell und grün wie nie zuvor erscheint sie dir im ersten Augenblick. Du schleichst dich an und springst, ergreifst die Antilope, drückst ihr mit dem Mund die Kehle zu, die unter dir immer schwächer wird.

Dann spürst du die Gefahr. Alles war vergeblich. Eine Löwin hat deine Beute gewittert. Dort kommt sie mit den anderen. Du fliehst auf den Ast eines Baumes. Die Beute ist verloren, der Hunger bleibt.

Geweckt wirst du in deinem Menschenkörper vom Duft der rinderblutdurchmischten Milch am Morgen. Hungrig schlürfst du zusammen mit den anderen Jungen und Mädchen dein Mahl aus der Schale.

Du öffnest deine Augen im Schatten der Akazie. Es ist noch immer Mittag. Alles scheint unverändert: die Löwen in der Nachbarschaft, Gnus und Zebras ganz in der Nähe, der Leopard über dir mit seiner Beute, die er nicht anrührt. Fliegen hörst du dort oben am Aas summen. Du schnupperst Blut und Fleisch und den anderen dort, denn du hast Hunger bekommen und schaust dich nach Essbarem auf dem Boden um. Wachsam ruhst du noch immer im Schatten, halb schläfst du, halb lauschst du, so wie es auch die anderen tun - wir alle, die wir hier aufwuchsen, hier leben, denkst du seltsamerweise.

Gegen Abend brichst du dann noch hungriger auf, schaust dich um und siehst die leckeren Antilopen, die du als Mensch ohne Speer und Bogen niemals erwischen wirst, es sei denn sie wären krank. Mit Knollen kennst du dich nicht aus. Dem Feigenbaum würdest du opfern, hättest du noch etwas bei dir, denn Enkai, der große Gott, der dort oben auf dem Berg Oldoinyo Lenkai am Natron See wohnt, ließ an ihm die Rinder hinab und schenkte sie den Massai. Du fängst dir ein paar Heuschrecken und isst sie auf.

Glutrot, gigantisch versinkt der Sonn am Horizont. Nacht folgt dem Tag.

»Gehe nach Norden! Gehe immer weiter, bis die Gräsernen Meere enden! Dann gehe in die Wüste hinein, das ist ein wasserloses Meer aus Stein und Sand!«

Staunend lauschst du diesen seltsamen Worten, die eine Stimme in dir in deiner Sprache flüstert.

Du verstehst, schaust in den schwarzen Himmel empor. Nicht die Mondin, sondern den Polarstern siehst du an. Du drehst dich im Kreis. Dein Körper wird zum Kompass: klick, West ist drin, also auch Ost, und klick, schon ist auch Süd und Nord eingestellt. Jetzt kannst du bei Tag und Nacht selbst bei bedecktem Himmel ohne Sonnenaufgang und -untergang, ohne Sterne navigieren. Jetzt ist es mit der Richtungslosigkeit vorbei. Weit im Norden liegt dein Ziel. Du wirst es finden. In dir siehst du es schon aus den endlos scheinenden Massen an Sand - »Wüste«, flüstert die Stimme in dir - aufragen. Es sind steinerne Pyramiden, die gewaltig sein müssen, denn winzig sind die wenigen Menschen zu ihren Füßen. »Diese alten Steine sind es, die mich rufen«, flüsterst du dir staunend selber zu.

Du legst dich auf den Rücken ins Gras und schaust hinauf. Ein Kleid aus Gras bedeckt deinen Körper, hüllt dich ein. So viele Gräser ringsherum gaben dir ihre trockenen Halme, einmal nur rolltest du dich hin und einmal her, jetzt liegst du still. Kühl ist es bei Nacht in diesem grasbewachsenen Land, das jetzt ohne Wolken ist. Welch klare Nacht! Wie groß die Volle Mondin über dir leuchtet, so hell und nah. Ja, schwer haben es die Räuber der Nacht, sehende Beute zu fangen, denkst du noch und wunderst dich auch schon, denn Bilder flackern kurz auf, verschwinden auch schon wieder, Bilder von einer ab- und zunehmenden Mondin und einer Mondin, die bei Tag den Sonn bedeckt. Was bedeutet das. Wo sollte solches denn geschehen? Ja, Wolken verdecken bisweilen *ihr* Licht. Dann haben es die Jäger leichter. Doch so oder so passt sich das Leben an, die einen und die anderen, alle, die sind, überlebten - bisher.

So liegst du da und lauschst. Doch alles kommt dir seltsam verändert vor: Hörte jemals jemand zuvor so viele Laute um sich und in sich singen und widerklingen? Sie dringen nun von allen Seiten ein, branden zurück und kehren wieder, sammeln sich tief und fern in dir: in Hirn und Bauch, in Geist und Seele, wo viele Wesen – Kinder - wie viele werden es wohl sein? - schlummern und davon träumen, geboren zu werden.

Ein Lied steigt auf. Deine Seele singt es dir zu, deine Lippen, dein Mund, deine Lunge formen es, du singst es: »Mutter werde ich sein, Mutter von Müttern …, wie ich Tochter bin … Anderes Leben erträume ich mir, wie auch mich erträumt die große Träumerin, Traum im Traum im …«

Tränen vor Glück weinst du in die Nacht.

Bald war Moyo lächelnd eingeschlafen, träumte von Dingen aus zahlreichen Leben. Beim Erwachen aber erinnerte sie sich nur an den einen Traum, den letzten Traum, den Traum, den sie gerade eben noch geträumt hatte, in dem sie sah, was geschah. Ihn hatte sie darin gesehen, einen Augenblick nur seine Geiergestalt und dann alles mit seinen Sinnen wahrgenommen.

Ich stürze hinab. Rasend wirst du größer. »Nairra!«, rufe ich, bin außer mir vor Freude und Entzücken und halte mich mit meinen schwarzen Fängen an deinen Schultern fest. Dann hackt mein scharfer Schnabel deinen Menschenschädel auf und …

Du drehst deinen Kopf auf den Rücken und schaut mich aus starren toten Augen an und murmelt mir aus totem Mund zu: »Du bist nicht Manfred! Was hast du getan? Wer bist du? Das tut doch keiner, der liebt.«

Alles verschwimmt. Schwärze … Vor mir verwandelt sich die Frau mit der schwarzen Haut im Licht der Vollen Mondin in eine Schwarze Pantherin.

Doch auch ich habe mich verwandelt. Atme tief Luft und Duft, rieche das Raubtier dort vor mir, das von meiner Art, doch vom anderen Geschlecht ist.

Sie faucht mich an.

Ich fauche zurück.

Irgendwann dann kauert sie sich doch auf alle Viere nieder ins Gras.

Ich sitze auf, begatte sie immer und immer wieder. Und jedes Mal beiße ich ihr - mal fester, mal sanfter - in den Nacken, immer, wenn's mir kommt.

Sie schlägt mit den Pranken nach mir, wenn es zu schmerzhaft war. Dann wieder leckt sie mir zärtlich das Fell, wie es einst meine Mutter mit mir/mit ihr tat.

Der Todes-Sex-Traum ist zu Ende. Aufgewacht grübelst du, was das alles bedeuten soll. Oder war ER es, der mir diesen Alb vom Kopfaufhacken schickte? Doch dann war da Sex - Lust und Schmerz. Und die Schwarze Pantherin, die der Leopard begehrte, wer war sie? »Manfred«, rief die Frau im Traum. Welch seltsamer Name! Und »Nairra« nannte er sie?

Sonn geht auf, gigantisch groß und rot.

Du siehst ihn mit geschlossenen Augen.

Da ist ein Mann, fern von dir und doch so nah, auf einem Weg, der ihn niemals näher zu dir führt. Er geht seinen Weg – dem Morgensonn entgegen, also nach Osten. Du aber gehst deinen Weg nach Norden.

»Irgendwann und irgendwo in diesem oder einem anderen Leben«, flüstert eine Stimme in dir, »in diesem oder anderen Körpern, werdet ihr euch wieder begegnen, wie einmal einst, wie immer wieder zu allen Zeiten in allen Welten - wie heute in deinem Traum.«

Waswaswas, denkst du verwundert, schüttelst den Kopf voller Zweifel und stehst endlich auf. Noch ist es früh am Morgen. So suchst du und findest eine Wasserlache, schöpfst das kühle Nass mit den Händen und trinkst. Der Hunger bleibt.

Dann schaust du dich weiter um. Alles ist wie immer, wie du es von jüngster Kindheit an kennst, und doch - dein Dorf liegt längst hinter dir, da ist kein schützender Dornenzaun mehr, keine Verwandten und Freundinnen, die dir bei Gefahr helfen könnten.

Mara ist das Wort, fällt dir ein, Mara - »Geflecktes Land«

Gras, so weit das Auge reicht, nur wenige Bäume und Büsche hier und da. Viele Tiere leben hier von Blättern. Meere aus Gras, die der Wind bestäubt, die von Feuer, Termiten und den großen Herden aus Zebras, Gnus und Büffeln gegessen werden. Von den Blättern der wenigen Büsche und der Akazien nähren sich Antilopen, Elefanten und Giraffen. Deshalb sind die Äste unten kahl, tragen die Bäume nur oben noch Blätter, wohin lediglich Giraffenzungen reichen. Daher rührt die seltsame breite und weite, nur oben blätterbedeckte Gestalt der Akazien, die das ganze Jahr Schatten spenden. Verstecke und Nahrung für Blattesser, wozu auch die Colubusaffen in den höchsten Wipfeln, Giraffengazellen und Spitzmaulnashörner gehören. Antilopen essen die Früchte, verdauen die Hüllen, die Samen im Innern scheiden sie wieder aus. Sie liegen in Erwartung des Regens mit dem Kot als Dünger auf der Erde. Dann keimen sie aus und sprießen empor. Ihre Dornen schützen – ein wenig. Wenige nur überleben und wachsen zum Baum heran.

Abend schon: Sonn geht unter, rot ist der Himmel hinter den schwarzen weit ausgebreiteten Ästen, Zweigen und Blättern der Akazien. Ein Bild, das du von frühester Kindheit an kennst, ein Bild, das alle Menschen bewegt, denn es ist eingebrannt in ihre Erinnerung an den Beginn, den Ursprung von Bewusstsein und Art.

Du drehst dich im Kreis, schließt die Augen, siehst die Jahreszeiten wie im Flug kommen und gehen: Regenzeit: es gießt in Strömen, alles wächst, die Savanne blüht. Trockenzeit: das Gras ist braun, die Großen Herden ziehen nach Norden. Wenige nur bleiben: Kaffernbüffel und Löwen. Schatten unter der Schirmakazie, das Gras ist ausgedorrt, bleich und blass ist die Erde. Die Löwen fangen keine Beute. Als erstes sterben die Jungen, denn die Milch der Mütter versiegt. Oben aber blieben Blätter hinter Dornen verborgen. Blüten. Schmetterlinge. Schwebfliegen. Spinnen lauern. Grüne Meerkatzen essen die Blüten auf. Chamäleons machen Beute. Käfer. Eine Wegwespe labt sich am Nektar, dann fliegt sie hinunter, ortet die Vogelspinne, sucht sie in ihrer Erdhöhle auf, lähmt sie, schleppt sie hinaus, gräbt eine Höhle, zerrt sie hinein und legt ein Ei daran. Lebende Nahrung für ihr Kind, eine Made, die bald schlüpfen, sich in die Spinne bohren und sie von innen aufessen wird.

Du öffnest deine Augen noch nicht.

Eine Stimme flüstert in dir: »Regenjagd ist angesagt. Schau hin und lerne! Erinnere dich!«

Es gießt in Strömen, da ist kein Ende abzusehen. Und dort steht die kleine Gruppe Impala ungeschützt im Regen, mit den Köpfen vom Schauer abgewandt. Das ist verständlich und richtig, was den Regen betrifft und doch ein großer Fehler, denn so haben die großen Katzen leichtes Spiel.

Schon schleicht sich da eine Leopardin an. Geduckt und fleckenmustergetarnt, nähert sie sich von hinten, springt, packt die Beute an der Kehle, hält so lange fest, bis ihr Opfer erstickt ist. Dann schleppt sie es in ihr Versteck, ihre Akazie, hinauf.

Und so ergeht es zeitgleich einer Gazelle. Sie bemerkt die sich anpirschende Gepardin zu spät, rutscht bei der Flucht im Schlamm aus und stirbt.

Und so geschieht es überall und immer wieder. Die aufmerksamsten und schnellsten und die, die einfach nur Glück haben, zur rechten Zeit am richtigen Ort sind, überleben.

Du öffnest deine Augen und gehst weiter, so, wie es alle Wesen tun, die geboren wurden, leben und eines Tages sterben werden. Denn Leben ist Bewegung und Veränderung. Du bist allein, und doch hast du keine Angst, denn du fühlst dich - jetzt mehr als je zuvor - hier zu Hause.

Doch da ist noch etwas anderes: ständig siehst, hörst und riechst du Leoparden. Du gehst weiter und dir geschieht - nichts. Niemand schleicht sich hinterrücks an. Vielleicht bin ich ja unsicht-hör-riech-fühlbar für sie, denkst du und gehst lachend, denn das glaubst du ganz und gar nicht, weiter, bis du schließlich staunend stehen bleibst.

Unvermittelt, unverhofft, als wären sie eben noch gar nicht da gewesen -. »So mag es gewesen sein«, lacht wieder diese seltsame Stimme in dir. - ragen vor dir Termitenhügel auf.

Einer von ihnen ist so gewaltig, dass selbst die beiden Giraffen klein neben ihm wirken, deren langen Hälse sich nun strecken, deren Lippen und Zungen die saftigsten Blätter der Akazie zwischen den Dornen von den Zweigen zupfen.

Du schaust auf, schließt deine Augen und ...

Schaue hinab auf die Menschenfrau dort unten. Reibe meinen Kopf an deinem.

Du öffnest deine Menschenaugen, siehst wieder zu den Termitenbauten und Giraffen auf und wunderst dich darüber, was eben geschah und wie klein du selbst und alles andere dort unten aus der Baumwipfel-Giraffen-Perspektive doch ist.

So winzige Wesen, denkst du und gehst näher an den Hügel ran. Leblos scheint dir alles von außen. Doch du weißt, wer dort drinnen lebt. Welch gewaltiges Heim! Millionen kleiner Lebewesen, eine Mega-City mit Lüftungssystem, gewaltiger als bei den »Präriehunden«.

»Ach, die kennst du ja gar nicht«, flüstert es in dir.

Gigantisch rot und groß strahlt der Sonn noch immer über der Weite. Schwarz ist das Land, rot der Himmel und grau die Wolken darüber. Savannen-Nacht bricht an und ruft ihre Kinder. Die Riesenskorpionin auf dem Boden wehrt die Rivalin ab, in einer kleinen Erdhöhle warten ihre Jungen auf ihre Mutter, die diesmal keine Beute mitbringt. Oben in den Gipfeln der Akazien springen und jagen die Buschbabys Insekten. Auch die Haselmäuse sind munter. Unten am Boden sind längst die Heere aufgebrochen, zersetzen Termiten die alten Baumreste. Rüsselspringer bewegen witternd ihre schmalen Nasen und essen sie auf. Dann greifen große schwarze Ameisen in Kolonnen an, packen die Termiten, schleppen sie in langem Zug zu ihrem unterirdischen Nest zurück. Die Termitensoldaten wehren sich, sie kämpfen, doch die Verluste sind groß.

Du zuckst zusammen. Denn du fühlst SEINE Präsenz, die hier wie ein Schatten auf dem Hügel liegt. Hier ist ER - ach, war ER einst vor langer Zeit, also droht dir keine Gefahr. Beruhigt schließt du kurz die Augen und siehst dich vortreten und den Hügel mit den Fingern deiner rechten Hand berühren. Dann brechen all die Gerüche, Tastreize, Geräusche, Bilder in dir empor und zeigen dir, was vor langer Zeit an diesem Ort geschah:

Einst war ein Termitenvolk unbesiegbar. Denn damals - 10 000 Jahre mögen seitdem vergangen sein - kam ER auf seiner Reise durch die Welten der Erde in Afrika an den gigantischen aus Erde und Speichel errichteten Termitentürmen vorbei, die weitaus älter und höher waren, als sie es heute sind. So gewaltig wie SEIN Elefantenbullenkörper, so groß war auch SEINE Neugier, hinter die gewaltigen Mauern zu schauen.

So schrumpfte ER auf ihre Größe und verschmolz mit einem Termitensoldaten am Ausgang der Stadt. Im Termitenkörper lief er nach innen und hinab, gelangte so unbemerkt zum König, fuhr in ihn hinein, der dort im Zentrum bei der gewaltigen, einst so schlanken und nun so angeschwollenen eierlegenden Königin lebte. So wurde, so war er kurze Zeit fast eins mit ihr und dem ganzen Volk - SEINEM Volk.

Dann kamen die Ameisen, um zu rauben, zu töten und zu essen.

ER spürte es, ER roch, hörte und fühlte all die Sterbenden und Toten SEINES Volkes. Und SEIN Zorn wuchs. ER zog sich aus dem Termitenkönigskörper zurück und nahm dort oben den Körper eines gewaltigen Drachen an. SEIN Atem verbrannte die Ameisen, nur sie, keine einzige Termite wurde versengt. Und SEIN Atem folgte dem Ameisenzug bis in deren Nest. »Ihr sollt alle brennen!«, brüllte ER dort und lachte und grub sie aus der Erde aus, wo immer sie sich auch zu verbergen suchten, hauchte sie mit SEINEM feurigen Atem an und verbrannte sie alle zu Asche.

Niemand überlebte. Das Ameisenvolk erlosch. Es starb aus, denn es hatte IHN erzürnt.

ER aber zog bald darauf mit dem Ende der Regenzeit mit den großen Zebra- und Gnu- und Antilopenherden nach Norden weiter.

Dies alles siehst du nun, wo du vor dem Termitenbau stehst, jetzt, da du ihn noch immer berührst, all diese Bilder und Töne und Gerüche aus einer längst vergangenen Zeit. Also geschah es an diesem Ort. Ja, es waren die Vorfahren dieser Termiten hier, bei denen der lebte, dessen Namen du nicht nennst. Nachts zogen sie, nachts ziehen sie noch immer aus, das Gras zu ernten, weil sie weder heißes Licht noch trockene Luft vertragen. Also lieben sie die kühle Dunkelheit der Nacht.

Du beugst dich zu den Kolonnen winziger Wesen hinab und hauchst sie weder an, noch zertrittst du sie. Du schließt deine Augen und fühlst, was gestern Nacht geschah. Nicht ER war hier, nein, ganz in der Nähe lebt das Erdferkel in seiner Höhle. Auch es verlässt nachts seinen Bau und findet seine Beute. Zig Tausende Termiten isst seine Zunge. Reiche Ernte auf eingetretenen Pfaden durch die Dunkelheit.

Wie viele Hügel - Städte - mögen hier wohl sein? Wie viele Termiten wohnen darin? Wer kann sie zählen?

Du öffnest deine Augen, gehst weiter am Morgen. Als Mensch bist du nun allein und doch bist du ein Teil des Ganzen, gleich einem einzelnen Halm im Gräsernen Meer, ein Halm jedoch, der sich fortbewegt.

Mittags riechst du den Rauch, hier, wo einst nur winzige Säuger zu Füßen der großen - und kleinen - Dinosaurier lebten. Vögel gab und gibt es hier. Von den Geiern hörten wir schon. Strauße hier und da, Kronenkraniche. Dann sind da noch Störche mit Namen Marabu, die fischen nicht im Klaren, auch nicht im trüben Wasser, noch jagen sie in feuchten Wiesen, sondern waten durchs hohe Gras, waten oder warten, packen flink mit starkem Schnabel kleine Säuger, Spinnen und Insekten, die vor dem Feuer fliehen.

Denn die Savanne brennt. Mag sein, dass ein Blitz sie entzündete - doch der Himmel ist klar. Könnten auch Menschen gewesen sein, ist dein zweiter Gedanke, doch du weißt, dass es die - abgesehen von dir - hier nicht gibt. Rätselhaft bleibt der Ursprung der Flammen, doch woher sie auch kommen mögen, sie sind da und vermehren sich. Marabus fliegen auf, wechseln die Seite, schreiten nun jenseits/hinter der Flammenwand auf und ab, picken dort die Toten und Verletzten unter den kleinen Tieren auf.

Diesseits läuft die Gepardin an der Flammenwand auf und ab, will hinüber und kann sie doch nicht durchbrechen.

Du siehst ihr zu und hörst ihren ohnmächtigen Schrei. Du weinst, denn du bist ein Mensch, denn du bist eine Frau, die Mutter werden wird. Du verstehst, was da geschieht: dass hinter der Flammenwand im Versteck ihre abgelegten Kinder auf sie warten - vergeblich. Du weißt noch mehr: nicht Flammen bedrohen sie da, sondern Löwen werden sie packen und töten und essen. In diesem Augenblick, vielleicht schon jetzt? Sie haben nur noch Sekunden, Minuten zu leben. Ihre Mutter wird ihnen niemals zeigen, wie ein Gepard eine Antilope fängt, wie man ihr die Hinterbeine wegschlägt und sie zu Fall bringt, wie man ihr die Kehle zudrückt und sie so erstickt – und auch nicht, dass man - einmal entdeckt - die Beute besser Löwen und Hyänen überlässt, denn die sind zu stark.

Was kann ich tun?, fragst du dich, typisch menschlich ergriffen von einem kleinen Teil des Ganzen, ohne mehr zu verstehen. Doch du kannst ihr bei dieser Feuerbrunst nicht helfen. Und könntest du es, wäre es denn richtig? Müsstest du dann nicht auch allen anderen helfen? Warum nur der Gepardin und den anderen nicht? Und was würden zu all dem die Antilopen sagen? Die hätten lieber weniger Feinde.

Doch was sollen all diese Gedankengänge? Typisch Mensch! Großes Gehirn, viel Hirngespinst, viele Fragen - wenig Antworten. Also flüsterst du dir selbst oder die Stimme von innen, von Ihm Dort Oben, dir zu?: »Lass es sein! Du kannst ja ohnehin nichts tun.«

So läufst du mit den anderen vor dem Feuer davon, hältst Ausschau nach einer günstigen Stelle für einen Sprung hinüber. Doch noch immer ist da keine Lücke, und das Feuer kommt näher. Hitze steigt auf.

Muss ins Wasser! – doch das gibt's hier nirgendwo.

Oder unter die Erde: Höhlen, Bauten, Termitenhügel, wer isst Termiten? - Erdferkel - graben unterirdische Baue – die sind doch für manch anderes Tier Wohnung und - Schutz vor dem Feuer.

Da ist ja ein halbkreisförmiger Hügel, nichts wie hin! Schon hechtest du zur Öffnung des Baus, kriechst hinein, zwängst dich im Innern den Tunnel hinab, der immer enger wird, ohne dich aufzuhalten.

Entschwunden bist du der Oberwelt, wo jetzt das Flammenmeer wütet und braust - dort oben über den Höhleneingang hinweg.

Schräg hinab führt dich der Weg. Kühle Luft kommt von irgendwoher, wohl angezogen von der Feuerbrut über dir, da müssen noch andere Gänge und irgendwo auch die Kammer sein. Doch wer mag darin wohnen. Er oder sie, die sie grub? Ist sie leer und verlassen? Zogen andere Mieter ein? Flohen andere Wesen vor dem Feuer hierher? Da könnte sonst wer vor mir sein, fällt dir gerade noch rechtzeitig ein: vielleicht ein Warzenschwein, eine Hyäne oder Fledermäuse, Vögel. Nun ja, gleich wird's sich zeigen. Und ...

Was ist das?

Etwas Feuchtes schnüffelt vor dir in der Schwärze, jetzt bereits an deinen Händen.

Dennoch kriechst du ein Stück weiter vor, tastest ringsum und freust dich über die Größe des Raumes. Der reicht ja für zwei, denkst du und sagst: »Hallo!« Verstehen wird sie - du weißt, dass sie eine Sie ist - verstehen wird die Erdferkelin mich nicht, aber wir beide werden uns schon nichts tun, werden einfach hier unten in der angenehmen Kühle liegen bleiben, richtig schön menschlich-schweinisch angenehm aneinander gekuschelt, bis der Rauch sich oben verzogen hat. Dann in der Nacht werden wir unser Versteck verlassen. Du wirst deinen Rundgang zu den Termiten machen, ich werde meinen Weg nach Norden fortsetzen.

Moyo döst vor sich hin, schlummert ein. Und die Erferkelin tut es ihr gleich.

Dann irgendwann wirst du von einer feuchten Schnauze geweckt. Aha, ist wohl Nacht und sie erwacht, will raus, hat Hunger, den habe ich auch.

Du drehst dich um und kriechst den Gang hinauf. So bist du die erste, die die Höhle verlässt, richtest dich neben dem Ausgang auf, streckst dich, drehst dich einmal um dich selbst: lauschst, riechst und schaust dich im ach so grellen Licht der Vollen Mondin um. Ja, wer aus der Schwärze kommt, der staunt, wie hell die Nacht hier oben, wie klar der Sternenhimmel ist.

Jetzt lugt auch die Erdferkelin heraus - wie nackt sie dir scheint, ganz wie ein Schwein, ein Mensch, mit ihrem verlängertem Kopf und den breiten Nasenlöchern. Ihre langen Ohren lauschen, noch immer verharrt sie schnüffelnd am Ausgang, saust dann in großen Sprüngen los, verharrt wiederum, lauscht und springt erneut in Richtung Termitenbauten davon.

Du aber siehst dort, wohin sie sprang, rote Augen leuchten. Augen wie Feuer, flüssiger Lava gleich, als schwebten dort glühende Kohlen, Augenpaare, die immer größer werden.

Gedanken rasen: Dämonen? - Höllenwesen? - kommen auf mich zu! Die sah doch Manfred einst in einem Traum oder erlebte er es ganz real? Wie viel Zeit mag vergangen sein, dass es geschah? Du erinnerst dich, als hättest du alles selbst erlebt und zugleich, als hättest du zugesehen. Im Bruchteil von Sekunden laufen Bilder, Töne, Worte in dir ab. Jetzt weißt du, wer sie sind, deren Augen nicht einfach nur das Licht von Mondin, Feuer und Fackeln zurückwerfen, zu glühen scheinen, deren Augen aus sich heraus leuchten, deren Augen rot wie Feuerglut und Lava brennen. Also sind es weder Löwen, die nun jagen, noch Hyänen, die so manches Mal ihre Beute an den »König« - ein Menschentitel, so falsch wie all die anderen Menschennamen für Pflanzen und Tiere, weil es nicht die wahren Namen sind - und seinen erkämpften Harem verlieren. Sie sind es nicht, die jetzt immer näherkommen und deren Augen ihre Farbe ändern, die längst die Farbe der Mondin angenommen haben, sich grün verfärben und jetzt blau erstrahlen. Größer und größer werden sie, nah sind sie und kommen immer näher.

Du weißt, wer sie sind, weil du dich an das erinnerst, was Manfred einst sah. Du siehst ihre Gestalten in dir, die die Nacht - abgesehen von ihren leuchtenden Augen - noch verborgen hält. Du weißt, dass Sie irdische Wesen und zugleich nicht von dieser Welt sind. Sie kommen nicht von den Sternen. Tief liegt ihre Welt im Innern der Erde und fern in der Zeit verborgen. Sie sind keine Dinosaurier, sondern Säuger, Urraubtiere. Von Wolfsgestalt sind sie, doch viel größer als jeder Wolf: mannshoch an den Schultern mit doppelt so langen Körpern.

Dort kommen sie.

Du aber bist nicht Manfred, sondern eine Frau. Also läufst du nicht davon, wie er es einst tat.

Du wartest. Worauf?

Es war Nacht - wie jetzt auch - er rannte, weil er wusste, dass er sie nicht besiegen konnte. So rannte er immer weiter und wurde schließlich müde. Dann nahm er als letzten Ausweg ihre Gestalt an, wurde einer von ihnen und wachte in seinem Menschenkörper auf.

Was aber wäre geschehen, hätte Manfred länger einen ihrer Körper getragen? Wäre er wie sie geworden? Das fragst du dich - einen Augenblick lang und schüttelst auch schon den Kopf, denn so geschah es ja nicht.

Bei dir ist ja alles anders: du bist eine Frau, du bist Moyo, du kannst dich nicht verwandeln, bist »nur« eine Menschenfrau, mehr nicht. Und doch zögerst du noch immer. Weil du wissen willst, was du schon weißt oder mehr: ob sich hinter diesen mächtigen Gestalten noch etwas Anderes verbirgt?

Daher oder deshalb verharrst du also, lauschst und denkst: Aha, sie sehen aus wie Urraubtiere, doch haben sie nur diese mächtige Gestalten gewählt. Sie tragen die Körper von Räubern und Aasessern, sind aber zugleich ganz anders: leben und leben nicht, sind mehr als nur Fleisch und Blut, existieren in vielen Dimensionen zugleich. Denn sie sind Diener der Dunkelheit. Denn sie sind jenseits von Ordnung und Verstand ... Denn sie sind ... WAHNSINN!

Sie kommen immer näher, haben dich fast erreicht. Warum läufst du noch immer nicht? Ist es Angst, die dich paralysiert? Haben sie dich längst hypnotisiert? Stimmen flüstern da in dir magische Worte, die dich an diesen Ort bannen sollen? Bist du machtlos gegen diese Höllenhunde, wie Manfred sie einst nannte. Nun, »Hunde« ist nicht das passende Wort, doch »Hölle«, ja, denn aus den tiefsten Tiefen wurden sie gesandt, das ist es. Du hörst in dir ein seltsames Wort, das irgendwo irgendwas bedeuten könnte: Hollywood. Rasende Streichermusik - Erich Zann, nicht einmal, sondern hundertfach, der jenseits der Grenze von

Realität und Wahnsinn steht und fiedelt und geigt und seinen Kopf nickend der Schwärze zuneigt, die ihn verschlingt. Dann ist da das Zuschnappen von Kiefern hinterrücks, also ins Leere. Also gelingt die Flucht, gelingt dir immer wieder in letzter Sekunde. Doch nur dir. Denn du bist der Held, so steht es im Drehbuch. Die anderen aber sind Statisten. Sie sterben schneller als die Fliegen.
    Fliegen - fliehen?
    Irgendwer ruft von fern: »Lauf, Moyo, lauf!«
    »Soll ich?«, flüsterst du dir zu und rennst auch schon durch das Meer der Gräser, die so hoch aufzuragen scheinen, als wären sie mit einem Mal gewaltig angewachsen - um mich im Lauf aufzuhalten, um die anderen zu verbergen?

Schau, wenn du sehen kannst, sonst nimm den Restlichtverstärker und das Infrarotsichtgerät, von oben aus der Vogelperspektive hinab. Dort, wo eben noch eine schwarze junge Frau durch die Nacht rannte, spurtet nun eine schlanke biegsame Schwarze Pantherin vor ihren Verfolgern davon, von denen du nur Augenpaare siehst, als wären sie körperlos, nichts als schwarze Kälte. Mit ihren kräftigen Muskeln, Läufen und der biegsamen Wirbelsäule, rennt sie im Zickzackkurs dahin, als wäre sie nicht die Beute sondern die Jägerin, als wäre sie gar eine Gepardin und hinter einer Antilope her, die alle Tricks kennt.
    Und es gelingt - der Abstand zu ihren Verfolgern wächst.

Jetzt holt mich niemand mehr ein, auch kein Höllenhund, denkst du noch - nach einigen hundert Metern, doch schon geht dir die Puste aus, bleibst du außer Atem stehen, schaust dich um, siehst sie nicht, weißt zugleich, dass sie kommen, aufholen, niemals aufgeben werden, dass sie nah sein müssen.
    Waswaswas? Die Rettung! So dicht vor dir - Wo kommt die denn so plötzlich her? Es ist, als wäre sie von einem Augenblick auf den anderen aus der Erde gewachsen. Hilfe von oben? - ragt eine große Akazie auf.

Kaum gesehen und erkannt springt die Schwarze Pantherin empor, krallt sich im Stamm fest und klettert immer weiter bis in die Krone hinauf. Dort oben auf einem horizontalen Ast, Blätter ringsum, die nur noch Giraffenzungen erreichen können, bleibt sie sitzen. Grün leuchten ihre Pantheraugen. Groß und rund und offen sind jetzt bei Nacht ihre Pupillen, wie wir es von unseren Katzen her kennen.

Du schaust hinab. Noch ist alles ruhig.
Du siehst auf: Sternenklarer Himmel.
Geborgen nun fällt dir erst jetzt der Wandel beim Sehen auf: Einen winzigen Augenblick lang geschah es im Nachhall des sterbenden Menschenwesens, dass sich die Welt verfärbte von Dunkelheit zu restlichtverstärktem hellen Grün. Du siehst durch neue Augen: ein wenig ist die Schärfe geschwunden – doch kleinste Bewegungen nimmst du jetzt wahr. Deine Ohren drehen sich. Und wäre es finsterste Nacht, die es irgendwo geben mag, doch niemals hier, so könntest du auch ohne Augen mit deinen Tasthaaren am Mund Nähe fühlen. Neue Düfte und Laute ringsum, überall ist Bewegung. Ach, da sind sie ja. Du hörst sie lange, bevor du sie siehst. Dort kommen sie angehoppelt, die beiden Höllenhunde, die deiner Fährte folgten. Du weißt, wie hungrig sie auf Muskelfleisch sind, auf Sehnen und Knorpel, Knochen und Gedärm, auf Körper und Seele, die jetzt dort unten schnüffeln und mit feurigen Augen voller Gier zu dir aufschauen. Was für ein Gefühl, jetzt hier oben zu sein, warst du doch eben noch so klein und ranntest um dein Leben.

Jetzt öffnen sie ihre gewaltigen Münder und brüllen ihren Frust hinaus, weil sie dich nicht erreichen können. Jetzt stapfen sie auf die Erde, aus deren Tiefen sie kommen, stoßen sich immer wieder mit den Hinterbeinen ab, springen und werden dich niemals erreichen.

»Denn so steht es geschrieben, Moyo«, flüstert eine Stimme zärtlich in dir.

Welche Dämonen? Wer mag sich in ihren Körpern verstecken? Aus welchen Höllenwelten stiegen sie auf? Wer schickte sie, weshalb? Ob ER es war?

Du weißt es nicht, auch Manfred nicht – und niemand sagt es ihm und dir, denn auch Er Dort Oben weiß es nicht und ahnt es doch. »ES«, murmelt es in Ihm.

Wie sahen damals deine Leoparden- und Menschenahnen aus, als die Wesen lebten, deren Körper die Dämonen tragen? *Andrewsarchus* lautet der Menschenname.

Wie viele Jahrmillionen ist das alles her?

Wovon ernährten sie sich wirklich?

Waren sie Jäger oder aßen sie Aas und anderes mehr?

Dies alles geschieht unter ihrem Licht, die alles sähe, hätte sie Augen, die alles verstünde, hätte sie den Verstand einer Pantherin oder den eines Höllenhundes, sie, die dort oben steht und sich bewegt und nicht sieht noch denkt noch träumt, wie Leoparden und Menschen es immer wieder tun. Dies alles geschieht unter dem Licht der Vollen Mondin.

Du aber dort oben auf dem Ast der Akazie schaust deine Pranken und Vorderbeine, deinen Körper an und fragst dich verwundert:

Bin ich eine wiedergeborene Menschenfrau, die jetzt und hier *Moyo* heißt, in einem anderen Leben aber *Nairra* hieß?

Wurde ich nun von den Dämonen in den Körper einer *Schwarzen Pantherin* gebannt?

Oder war es einfach die Todesgefahr, die mich zu dem werden ließ, was ich im tiefsten Innern schon immer war: eine Leopardin mit schwarzem Fell?

Die beiden Höllenhunde - vielleicht sind sie ja ein Paar auf beiden Ebenen, der irdischen und der dämonischen - ich aber bin allein, denkst du dort oben - springen nicht mehr, sondern schonen ihre Kräfte, ruhen sich aus, lassen sich am Fuß des großen Baumes nieder, heben ihre Köpfe und jaulen den Nachthimmel an – Wolken ziehen auf -, brüllen ihren Frust heraus, hinaus in die nicht mehr lange funkelnde Schwärze. Denn schon verdecken schwarze Wolken das Licht der Vollen Mondin.

Du bleibst oben, schaust hinab, siehst und staunst: Sind es Tränen aus Feuer, die da aus ihren leuchtenden Augen rollen und nun zu Boden fallen? Flammende Tränen, die das Gras ringsum entzünden, Tränen, die jetzt folgenlos zu Boden auf schwarze Erde fallen, Tränen, die erlöschen, trocknen, bevor sie den Boden erreichen. Können Dämonen weinen? Waren sie es gewesen, die das Feuer entfachten, vor dem ich mich im Erdferkelbau verbarg?

Und auch die Himmel trauern, weinen. Regen fällt, während Blitze zucken und Donner hallt.

Wie müde du auf einmal bist, leckst sanft mit rauer Zunge Pfoten und Fell, reinigst dich und ruhst dich aus, gähnst und döst so vor dich hin.

Sieh an, da ist gar kein (Leopard) mehr oben im Baum, wundert sich die Fledermaus, die da gerade vorbeiflattert und nichts mehr im Ultraschall ortet.

Was es nicht alles so gibt! Die gibt's nicht mehr, die eben da noch war.

Dann ist sie weiter hinter den Nachtfaltern her.

Manfred, dessen Körper weit entfernt im Nordosten im Innern Eurasiens weilt, ist jetzt bei ihr. Eins ist er mit ihr im Baum geworden. Denn ewig verbunden ist, was sich wahrhaft liebt. So weiß er, fühlt, wie sie jetzt schläft und träumt von Licht und Tag, den Säften dort unten tief in der Erde, dem Weg ihrer Wurzeln und dem Morgen über der Savanne: Licht und Wärme.

Alles öffnet sich: drehen sich die Blätter, offen sind alle Spalten, Wasser strömt von unten empor. Eins trennt sich nun vom Ganzen, da der Sonnenweckruf erschallt, trennt sich vom singenden Blätterrausch - wir atmen Luft und Licht, schaffen Substanz - wie schwer das fällt! – trennt sich von der Akazie und gibt sich ihren ersten – ihren Menschenfrauenkörper wieder, der nun wieder dort draußen auf den Ästen inmitten von Dornen und Laub ruht.

Manfred ist längst gegangen.

Du öffnest deine Augen auf einem der vielen kräftigen, horizontalen Äste einer gewaltigen Akazie. Deine Beine lässt du baumeln, hältst dich fest am Stamm, der nur wenig weiter aufwärts führt. Verwundert reibst du dir den Schlaf aus den Augen: Was mache ich denn hier?

Wie kam ich hierher?

Allmählich erinnerst du dich an diesen seltsamen Traum, der vielleicht gar kein Traum war?

So schließt du die Augen wieder und siehst dort leuchtend rote/grüne/blaue Augen, die dich verfolgen, Höllenhunde. Siehst deine Flucht auf Leopardenfüßen, deinen Sprung den Stamm hinauf. Dann musst du eingenickt sein. Hörst noch einmal letzte Leoparden-Menschen-Tier-Gedanken in dir flüstern: »Sonnenkuss soll mich am Morgen wecken aus meinen Pflan-zenträu...«

Du siehst das Bild: die Akazie bei Nacht, unten die wartenden, heulenden Höllenhunde.

ZOOM. Blick fährt ran.

Die Leopardin wird einst mit dem Ast, auf dem sie liegt und schläft und träumt, ist nun verwachsen mit der Pflanze.

Du öffnest die Augen. Und war es nur ein Traum, vielleicht schuf er gar Realität, so wie Realität Träume erzeugt.

Also stehst du vorsichtig auf und riechst/hörst/schaust dich erst einmal - sicher ist sicher - von oben aus um.

Keine Höllenhunde, nirgendwo.

Wie sollten da auch welche sein, denkst du, geschah ja alles nur im Traum. Und wären die echt gewesen, sie hätten sich längst vor dem Licht verkrochen. Denn jetzt ist Morgen, also Tag, die Zeit, in der Nachtwesen ruhen. So bleibt nichts von der Nacht zurück außer verblassender Erinnerung an Dinge, die geschehen sein mögen oder auch nicht, unter Sternenlicht und Mondinschein oder auch »nur« in *dir* - Träume, nichts als Schäume. Vergangen sind Regen und Tränen und Dunkelheit, so wie es immer schon war und immer wieder sein wird. Denn alles vergeht. Denn alles geschieht. Denn alles wird wiedergeboren. Denn alles ist. Nur dieser Augenblick ist wirklich.

Jetzt drehst du Kopf und Oberkörper, schaust hinaus über das weite Land aus Gras, das nur vereinzelt Büsche und Bäume ernährt.

Eins werden mit dem Ganzen.

Denn Teil der Natur sind wir alle und haben es längst vergessen.

Du schließt deine Augen, atmest Weite ein. So verharrst du für mehr als einen Augenblick - für Ewigkeiten. Du öffnest deine Augen und siehst Großes Grau- ... *die* großen Grauen näher kommen.

Hinab. Welch gewaltiger Sprung! Landest federnd und drehst dich dort unten tanzend im Kreis: »Hurra, Moyo ist wieder da! Welch ein Glück es doch ist zu leben!«, lachst du, jung und gesund, wie du bist, singst eins von den Liedern, das alle Massaimädchen können, singst deine Freude so hinaus und beginnst zu tanzen.

Staunend schauen die grauen Riesen mit den Rüsseln und Stoßzähnen. Die Elefanten riechen, hören und sehen dich an.

Und du vernimmst in deinem Rausch Gedanken, die im Menschengeist klingen wie: Ach, sieh da, ein Mensch! Ach so, das sagt ja alles! Oder: Die spinnen ja, die Menschen!

Irgendwann hältst du im taumelnden Tanz inne, gehst deinen Weg durch die afrikanische Savanne immer weiter nach Norden.

Dustdevils - Staubteufel – Minitornados entstehen, wirbeln und vergehen. Elefanten suchen die letzten Wasserstellen auf und graben in den ausgetrockneten Flussläufen Löcher. Die kleinen Gruppen der Gnus sammeln sich zu großen Herden und beginnen zu wandern. Kälber wurden geboren und laufen mit ihren Müttern, die sie beleckten, nach der Geburt berochen und nun ihr eigenes Kind unter den Vielen nicht nur an seinen Rufen erkennen. Und dann ist da das *eine* Kalb noch immer auf der einen Seite des Flusses. Auf der anderen aber wartet bereits die Mutter. Dazwischen im Wasser lauern die Krokodile.

Gegen Mittag erreichst du das Wasserloch, das sich immer mehr leert, denn die Regenzeit geht ihrem Ende entgegen. Vorsichtig schaust du dich um. Denn du hast in der Kindheit das Überleben gelernt, du hast überlebt – bis jetzt. Du weißt, dass hier die Räuber auf ihre Beute lauern.

Scheint keiner da zu sein.

Da fällt es dir wie Schuppen von den Augen. Da war, da ist doch etwas äußerst seltsam, was da geschah, d.h. nicht geschah, seit du dein Dorf verlassen hast. Eigentlich solltest du dich nicht wundern, sondern freuen, dass weder Löwe noch Leopard noch Hyäne, kein Raubtier - ausgenommen die Höllenhunde - bisher Anstalten machte, dich zu verspeisen. Auch keine Parasiten bissen oder stachen dich bisher. Erstaunlich, aber wahr und wunderbar.

Du schaust wieder auf, denn wachsam sein, heißt überleben. Könnte ja nur 'ne Glückssträhne gewesen sein, die sich nun ihrem Ende zuneigt.

Du trittst näher ans Wasser, kniest dich nieder in den Staub, schöpfst das warme Nass mit Händen, kühlst deinen Kopf und trinkst. Dann ziehst du dich wieder vom Ufer zurück - man soll das Glück nicht überstrapazieren – läufst zu den Bäumen hin, ruhst dich im Schatten aus. Hunger. Wird Zeit, dass es dunkel wird, denkst du und weißt gar nicht warum. Du schaust und lauschst, während du ruhst. So siehst du vor, neben, hinter und in dir viele Dinge, die da immer wieder geschehen: Dort nicht fern grasen in aller Ruhe Zebras und Gnus, denn sie wissen, die Löwen, die unter einem anderen Baum ruhen, sind jetzt satt und viel zu faul, um bei dieser Mittagshitze zu jagen. So haben sie nichts von ihnen zu befürchten. Die stärksten Impalaböcke besetzen die besten Plätze mit den leckersten Blättern. So locken und halten sie die meisten Frauen und zeugen die meisten Jungen. Sie sind die großen Antilopen - Fleisch - doch da sind noch andere - Dickdicks: klein und flink und schnüffelnd knabbern sie die Blätter der von den Elefanten gefällten Bäume und herabgezogenen Äste ab. Die Regenzeit ist vorüber. Die Herden brechen auf, denn die Savanne beginnt auszutrocknen. Zieht die Nacht herauf, nur kurzes Dämmern, wie schnell der Sonn versinkt am Horizont - so groß, so rot, so wunderbar, weil es immer schon so war..

Stabheuschrecken leben dort oben. Die lange Zunge des Chamäleons fängt sie von den Zweigen wie auch den Schmetterling. Dort am Fuß einer Akazie grub die Chamäleonfrau einen Gang und legte ihre Eier in die Erde, die sich nun öffnet. Winzige Chamäleons tauchen auf, klettern empor. Eins findet das große Spinnennetz. Es ist die Kinderstube einer Spinnenart, deren Verwandte weit entfernt im Norden auf einem anderen Kontinent leben. Brautgeschenke bieten die Spinnenmänner dort ihren Frauen an. Dort wie auch hier sitzt die Mutterspinne kopfunter außen auf dem Gespinst und bewacht ihre Jungen. Doch sie bemerkt das junge Chamäleon nicht, dessen Zunge die kleinen Spinnchen abpflückt, eins nach dem anderen. Leben isst Leben.

Tag folgt der Nacht, und Nacht dem Tag. Und nun, wo hier schon länger kein Regen mehr fiel und der Sonn niederbrennt, trocknet die Erde oben vollständig aus, finden die Wurzeln kein Wasser mehr, färbt sich das Gras braun. Ganz oben lebt das immergrüne Blättermeer der Akazien, die tiefe Wurzeln besitzen, fort.

Dann – endlich - fallen wieder Wassermassen aus den dichten Wolken, die wie im Zeitraffer heranrasten. Akaziensamen keimen aus im Impala-Dung. Grün färbt sich die Savanne.

Dies alles kennst du. Dies alles siehst du in dir. Du öffnest deine Pantheraugen oben auf einem Akazienast. Während du all dies sahst, musst du dich wieder verwandelt haben und hinaufgesprungen sein.

Jetzt in der Regenzeit dauert der Flug des werdenden Frosches so dicht vor deinen Augen im Sturzflug aus dem Schaum ins Wasser hinab nur kurz. Metamorphose - Verwandlung, das ist der Pfad dieses einen Frosches: dort oben aus dem Ei geschlüpft windet sich schlängelnd die Kaulquappe heraus, stürzt durch eine andere Welt, die so wenig dicht und trocken ist, prallt auf und taucht endlich in die Heimatwelt Wasser ein.

Wandel, Wechsel, Übergang von Land zu Wasser, von Wasser zu Land, denkst du. Und warum schreite ich eigentlich immer nur aufrecht als Mensch bei Tag nach Norden über das Land? Kaum gedacht, springst du auch schon von deinem Baum hinunter, behältst diesmal deinen Leopardenkörper und läufst auf allen Vieren davon. Gegen Mittag ruhst du dich aus, schaust dich hier oben auf einem steinernen Termitenhügel um. Unter dir, in dir hörst du ihr wimmelndes Leben. Dort unten sitzt in der wohltemperierten Kammer die ständig eierlegende »Termitenkönigin« bei ihrem »König«. Für Augenblicke lebt dort ein Teil von dir, während der andere oben weiterhin wacht, denn schon ein Augenblick Unaufmerksamkeit kann tödlich sein. Du kehrst wieder zurück in deinen Raubtierkörper, springst hinab ins Gras, immer auf der Hut vor den großen Löwen.

Und dann steht dort vor dir so unvermutet einer von deiner Art – ein Leopard, nicht schwarz, sondern mit gefleckten Fell.

Schnupper-Lausch-Sekunden. Ich rieche dich/schau dir in die Augen ...

Kenne ich dich?, denkst du noch und fällst auch schon, alles entgleitet.

Fällst sterbend nieder, um anderswo wieder zu erwachen?

Falle ich eben noch sterbend, dann tot, schon wieder ins Leben zurück?

Du bist wieder da und siehst ihn an.

Er verzieht sich.

Du richtest dich wieder auf den Hinterbeinen auf, nimmst deinen Menschenkörper an und gehst weiter.

Und bald darauf machst du wieder wie damals, als die Löwen kamen, deinem Namen alle Ehre. »Moyo - Mut« ist ein Menschenwort für das, was nun geschieht: Stürmt zornig der alte Elefantenbulle auf dich zu. Und du siehst, verstehst sofort, was geschehen ist. Er ist verletzt, hat Schmerzen: trägt nur noch einen gewaltigen, vollständigen und einen zweiten, abgebrochenem Stoßzahn im Mund.

Du fliehst nicht, rettest dich nicht in deinen Pantherkörper und auf einen Baum, sondern bleibst stehen und siehst ihn an, so sanft, so mild, ein wenig vorbei und doch ... schauen braune Augen braune Augen.

Er, der auch dich nun erkennen kann und mit seiner Hand, dem Rüssel, ergreifen will, so wie er es vor kurzem mit dem Nashorn tat, das er zur Seite warf, wobei sein Stoßzahn abbrach, bleibt stehen.

Gewaltig ragt er vor dir auf, der kleinen Menschenfrau. Du legst deine Hände auf seinen schmerzenden Zahn und murmelst Worte, die bisweilen wie Fauchen aus Vormenschenvorleopardenzeiten klingen?

Und seine Wunden heilen, keine Schmerzen mehr, kein Zorn. So fasst er dich sanft mit seinem Rüssel und setzt dich auf seinen Rücken, wie es einst seine Ahnen in Nordafrika bei den Karthagern taten.

Jetzt schaust du von oben auf die Welt dort unten hinab und ringsum über die Savanne. Vielleicht denkst du auch einen magischen Spruch, der dich Halt finden lässt, wer weiß! Du reitest, als säßest du in einem unsichtbaren Damensattel.

Sonn sinkt nieder im Westen. Rot färbt sich die Welt in deinen Menschenaugen, doch nicht in seinen, der einsam hier stand und nun weiter mit dir nach Norden zieht, Ägypten zu.

Schnell dämmert die Nacht, die deinen anderen Körper ruft - so wie andernorts zu anderer Zeit den Werwolf im Menschen: »Hinab, hinab!«

Du springst, machst dich in deinem grazilen Pantherkörper aus dem Staub, bist schon entschwunden, bevor der große Graue, der dich trug, verdutzt stehen bleiben, reagieren kann.

Abend ist es für kurze Zeit. Und das Abendrot, das du eben noch mit Menschenaugen sahst, hat sich ins Grüne verfärbt, an den Rändern, doch nicht im Zentrum, an Schärfe verloren, mehr Bewegung ist aufgetaucht. Heller ist die Welt geworden, die du nun mit anderen Augen aus anderem Winkel siehst. Still verharrst du auf allen Vieren, streckst dich und schnurrst ein wenig vor Behagen. Sehen mit Leoparden-Augen, in seinem Körper auf samtenen Pfoten durch das hohe Gras schleichen, das schwarze Kleid der Pantherin tragen, doch nicht als Anzug, sondern als Fell, mit Haut und Haaren Katze sein, grenzenlose Freiheit im Vergleich mit deiner einstigen Menschendorfwelt. Das hat doch was!

Du kannst dich einfach nicht mehr vom Katzenkörper trennen. Keine Menschenfrau entspringt ihm mehr. Wie lange bist du in deinem Leopardenkörper durch die Welt gezogen, dass du vergessen konntest, wie es ist, ein Men...? zu sein? Immer mehr verblassen die Erinnerungen. Aufrecht auf zwei Beinen gehen? Nein.

In deinen Träumen aber taucht sie winkend auf, lächelnd, dann weinend, die andere, die noch immer irgendwo in dir verborgen ruht und nicht schlummert und träumt wie du, die du nun knurrend im hellstem Sonnenschein - Mittag - erwachst. Von deiner Astgabel fällst du nicht, deine Beute gibst du auch nicht her.

»Mensch« ist der Name der anderen in dir, sie wollte raus, dir deinen Körper nehmen, doch du bist rechtzeitig aufgewacht, als sie schrie, als sie weinend ihren Namen mit heller Menschenstimme sang: »Moyo«.

Du fauchst sie an.

All dies geschah am Tag, all dies ist fern. Grün leuchten deine Augen, Hunger trieb dich vom Baum hinab. Du bist auf der Jagd. Und was du spürst, aber nicht verstehst, ist dies: du wanderst ständig weiter, ohne zu wissen warum, immer weiter nach Norden, noch immer, ganz so wie die andere einst, die jetzt in der Nacht verborgen in dir schläft und träumt.

Du setzt dich auf deine Hinterbeine, wie es sonst nur Geparden tun. Du schnupperst und lauschst und schaust von diesem Hügel über die Steppe, die sich in einem Augenzwinkern verändert zu haben scheint. Alles ist, wie es war, und doch, nicht ganz.

Etwas ist anders: das Land, die Pflanzen, die Tiere, du selbst - die Zeit:

Einst vor 2,5 Millionen Jahren war da eine Gruppe von Affenmenschen, Wurzelknollen gruben sie in der ostafrikanischen Savanne aus. Dann war da noch das Aas, von dem sie sich nährten. So wuchsen Gehirn und Geist: ihre Tricks bei der Jagd, ihre Fertigkeiten, Früchte zu ernten, diese und Wasser in der Erde für Zeiten der Not zu verbergen. So wuchs die Zahl ihrer Kinder. So überlebten sie und mehrten sich.

Doch auch andere, größere waren aus anderen Affenvorfahren entstanden, die aufrecht gingen wie sie. So war es, so ist es – bis heute – geblieben.

So begegneten wir uns einst. So also. Nicht sie und ich,

sondern unsere Ahnen sich – die von Leoparden und Menschen.

Wer hätte jemals gedacht, dass diese Affenmenschen – ihre Nachfahren - überleben würden. Nicht alle Gruppen schafften es. Wie viele Jahrhunderttausende mussten vergehen, bis Menschen in milliardenfacher Zahl auf Erden leben würden

»Wie lange wird es sie noch geben?«, flüstert lachend wieder diese Stimme in dir. »Denn alles ist Wandel: Werden und Vergehen.«

Hier in der Nähe war es also, geschah es, hier. Nah ist der Ort und ...

Auch damals war da eine Leopardin mit schwarzem Fell, aus deren Körper du stammst, in deren Körper du nun bist. So fingst du diese kleine Menschenfrau, die Manfred einst sah und die er für seine Ururur...großmutter hielt. Da aber irrte er sich gewaltig. Denn deine/seine menschlichen Vorfahren sind nicht näher mit denen verwandt, die von heutigen Menschen *Australopithecus* genannt werden. Aber deine Leopardenvorfahrin erbeutete diese eine kleine Menschenaffen-Affenmenschen-Menschenfrau. Denn sie und ihre Kinder hatten Hunger. Sie war erfolgreich bei der Jagd. Das war es, was zählte, das ist es, was zählt. Ohne sie wärst du nicht hier.

Ein lichter Wald wuchs hier, dann wurde es trockener, die Bäume schwanden und die Gräsernen Meere dehnten sich aus. Auch damals trugen wir Leoparden unsere Beute auf Akazienäste und aßen sie dort oben auf. Kleine Menschen waren darunter, die ersten wenigen, deren Verwandte trotz ihrer Schwächen, wegen ihrer Stärken, durch Glück oder mit SEINER Hilfe überlebten, größer und intelligenter wurden und sich zu Menschen entwickelten.

Du lauschst hinaus in die Weite, aus Pantheraugen schaust du vom Hügel hinab. Jetzt ist die Zeit, auf Beutesuche zu gehen, erfolgreich zu sein und zu überleben. Kampf - nicht jeder gegen jeden, doch viele gegen viele: Löwen gegen Löwen, Hyänen gegen Hyänen, Löwen und Hyänen gegeneinander. Kampf um Lebensraum und Beute - Kampf ums Überleben.

Du gehst auf die Jagd. Du bist erfolgreich, findest einen Akazienast, isst dich satt und ruhst dich aus.

Am Morgen bei Sonnenaufgang geschieht dann das Unvermeidliche, das irgendwann geschehen musste: du springst hinab, verwandelst dich, kaum auf der Erde angekommen, in Moyo zurück, läufst als Menschenfrau weiter. Es war wohl der Blick zurück zu fernen Menschenahnen und -nichtahnen, der dir die Rückwandlung erlaubte.

Bei Tag siehst du den kleinen Schakal, vorsichtig durchs Gelände streifen. Du bemerkst, wie eine Löwin ihr Rudel verlässt. Du hörst ihre Gedanken in dir wispern: »Gebäre sie allein, hier, fern vom Rudel, im dichten Gebüsch.« Du gehst immer weiter und weiter nach Norden.

Wieder bricht eine Nacht herein. Dein schwarzer Menschenkörper wandelt sich in die Schwarze Pantherin. Wieder gehst du auf die Jagd.

Du hörst das Brüllen des Löwenmannes. Jetzt begreifst du, warum Menschen ihn König der Tiere nennen. Man muss ihn hier draußen in der Savanne hören. Allein als winziges Menschlein an einem Lagerfeuer würdest du zittern. Als Leopardin musst du vor ihm auf der Hut sein, denn auch die Löwen jagen jetzt. Dieses Männergebrüll dort draußen in der Savanne am Rande des Waldes, das ist Power, doch nur für kurze Zeit, bis die anderen kommen, vielleicht zu zweit oder zu dritt, um den alten Boss zu töten, zu verletzen oder zu verjagen und all seine Kinder zu töten.

Dies ist eine andere Art der Jagd, das ist »das egoistische Gen«. »ICHICHICH«, schreit es im Mann, der die Frauen aufsucht und seine Kinder mit ihnen in seinem Harem zeugt. Du verstehst es nicht richtig, denn du bist jetzt Leopard, denn du stehst immer auf der anderen Seite, du bist Frau. Du fühlst, wie die läufigen Löwinnen sich immer wieder in den wenigen möglichen Tagen der Empfängnis paaren. Du weißt, dass auch sie - wie auch du selbst - den fittesten Vater für ihre Kinder wollen. Doch du bist nicht nur wie sie, denn die Löwinnen sind ein Rudel, leben lange zusammen, länger als die Männer, die großen und die kleinen, die kommen und gehen. Du bist anders als sie, denn als Leopardin und Menschenfrau bist du den größten Teil deines

Lebens allein, wie auch *er*, an den du nun denkst, den du über alles liebst, wenn er doch nur der Vater deiner Kinder wäre! Wo mag Manfred in diesem Augenblick sein?

Satt bist du nun und ruhst wieder oben auf einem Akazienast, lässt locker deine Beine hängen, schließt die Augen für einen Augenblick – die Ohren bleiben immer offen – und träumst - riechst und hörst und siehst in dir - von fernem Ort von ferner Zeit, von einst:

Im Kral hinter Dornenhecken leuchten – so hell und farblos in restlichtverstärkten Katzenaugen, so gelb in Affen-Menschenaugen - die Feuer der Massai. Über allem strahlt weiß die Volle Mondin. Flusspferde verlassen das Wasser zum Äsen. Glühwürmchen blinken. Dann hörst du das Gelächter der Hyänen. Und du weißt, was dort geschieht: sie tragen die toten Löwenjungen davon, die – nein, die sie nicht töteten, die durch Schlangenbisse starben. Sie bringen die Beute zur Höhle. Und dort ... du bist die älteste Tochter der Anführerin, so klein noch, so jung. Also tust du, was zu tun ist, hier und jetzt im Dunkel: du tötest deine Schwester.

Du schreckst auf: Bin doch keine Hyäne, war es nie! Doch hatte ich einst vielleicht eine Schwester, die ich verlor, als ich ging, als ich die Menschenwelt verließ und auch die Welt der Leoparden?

Kann mich nicht erinnern.

Grau und hell ist die Nacht in der Savanne, wie berauschend die Düfte der anderen Leoparden sind, wie klar ihre Stimmen von fern, von nah in deinen Ohren. Wie herrlich es doch ist, ihren Liedern unter Mondinlicht und Sternenhimmel zu lauschen. Dort unten zieht ein Löffelhundpaar vorbei, sammelt Insekten von den Gräsern. Zwei Erdferkel verfolgen sich. Buschbabys springen heuschreckengleich zwischen den Bäumen über die Erde und dann wieder auf die hohen Äste empor, wo sie den Tag verschlafen werden. Ihre riesigen Augen spiegeln das Licht. Oben auf den Akazien aber sitzen die Nachtblinden, schlafen und lauschen und zittern, warten auf das Tageslicht, denn schnell wären sie dort unten tot: Paviane. Elefanten schlafen im Stehen. Noch immer ist Nacht. Gewitter ziehen auf. Donnergrollen. Grelle Blitze. Löwen folgen den Herden auf die Hügel.

Der Sonn steigt glühend am Horizont empor. Weit sind die Himmel und rot, schwarz erscheint dir nun der Akazienbaum. Längst legten sich die Geschöpfe der Nacht in ihren Höhlen und Verstecken nieder zum Schlaf. Die Tagwesen erwachen aus ihren Träumen. Schichtwechsel ist angesagt.

Dort steht nur ein einzelner Baum, hier aber wächst fast ein kleiner Wald aus Schirmakazien. Du liegst oben auf dem Akazienast mit den Resten der Antilopenbeute, die du dir in der Nacht fingst.

Nicht allzu fern schaut ein Giraffenkopf ins Laubdach rein, wo keiner sonst hinlangen kann, da kommt sie mit ihrer Zunge noch dran. Nicht allzu fern rupft ein Elefantenrüssel Blätter ab, während ein anderer Elefant den Nachbarbaum mit Stoßzähnen, Rüssel und Masse niederzwängt. So friedlich - stressig für die Akazie! - kann es bei Tag sein, denkst du und schaust dich um.

Jetzt kommen die Wechselwarmen aus ihren Verstecken, um Energie zu tanken. Eben noch gesonnt, dann gerannt und schon von der anderen größeren Echse verschlungen. So ergeht's den Kleinen hier wie überall.

»Auch andernorts in Menschenwelten«, flüstert es in dir.

So sind Leben und Tod miteinander verbunden.

So geschieht es immer wieder, wiederholt sich alles auf dieser Welt.

»Auf zur gemeinsamen Gazellenjagd!«, bellt der Ruf des Wildhundrudels. Alle sind so aufgeregt. Denn die Jungen sind dabei. Es ist ihre erste Jagd, das erste Mal, ja, das ist immer so eine Sache. Und die Jagd gelingt, schön für die Hunde, schlecht für die Beute.

Eine Gepardin hat es ebenfalls geschafft: sie drückt der Gazelle die Kehle zu, die allmählich erschlafft. Dann schleppt sie ihre Beute zum Versteck ihrer beiden Kinder. Dort trinken alle Gazellenblut, reißen das Muskelfleisch auf, und schließlich leckt die fürsorgliche Mutter das Blut von den Schnauzen und Hälsen ihrer Kleinen.

Allein zieht die Giraffenmutter mit ihrem Kind dahin. Wo sind die anderen? Sie kaut die Blätter wieder, holt das Wasser aus ihnen heraus und kann so lange dürsten. Nun aber spreizt sie ihre Beine weit, zieht den Kopf bis tief hinab und trinkt und trinkt und trinkt. Dann folgt ein Staubbad und weiter geht's mit Essen. Und das Kind folgt und saugt, und beide finden zur Gruppe zurück und haben überlebt.

Dort aber schleicht sich ein Pavianmann heran, packt zu, hat auch schon den kleinen Affen erwischt. Er ist der erste beim blutigen Mahl aus tierischem Protein. Dann kommen die anderen aus der Gruppe dran.

Marabus landen, sie warten, auch die anderen sind schon da. Denn der Himmel war voller Geier. Ein Gewusel über den Zebraresten. Weit verteilten sie sich dort oben - Vogel sein und fliegen, wie das wohl ist, ob Manfred das kann? - und sahen hinab. Einer von ihnen erblickte als erster das Aas. Die anderen sahen ihn landen und folgten. Wieder andere sahen die anderen. So sind sie nun alle hier versammelt.

Du springst vom Baum und landest als Mensch und gehst aufrecht und mit Überblick über das Gräserne Meer deinen Weg. Und auch der Tag schreitet voran. In der Mittagshitze wandelst du dich wieder, springst den Baum empor und ruhst dich aus. Du schläfst ein und lauschst zugleich, erinnerst dich beim Erwachen nicht mehr an deine Träume. Die Hitze lässt nach, so springst du vom Baum herab und wanderst als Menschenfrau weiter nach Norden.

Kurz ist der Abend. Du wandelst dich in die Schwarze Pantherin zurück und springst hinauf. Schnell hüllt Nacht die Savanne ein, hell für die, die sehen können.

Jetzt weckt dich der Hunger aus dem Schlummern, du kletterst mit ausgefahrenen Krallen kopfunter den Stamm hinab. Unten auf dem Boden der Savanne aber bist du heute nicht allein. Termitenmillionen haben ihren Staat verlassen, wuseln dort herum, ernten Gras, schleppen Halmstücke davon. Alle sammeln sich: junge Männer und Frauen, alle, die Flügel haben, sind jetzt bereit für ihren ersten und letzten Flug. Denn heute ist die Nacht der Nächte. Die meisten werden in den nächsten Sekunden, Minuten, Stunden sterben und wissen es nicht und wüssten sie es, was könnten sie tun? Mit feinsten Ohren könntest du ihre Flügelschläge hören, mit Leopardenaugen sähest du sie starten zu ihrem ersten Flug in mondinheller Nacht, der Hochzeit in den Lüften, geschähe alles jetzt. So ist es nicht und doch erlebst du es.

Huscht eine Erdferkelin vorüber.

Du verstehst ihren Hunger und schleichst auf samtenen Pfoten mit eingezogenen Krallen weiter durchs hohe Gras.

Die Erdferkelin findet die Erntestraßen, den Zug und den Termitenhügel und schnüffelt und leckt die winzigen – nahrhaften – Wesen mit ihrer langen Zunge auf. 100 000 Leben nimmt sie an diesem Ort in dieser Nacht!

Du siehst die Erektion des Menschenmannes. Das sind doch keine Leopardengedanken, niemals, denkst du noch und schon nicht mehr, rollst dich brünstig hin und her, voller Sehnsucht nach dem Kater, strömst den Duft aus, der ihn, der sie alle zu dir locken soll. In die Nacht hinaus rufst du deinen Liebessehnsuchtsschrei, hier und jetzt: unter klarem Sternenhimmel im Mondinlicht, das sich spiegelt in deinen weit geöffneten Pupillen. Du springst am Stamm empor, du schreist, du willst ihn *jetzt*!

Ein Serval am Boden schaut kurz auf und sieht dort oben Leopardenaugen leuchten. Dann ist da nur noch Dunkelheit - die Schwarze Pantherin hat ihre Augen geschlossen - und Zikadengesang.

Bilder aus fernen Zeiten steigen in dir auf, ein Katzenmenschentraum: Es ist Nacht, ein klarer Sternenhimmel, die Mondin scheint so hell und voll wie - immer. Doch jetzt ist sie ein wenig jünger. Kühl ist die Nacht in Nordafrika.

Du träumst den Traum, während die vier Meter lange Schwarze Mamba dich züngelnd betrachtet und - vorüber gleitet, denn sie ist nicht Satan, der dich versuchen will, nicht ER, noch ist sie an großen Katzen interessiert, Vögel hat sie hingegen zum Essen gern.

Du träumst den Traum von der Liebesnacht bei den Pyramiden. Katzen-Menschen-Sex war das, Menschen-Katzen-Sex.

Bastet nannten dich die Menschen einst.

Dann siehst du die andere, doch tarngefleckt und nicht schwarz, irgendwo, nicht weit entfernt in Zeit und Raum und nicht auf einem Baum. Sie hat, was du nicht hast, wonach du dich sehnst, sie leckt zärtlich das Fell ihrer beiden

Jungen, die sie noch säugt.

Du bist längst erwacht, hast keinen Hunger, lauschst in die Nacht.

Rascheln und die Tritte vieler Füße, ein Hoppeln hier und da.

Du träumst, der schwarze Serval mit weiten, leuchtenden Pupillen zu sein, der jetzt dort unten springt, die Maus fängt und ihr mit einem Biss die Wirbelsäule durchtrennt.

Morgen in der Savanne. Die Leopardin, nicht die gefleckte mit den Jungen dort unten, sondern die Schwarze Pantherin erhebt sich auf dem Akazienast, springt hinab, landet sanft auf »Katzen«pfoten, richtet sich vorne auf, steht auf den Hinterbeinen. Beine und Rumpf und Arme und Kopf nehmen die Gestalt einer dunkelhäutigen, jungen Frau – Moyo – an.

Du drehst dich langsam einmal im Kreis und schaust dich um. Dort oben in den Akazien wimmelt es ja von Webervögeln - die waren doch eben noch nicht da! -, ist ein ständiges Kommen und »Gehen« - Fliegen und Flattern. Nachwuchs ist in den Nestern. Ein Marabu steht dort auf langen Beinen und pickt ein Junges aus einem der vielen Nester, wirft es hoch und fängt es mit seinem großen Schnabel. Schon hat er es verschlungen. Reich ist der Tisch heute und hier für ihn in diesem Selbstbedienungsladen gedeckt.

Über allem kreisen Geier.

Klar und scharf sieht einer unter sich einen Menschen stehen. Dann gleitet er weiter dahin durch die Lüfte, während all die kleinen und großen Menschen(affen), dieser eine dort und all die anderen, noch immer erbärmlich über die Erde krabbeln, noch immer ohne Flügel sind. Er ist es, der als erster die Reste einer Löwenbeute erspäht. Schnell sein, heißt es jetzt. So schießt er hinab. Die anderen haben es schon wahrgenommen. Sie kommen.

Längst bist du weitergegangen, wieder einen Schritt – viele Schritte - ein Stück deinem Ziel weit im Norden näher gerückt. Keine Bäume, keine Büsche mehr, nur noch Gras. Halt, dort steht doch noch ein einziger Baum. Sein Name ist

Baobab, der Affenbrotbaum, Unmengen von Wasser speichert er in seinem gewaltigen Stamm. Müde bist du jetzt am Mittag, heißt brennt der Sonn herab. Nein, als Mensch allein legst du dich nicht ins Gras. Da wechselt du lieber wieder deinen Körper, fährst deine Krallen aus, springst und kletterst den Stamm hinauf, machst es dir in der Astgabelung gemütlich, lässt entspannt die Beine hängen, schließt die Augen, döst so im Schatten eines Astes vor dich hin, schläfst (fast) ein und träumst schon wieder von Sex und Liebe, einem Leopardenmann und Manfred.

Weit entfernt im Innern eines anderen Kontinents richtet sich ein Hengst auf seinen Hinterbeinen auf. Korsak weicht zurück, denn das Pferd nimmt einen Menschenkörper an. Manfred schaut sich um, passt seine Sinneswahrnehmung dem neuen Körper an. Es ist Morgen, es wird Tag im Osten des großen Kontinents Eurasien, hier inmitten der Mongolei.

Lege mich ins Gras, so, wie es ein Pferdekörper niemals kann, und du, Korsak, hältst Wache neben mir. Schließe meine Augen, verlasse meinen Körper, schwebe nach Westen und Süden, streife suchend umher und finde deinen auf dem Baobab ruhenden Pantherkörper, dringe in dich ein, die du gerade von mir träumst, auch wenn ich in deinem Traum den Körper eines Leopardenmannes trage.

So bin ich nun bei dir, in dir, meine einzige und große Liebe Nairra/Moyo. So verschmelzen unsere Seelen.

Dann ziehe ich mich zurück, vergesse schon, vergisst auch du alles, was geschah.

So wird auch ER nichts in mir von dir entdecken, dann, wenn ...

V E R G E S S E N

Du wachst am Abend auf, verlässt den großen alten Baum, Sprung des Leopardenkörpers, so kehrst du mit allen Vieren auf die Erde zurück. Du hast Hunger. Du gehst auf die Jagd, die erfolgreich ist. Du bringst die Beute nach oben in Sicherheit. Dort isst du dich satt.

Am nächsten Morgen springst du wieder hinab, nimmst unten wieder deine Menschengestalt an. Wachsam gehst du weiter nach Norden. Irgendetwas geschah letzte Nacht oder in der Nacht davor, denkst du verwundert, da war ein Traum, in dem mich irgendwer besuchte - Sex – und ich wurde schwanger? Doch sollte das oben auf dem großen Baum geschehen sein? An mehr kannst du dich nicht erinnern.

Wunderbar verwandelt erscheint dir nun die Welt.

Denn du weißt es, du weißt es: Ich werde Mutter sein.

Weiter gehst du - nun so beschwingt - deinem Ziel entgegen. Du folgst dem Ruf der steinernen Tempel, die du in dir siehst:

Jahrtausende müssen sie alt sein, Menschen- oder Götterwerk?

Ein Wort flüstert die Stimme immer wieder in dir: »PY-RA-MI-DEN«.

Gedanken rasen, Worte stürmen auf dich ein. Einige kennst du und weißt doch nicht, woher. Denn niemand in deinem Dorf hat sie dir je genannt. Und die Worte lauten:

»Sobek-Ra - Smorré-Aié - Manfred - Nairra - Moyo - Rani - Ra«.

Gedanken prasseln, sind Funken von Licht in der Dunkelheit, Nicht-Wissen.

Feuer gab es schon immer hier. Pflanzen und Tiere passten sich an.

Du hast es gelernt, irgendwo und irgendwann. Du drehst das Holz im Holz, entzündest so das trockene Stroh, jetzt und hier am Abend inmitten der baumlosen Weite.

Heute werde ich meinen Menschenkörper in der Nacht behalten, nimmst du dir zumindest vor.

Kurz hast du die Augen geschlossen - bist du gar eingenickt? -, und schon bist du wieder die Pantherin.

Du siehst die anderen dort an einem Feuer sitzen, das sie nicht nur bewahrten, sondern selbst entfachten. Du riechst und lauschst, schaust genauer hin. Sind meine Menschenahnen darunter, denkst du staunend voller Ehrfurcht. Diese kleine Frau und dieser Mann dort könnten es sein.

Wie viele Generationen entstanden, lebten und vergingen seitdem?

Dieses Bild, grünlich leuchtend inmitten der Nacht, dort sitzen sie und wärmen sich. Du aber bleibst in Deckung und siehst ihnen zu. Nein, dort wirst du keinen angreifen, dort, wo sie alle zusammen sind, am schmerzenden Feuer, das du kennst, das es schon immer gab. Doch diese Affen da sind anders als all die anderen, die kein Feuer besitzen oder es erst einmal finden und bewahren müssen. Diese hier tragen es stets bei sich. Das weißt du, woher auch immer. Du riechst ihre Angst vor der Dunkelheit. Fast blind scheinen sie in diesem so hellen Mondinschein zu sein. Einzeln sind sie leichte Beute - alleine, verlassen, ohne ihr Feuer.

Du schreckst auf: da ist noch *etwas* anderes auf der anderen Seite im Dunkel. Es ist kein Leopard wie du und auch kein Mensch, kein Tier, obwohl es den mächtigen Körper eines Säbelzahntigers - *Smilodon* trägt.

ER riecht und hört und sieht die Menschen am Feuer.

ER brüllt SEINEN Hunger hinaus. Wie sie zittern und bibbern, diese schwarzen Schatten vor grünen Flammen.

ER springt aus der Schwärze, packt den ersten, der zuckt und zappelt und schreit - nur kurze Zeit.

ER schüttelt ihn und wirft ihn weg.

Die anderen sind starr. Dann erwachen sie aus der Schreck«sekunde», und greifen an.

Du bewunderst den Mut dieser Menschen, die dir eben noch so schwächlich schienen. Doch bleibst du noch immer verborgen und schaust, was weiter geschieht. Du siehst, wie die Speere, die IHN treffen, lautlos zerfallen. Kein Blut fließt aus IHM, dessen Raubtierkörper sich zornig im Kreis dreht und sich verwandelt in formlose Schwärze. Und die Erde schreit auf vor Schmerzen, bebt.

Und die Schwärze saugt das Feuer der Menschen ein, das sie auf ihn schleudern. »WIR sind GOTT!«, brüllt ER in SEINER Sprache, die kein Wesen auf Erden versteht. Dann atmet ER die Menschlein ein: all die, die eben noch tapfer kämpften, und auch die, die schon geflohen waren und sich in der Dunkelheit verkrochen hatten.

Und jetzt, wo kein Feuer mehr brennt, kalt ist es geworden, kühlt SEIN Zorn ab. So nimmt ER wieder grölend lachend seinen Säbelzahntigerkörper an, der IHM so sehr gefällt. ER weiß, dass da eine andere Katze - klein und schwach und vom anderen Geschlecht - war und ist, die Angst vor dem Feuer hat und alles sah, was geschah. ER riecht, hört, sieht die Leopardin vor sich, in sich, der nichts geschah, die alles sah, die sich auf einen Baum zurückzieht und schon vergisst.

Du öffnest deine Leopardenaugen, du stehst als Menschenfrau auf. *So* war das also. *ER* lebte damals schon, ER war es in anderer Gestalt, ER, der meine Leoparden-Ururur...ahnin ignorierte und mich Hunderttausende von Jahren später als Menschenfrau Nairra tötete, einst zu einer anderen Zeit in einer anderen Welt mit Namen W<small>ALD</small>.

Ach, Wandel ist, alles ver... Was geschieht nur mit mir?

Wächst da alles ringsum so schnell und gewaltig? Oder schrumpfe ich zur Zwergin inmitten der Halme? Träume ich nur, dass all dies geschieht?

Längst überragen dich die Gräser. Und du in deinem kleinen Menschenkörper beginnst dich zu biegen, zu neigen im Wind wie all die Gräser. *So* wirst du eins mit dem Gras, so gehst du im Vielen auf.

Wiegen uns im Wind, atmen Luft und Licht, trinken die Wasser der Erde. Überall sind wir in diesem weiten, weiten Land. Tanzen den gräsernen Tanz in Harmonie, Tai-chi, biegen uns, passen uns an.

Irgendwo in allem bist du - an diesem Ort in dieser Zeit, zu anderen Zeiten, an allen Orten, wo ER/ES, Manfred und du einst weilten.

Du siehst in dir so viele Dinge, die ES/ER einst wahrnahm von der Welt, träumend in Meerestiefen, in der Luft fliegend und auf dem Land auf zwei, vier, sechs, acht und Hunderten von Beinen laufend:

Regenwälder schwinden dahin, denn die Niederschläge verringern sich, werden immer seltener, es wird trockener. Das heißt Tod für viele, das heißt Leben für andere, neue, wenige. Doch nicht sofort, doch nicht von heute auf morgen, sondern im Laufe von Jahrtausenden, Jahrmillionen. Der Wald trocknet aus, die Bäume sterben. Die Gräser siegen und breiten sich aus. Überall ist Wechsel. Mehr Regen - mehr Büsche und Bäume, mehr Trockenheit - mehr Gräser. Grasesser entstehen unter den Säugern. Wenige Arten, gigantische Herden von Wiederkäuern: Antilopen und Rinder und Giraffen. Da sind auch Pferde und Elefanten. Ihnen folgen die Räuber. Und die Affen verlassen die Bäume des Waldes. Paviangruppen durchstreifen die Weite der Savanne, erste Menschen, noch sehr klein, schauen vom Rand des Waldes, erblicken das viele Fleisch, richten sich auf. Und während die alten Regenwälder im Osten Afrikas sterben, überleben wundersamerweise einige Menschen, passen sich an, wachsen, vermehren sich, entdecken das Feuer, bewachen es, erzeugen es, schaffen sich Waffen vieler Art aus Holz und Stein und wandern nach Norden, immer weiter, bis sie schließlich alle Festländer der Erde bewohnen. Eine neue Welt ist im Osten von Afrika entstanden.

»Savanne« werden andere Menschen, eine neue Art von größerer Gestalt und nackt, ihren Lebensraum nennen. Wir alle kennen diesen Namen, denn *wir* sind ihre Nachkommen, sind diese Menschen. Vieles, was ER/ES wahrnahm/wahrnimmt, das siehst du nun in dir.

Das alles geschah vor langer Zeit, das alles geschieht.
Heute jedoch wandert *ER* durch Nordamerika, zieht *Moyo* noch immer durch Afrika. Beide sind sie nach Norden unterwegs.
Sie sieht IHN bisweilen, an den Orten, wo ER einst war.
ER aber weiß nichts von ihr.
Und auch *Manfred* kommt voran, wandert weiter von West nach Ost, seinem Ziel, den höchsten Bergen der Erde entgegen.

Du denkst längst nicht mehr daran, was sein könnte, wer was sein könnte, dass ER in allen Wesen und Dingen stecken könnte, als Gast für kurze Zeit im Körper irgendeines Wesens. Du denkst längst nicht mehr daran, dass ER jede beliebige Gestalt annehmen kann. Überall könnte ER sich verbergen.

Aber auch Manfred könnte um dich herum sein und dich belauschen, betrachten und berühren.

Beide könnten hier bei dir sein, so wie die Mücke, die dich jetzt in den Arm sticht und dein Blut trinkt. Bin ich also doch verwundbar!

Du tötest sie nicht.

Du weiß nicht, wo ER jetzt ist. Du brauchst es nicht zu wissen. ER hat deinen Tod in SEINEM Gedächtnis. So bist du für IHN gestorben. Alles ist gut. Du schaust dich wieder draußen um, nimmst wieder deinen Pantherkörper an, läufst weiter nach Norden, immer an den Territoriumsgrenzen der anderen deiner Art entlang oder zwischen ihnen hindurch - ganz wie zuvor. Keinem begegnest du.

Der Tag bricht an - du wirst wieder Menschenfrau. Sieh da, dort liegen die Krokodile im Sand. Sie sonnen sich am Strand. Als senkrechte Schlitze schauen ihre Pupillen ins Licht. Du siehst nicht, was sie sehen - »Farben sehen sie«, flüstert eine Stimme in dir, »Farben, die dein Menschen-, aber nicht dein Pantherkörper sieht« -, doch du weißt von deinem Menschen-Ich, dass sich ihre Pupillen bei Nacht zur Zeit der Jagd zum Kreis erweitern und gelborange leuchten, denn auch sie besitzen Restlichtverstärker, wie deine Leopardenaugen. Du hörst und siehst, wie sie nun ins Wasser gleiten, wie sie warten, lauern, aha ...

Gnus und Zebras haben das Ufer erreicht. Sie alle müssen den Fluss an dieser einen seichten Stelle auf ihrem Zug nach Norden überqueren. Sie zögern, denn sie wittern im Wasser Gefahr. Doch immer mehr von ihnen drängen nach. Dann gehen die ersten ins Wasser, werden hineingeschoben. Die Überquerung hat begonnen. Unaufhaltsam geht's voran.

Und die Krokodile schlagen zu, packen Kälber - die verschlingen die großen unter ihnen in einem Stück - beißen, fassen mit ihren kräftigen Kiefern Zebras und erwachsene Gnus an den Köpfen, ziehen sie unter Wasser, ersticken sie dort, reißen sich drehend Stücke aus der Beute, die sie dann mit erhobenen Köpfen mit Hilfe der Schwerkraft verschlingen.

So müssen jedes Jahr einige ihr Leben geben für all die anderen, die ans rettende Ufer gelangen.

Doch auch *du* musst diesen Fluss, der keine Brücke hat, auf deinem Weg nach Norden überqueren. Könnte ich mich doch in einen Vogel verwandeln, dann flöge ich hinüber, denkst du. Freie Körperwahl, das wär doch was! Dann würde ich mich auch in eine mächtige Krokodilin verwandeln und einfach hinüberschwimmen. Dann wäre ich wie du, Manfred, den ich im Ganga schwimmen sehe, an einem fernen Ort zu irgendeiner Zeit im Körper eines Gavials. Ich aber habe nur die Wahl zwischen zwei Körpern, auch wenn ich einst träumte, mit einer Akazie, also einem Baum, eins gewesen zu sein. Menschenfrau oder Pantherin, das ist jetzt und hier die Frage. Doch das geht ja auch, denn ...

Du behältst deinen Menschenkörper und sprichst die magischen Worte. So rufst du das mächtigste der Krokodile bei seinem alten Namen, der aber lautet »Sobek«. Und während du diese Silben noch flüsterst: »So-bek, So-bek, So-bek« und während du all die Gerüche ausströmst, die den Krokodilgott locken, wunderst du dich, woher du all dies weißt, denn niemand lehrte es dich, und doch sprichst du die Silben so aus, wie es einst vor Jahrtausenden die alten Priester taten.

Und *er* kommt und nimmt dich auf seinen mächtigen Rücken, wie es einst der Elefantenbulle tat, und da erscheint kein anderes Krokodil, das etwa deine Füße oder Beine packen will, niemals, nie!

Dann schwimmt Sobek mit dir flussabwärts.

Und seine Gedanken flüstern in dir von dem anderen Krokodil, das in den Mangroven lebt - dem Leistenkrokodil. Es, nein, wiederum ein Er, *er* ist der Schöpfer aller Dinge. Denn am Anfang war nur Wasser über der Erde. Er aber ließ trockenes Land auftauchen und begattete eine Spalte in der Erde. Da heraus kamen Pflanzen, Tiere und Menschen. Und sein Unterkiefer fiel auf die Erde, sein Oberkiefer aber bildete das Himmelsgewölbe. Und die erste Morgendämmerung brach an.

Und fern der noch immer zum anderen Ufer strömenden Herde von Gnus steigst du von Sobek ab, bedankst dich bei ihm für seine Hilfe und weinst und weißt nicht, warum?

Er singt dir zu, ein Brüllen in Menschenohren.

Du wünschst ihm gesunde Kinder, die groß und stark werden mögen und wiederum Kinder haben sollen.

So wird es sein, so geschieht es: Viele seiner Kinder werden die gefährliche Zeit der Jugend überstehen und erwachsen werden, von niemandem getötet, von niemandem gegessen.

Und das, was sonst niemals geschieht, passiert nun - weil du es so willst oder Er Dort Oben? -: Sobek riecht/hört/sieht/erfühlt das künftige Leben seiner noch ungeborenen Kinder. Könnte er es, so weinte nun auch er Krokodilstränen.

Jetzt, wo Moyo und die großen Gnu- und Zebraherden das Savannenland verlassen haben, blieben nur wenige von den großen Säugern zurück. Denn es wird immer trockener. Da sind die Kaffernbüffel und die Löwenrudel, deren Männer ihre Reviere so lange sie können halten. Die Löwinnen aber sind auf die Jagd gegangen. Sie wittern die Schwäche ihrer Opfer: so packen sie die große Büffelkuh – die eine hält sie am Schwanz, die andere an der Flanke, die dritte erwischt sie am Hals und drückt sie um, die langsam nun erstickt.

Für dich, das Opfer, sind es Ewigkeiten. Schmerzen und Gebrüll, dann Schwäche, die immer größer wird. Du fällst. Du legst dich hin zum Sterben. Du stir...

Essen und gegessen werden.

»Ewiger« Kreislauf des Lebens auf Erden, in diesem Sonnensystem, dieser Galaxie, in diesem und all den anderen Universen - in allen Höllenwelten!

ER, der niemals stirbt

Heute wählt ER einen Menschenkörper, legt SEINEN alten ab, schlüpft in einen neuen - drängt dessen Geist/Seele zur Seite.

Mit anderen Sinnen hatte er die kleinen Menschen hier im Osten von Afrika wahrgenommen, die in 2,5 Millionen Jahren einen seltsamen Namen - *Homo ergaster* - tragen würden, hatte sie beim Vertreiben der Räuber von der Beute und beim Essen von rohem Fleisch und Innereien beobachtet. Schwach war jeder von ihnen, doch in der Gruppe waren sie stark. Und sie stellten steinerne Werkzeuge her. Faszinierend.

Jetzt am Abend sitzt ER im Körper des Menschen am Strand und schaut nach Osten hinaus aufs Meer. Sonn taucht hinter den Bergen in SEINEM Rücken unter. Immer stärker wird ES in IHM mit wachsender Nacht. ES will hinaus. So sieht der kleine Mensch weinend, unscharf werden die Bilder und dunkel, ein letztes Mal die Welt mit seinen Augen. Dann wälzt er sich schreiend im Sand.

Die anderen schauen nur, helfen nicht und könnten es auch nicht.

Schreiend vor Schmerzen reißt sein schwacher Menschenkörper entzwei. ER durchbricht die Hülle, springt brüllend empor, ist auch schon auf allen Vieren im immer noch wachsenden Säbelzahntigerkörper davongesprungen.

Lange lebte ER dort, dann zog ER weiter hinaus in die Welt, über die Festländer aller Kontinente der Erde, denn dies war seine Bestimmung. Hin und wieder kehrte er nach Afrika zurück. Um zu schauen, was aus den Menschlein geworden war? Vielleicht griff ER ja auch in die irdische Evolution ein und veränderte die eine oder andere Menschenart. Oder aber sein Zorn tötete die wenigen Ersten der einen oder anderen Art, die es am Anfang gab. Mag sein, dass ER es war, der dem neuen Menschen – Homo erectus – den Gebrauch des Feuers beibrachte, der ihnen die Idee gab, Harz zu verwenden, damit ihre Fackeln auch bei Regen brannten, wenn sie die Riesenelche jagten, wer weiß!?

*Dies alles geschah nach Menschenbegriffen vor langer, langer Zeit. Diese Dinge weiß nur ER, also auch ES. Menschen erfuhren sie nie, denn kein Mensch schrieb damals Worte auf. Also könnten heute nur ER und ES uns Menschen der jüngsten Art, die sich selbst den Namen »weise« gab (*Homo sapiens*), davon berichten.*

»Prärie« werden Menschen dieses weite Land aus Gras in 100 000 Jahren nennen. Jetzt gibt es hier noch keine Menschen: keine zugewanderten »Ureinwohner« - weder die Solutréen-Leute, die mit Booten über das Eis aus Südfrankreich kommen, noch die Clovis-Leute, die die trockenliegende Beringstraße aus Ostasien durchschreiten – Indianer werden die überlebenden Nachfahren einst von den spät Zugereisten genannt werden. *Sie* werden es sein, die mit ihren steinernen Speerspitzen die großen Säuger - Mammute, Riesenfaultiere, Riesenbären und Säbelzahnkatzen - ausrotten, und nicht die bleichgesichtigen Europäer, die später dann die Büffelherden niedermetzeln, die Präriehundkolonien vernichten, Wölfe und die großen Adler abknallen. Dunkelhäutige Afrikaner und Chinesen werden als Sklaven und Kaufleute kommen und ...

Auch ER durchstreift dieses weite Land jetzt nicht, *noch* nicht.

Sie aber gibt es schon: und nun, da das Rudel sich gut nährte und vermehrte, da es zerfällt, heulen die Wölfe die ganze Nacht bis weit in den Morgen hinein. Und Büffel gibt es, Bisons, wunderbar befellt und angepasst mit ihren jahreszeitlichen Wanderungen an Land und Zeitenwandel. Es ist Winter, die Welt hat sich weiß gefärbt. Sie schaufeln mit seitlichen Kopfbewegungen den Schnee zur Seite und gelangen so ans Gras.

Im Sommer wüten die von Blitzen entfachten Feuer, breiten sich aus, brennen so lange, bis sie von selbst erlöschen, wenn der Wind dreht, wenn ihnen die Nahrung ausgeht, wenn die Regenschauer kommen. Sie verschlingen Gräser und vielerlei Getier, Tod sind sie für Leben. Leben gebären sie, denn hinter ihnen sprießen neue Triebe, die den Büffeln als Nahrung dienen. Im Sommer kämpfen die Bullen miteinander, begatten Kühe. Kälber werden geboren und wachsen heran.

Formationen von Schneegänsen fliegen aus dem Norden ein, denn es ist Herbst. Der Nordwind wehte sie her. Hier rasten sie am See auf ihrem Zug nach Süden.

Und wieder wird es Winter. Alles wandelt sich.

Jahreszeiten kommen und gehen und kommen und ...

Alles verändert sich immer wieder. Alles wiederholt sich und ändert sich doch. Alles wandelt sich

Zehntausende von Jahren vergehen.

Einst aus schwarzen Träumen erwacht, aus dunklem Sternenhimmel gefallen, aufgestiegen aus den Tiefen der Meere, als Wolke mit dem Sturm hierher geweht, dreht ER sich einmal um sich selbst, riecht, hört, sieht sich um und nimmt zugleich SEINEN Nichtkörper von außen wahr.

Schwarz ist ER, schwarz war ER soeben noch, doch nur ein Stein – Einstein – Monolith.

Schwarz wie die Nacht ist ER noch immer, schwärzer noch als rabenschwarz. Noch immer dreht ER sich im Kreis, lebendig schon, trägt ER noch immer keinen festen Körper, ertastet, spürt die Pflanzen und Tiere ringsum, erinnert sich an das Leben im Meer. So nimmt ER Gestalt an, verwandelt sich, wird einer von denen, die um IHN sind, ist es auch schon und sieht zugleich, wie die anderen IHN sehen.

Sie riechen, sie hören, sie sehen mitten unter sich den mächtigen Bisonbullen. Von schwarzer Farbe überragt ER sie alle. Jetzt scharrt der Neugeborene-Ausgewachsene-Uralte in der Erde und brüllt.

ER fühlt die Kraft SEINER Muskeln. Eins ist ER mit dieser Welt. Saugt die Luft mit SEINEN Nüstern ein und schnaubt sie wieder aus. Ist wie sie und anders zugleich. Schwarz ist SEIN Fell, das sich spiegelt im Auge einer Kuh. ER ist der Größte. So hebt ER SEIN Haupt, stellt SEINE Ohren auf, saugt prüfend noch einmal die Luft, *ihren* Duft ein.

Nichts wittert SEIN neuer Körper, was anders riecht als SEINE Herde. Nichts hört ER mit SEINEN neuen Ohren, was anders ist. Nichts sieht ER mit seinen nicht allzu guten Augen, was IHN bedrohen könnte.

Doch tief in IHM fühlt ES, hört ES Gedanken flüstern, weiß, dass etwas hier nicht stimmt – Gefahr. Also steigt ES in IHM auf und drängt die Büffelseele zurück.

Und jetzt - Sekunden später - wird IHM alles klar: Andere Wesen haben sich hier eingeschlichen, keine Büffel. Wolfsköpfe tragen sie, wie Wölfe riechen sie auch und doch sind es weder Wölfe noch Kojoten, erst recht nicht Wesen SEINER Art. Wie klein sie doch sind, die sich gegen den Wind an die Herde pirschen.

Wer sind sie wirklich? Was wollen sie? *Die* muss ER kennen lernen.

Die anderen Büffel hören/sehen, wie der große Schwarze den kleinen befellten Wesen entgegenläuft, schon mitten unter ihnen ist.

ER schnuppert, schaut sie aus der Nähe an und lauscht.

Sie geben Laute von sich, die kein Büffel versteht. Das sind ja ...

»WI!«, so rufen sie IHN an, der ihre Sprache nicht verstehen kann. »WI!«, rufen sie und werfen ihre Büffel- und Wolfsfelle ab, stehen auf und geben sich zu erkennen. Dann fallen sie nieder ins Gras vor dem schwarzen Büffelgott. Es sind Menschenmänner, Krieger der Sioux, deren Nachfahren einmal auf Pferden über diese Weiten reiten werden - *The Great Horse Culture*, die Große Pferdekultur - für kurze Zeit, bis die Weißen in Massen aus dem Osten mit Pferdewagen und Eisenbahn kommen und nach Westen ins Gelobte Land ziehen. Das wird geschehen, ES sieht es klar und deutlich tief in IHM, alles wird geschehen, irgendwann in ferner Zukunft.

ER schaut sie an aus Büffelaugen, ER weiß jetzt, was diese Menschlein hier taten: zunächst beschworen sie den Geist von Bruder Wolf, bevor sie auf die Jagd gingen und sich in Wolfsfellen an die Büffel heranschlichen. »Menschen«, denkt ER der Herde zu, »hier sind Menschen, sie töten, flieht!«.

Die Büffel stürmen davon.

Einer aber bleibt zurück. Allein steht ER auf weiter Flur bei Sonnenaufgang, allein vor ihnen, den Menschenkriegern, die sich nun vor IHM wie vor einem Gott verneigen.

ER *ist* es, hier zu dieser Zeit an diesem Ort, in ihren Augen/SEINEM Geist. Wenn sie nur wüssten, wer ER wirklich ist, denkt ER, der sie mit einem Hauch zu Staub zerblasen könnte. ER lässt sie am Leben. Schnell lernt ER ihre Gedanken und ihre Sprache verstehen. Wie primitiv diese Tiere/Affen/Menschen doch sind. Und so erfährt ER auch, für wen sie IHN halten. »WI« ist der Name ihres Sonnengottes: allwissend, tapfer und treu. Das liest ER in ihren Gedanken, die von Büffelfellfarben und von der Büffeljagd wispern. So erfährt ER auch, dass einer aus ihrem Volk einst einen weißen Büffel bezwang. Mag sein, denkt ER, denkt ES in IHM: WIR aber sind schwarze Wesen der Nacht.

Kein Büffel starb an diesem Tag, unterbrochen war die Jagd. Denn WI, der Sonnengott selbst war in Gestalt eines gewaltigen Büffelbullen zu den Menschen gekommen. Diese Geschichte würde von Mund zu Mund immer weiter erzählt, ausgesponnen und vorgespielt werden: die Geschichte von der ausgefallenen Jagd und von dem Büffelgott, der vom Himmel zu den Menschen herabgestiegen war.

Sie nennen IHN WI.

So ist ER WI für sie.

So brüllt ER SEINEN neuen Namen ihnen entgegen, die nun vor IHM im Gras liegen und IHM frische Büschel entgegenhalten.

Der Tag vergeht im Flug. Schon ist der Abend hereingebrochen, versinkt der Sonn. Farblos-grau sieht ER ihn durch Büffelaugen untergehen. Rot könnte ER ihn sehen, wenn ER denn wollte und sich einen Menschenkörper erwählte. Aber ER will es ja nicht, sondern ist und bleibt jetzt und hier der Schwarze Büffel.

Feuer entfachen die Menschen.

Fliehen will der Büffelkörper vor den Flammen.

ER aber hält ihn zurück - voller Neugier und Erinnerungen.

Dann beginnt nicht der Uiwanyak Uatschipi, der Sonnentanz der jungen Krieger, denn es ist Nacht, nicht Tag, und das Dorf ist fern. Jetzt steht der Schamane auf, schlägt die Trommel und tanzt um das Feuer, um zu erfahren, was das

Erscheinen des Büffelgottes für Jagd und Stamm bedeuten mag. In Trance beginnt er zu stammeln.

Die anderen lauschen.

ER aber hört die Worte und sieht zugleich die Visionen, die der Menschentänzer in sich schaut ..: Feuer fällt auf die Erde - Feuer fällt ins Wasser - ein schwarzer Dämon taucht aus den Fluten auf - nimmt vielerlei Körper an - wird schwarzer Büffel - ist ETWAS von fern, so fremd und doch Teil von WAKAN TANKA, der allumfassenden Lebenskraft aller Welten, Teil und ausgestoßen zugleich aus dem Licht, Schwärze, also niemals, nie der Sonnengott WI.

Das sieht der Schamane, dies singt er den anderen in Trance zu.

Die anderen lauschen, hören, verstehen.

Aber auch ER hat alles wahrgenommen und mehr verstanden als der Schamane selbst. ER in Büffelgestalt weiß, dass da jetzt einige Krieger zweifeln und glauben, ER wäre ein Dämon, dass da andere sind, die meinen, ER wäre nichts weiter als ein Büffel, den man jagen könnte, also kein Gott, dass sie schon daran denken, IHN zu erlegen. So stürmt ER in SEINEM großen Büffelkörper heran, nimmt den noch immer in Trance tanzenden Schamanen auf die Hörner, schleudert ihn in die Dunkelheit der Nacht, setzt ihm nach und trampelt ihn nieder. Und während ER ihn tötet, nimmt ER dessen Wissen – und auch seine Seele? – in sich auf. Denn ER ist voller Zorn. Dann läuft ER in die Nacht hinaus, in einem Tempo, dem Menschenfüße niemals folgen können.

So lässt ER sie alle im Licht der Mondin und unter klarem Sternenhimmel hinter sich zurück, findet die große Herde wieder, wird wieder Büffel unter Büffeln, vergisst die Menschen im Büffelleben, zieht weiter über die Prärie, weiter nach Norden, folgt den alten Pfaden, die Büffel und deren Eltern und ... die Generationen seit Äonen immer wieder mit dem Wechsel der Jahreszeiten ziehen.

Wasser hat sich gesammelt in einem Tal.

Wir alle sind durstig. So wollen wir trinken.

ER geht den anderen voran und kümmert sich nicht um die warnenden Laute der Prärieklapperschlange, deren Rassel sich schon entwickelte, als noch die Vorfahren der Bisons die Prärien durchstreiften, der Rassel aus Hornringen, den Resten vorangegangener Häutungen, die sie meist davor rettet, von Büffelhufen zertreten zu werden.

Im Wasseroberflächenspiegel sieht ER verwundert nicht SEINE schwarze Büffelgestalt, sondern - den anderen. ER sieht Waboose, den Weißen Büffel, der für Winter stehen soll und Nacht. Wohl wegen des Schnees, lacht ER, der Schwärze ist. Dann taucht ER seinen Mund in den Spiegel.

Das Bild zerfließt.

ER trinkt, stillt SEINEN Durst und wendet sich ab, macht den anderen in der Herde Platz.

Endlos erscheint die Herde seinen Ohren und seiner Nase - seine Augen sehen kein Ende. ER hat einen Hügel bestiegen und riecht, lauscht, schaut hinab. Sie alle sind mein, denkt ER, Tausende mögen es sein, Tausende dort unten, weit unter IHM, so wie es sich gehört.

»Der weiße Büffel, der UNS rief? Ein anderer Körper, den WIR einst trugen? Welche Körper trugen WIR wo?«, flüstert ES tief in IHM.

Und ER erinnert sich, schon einmal war ER hier. 10 000 Jahre mögen seitdem vergangen sein. Eisig war es damals in der Prärie, wie angenehm für IHN. Mehrere Büffelarten gab es. Einen Büffelkörper mit großen seitlich abstehenden Hörnern nahm ER damals an.

Jetzt fühlt ER sich um: riecht und hört und sieht hier und da, vereinzelt die Kleinen, die keine Wölfe sind und doch »Präriewölfe« genannt werden. Schmal und schlank sind sie, die andernorts die Totempfähle zieren. Geschichten entnahm ER dem Geist des Schamanen: die von dem Einen, der den Menschen das Saatgut brachte und die Fluten zurückweichen ließ.

Einer von ihnen werden, einer von ihnen sein, Tiere fangen und essen, lebendes und totes Fleisch!, denkt ER und nimmt auch schon die Gestalt eines Kojoten an.

Dort unten ziehen die Büffel weiter.

ER schaut/lauscht/riecht ihnen in seinem neuen kleinen Körper nach, bleibt stehen, folgt ihnen nicht, läuft alleine durch das weite, leere Land. Wie *gut* die Stille SEINEN Ohren tut. Zu viel Lärm war in der Herde, zu viele Tiere, Massen, denkt ER noch, öffnet SEINE Augen auf traumwandlerischen Pfaden, ist schon gänzlich weggetreten.

Bellen weckt IHN auf.

Das ist ja fast wie einst im Meer. Nein, da ist nirgendwo ein Schwarm von Fischen, da gibt es weder wimmelnde Würmerenden noch Quallen noch Planktonmassen - wie sollten die auch hier auf dem Trockenen existieren können! Und doch leben hier Unzählige: oben und unten, Posten tauchen vor IHM ab und wieder auf, sobald ER vorübergelaufen ist.

Denn hier inmitten der Prärie lebt die Kolonie.

ER riecht sie, läuft schnuppernd hin. Wie weit sie reichen mag? ER weiß es nicht. Also wählt ER eine neue Gestalt, wird zum Steinadler, von dunkelstem Braun ist sein Gefieder, hebt ab von der Erde, steigt auf, schaut schweigsam hinab mit scharfem Blick aus braunen Augen. Das müssen ja Millionen sein, denkt ER. Ist ER vom Regen in die Traufe geraten, von einer lärmenden Herde mächtiger Tiere in ein Winzlingsgewimmel? Zorn braust auf für einen Augenblick, vergeht, vom Staunen überwältigt. Denn so weit SEIN Auge reicht, erstrecken sich die kleinen Hügel mit den unterschiedlich hohen Wällen, die die Höhlen und Gänge, die ganze unterirdische Stadt, die eigentliche Welt darunter belüften. ER erfuhr schon so manches aus den Erinnerungen des Schamanen und weiß doch nicht wirklich, was unter der Oberfläche vor sich geht, dort, wohin die kleinen Tiere, die Wächter nun vor IHM fliehen, der sich jetzt hinunterstürzt.

ER landet und wandelt sich in einen von ihnen, wird zum Präriehund, der kein Hund ist, sondern ein Nager und sich vom harten Gras der Büffelsteppe nährt. Wieder auf allen Vieren läuft ER zum ersten Erdwall hin, taucht in die Tiefe ein, in deren Schwärze ER sich geborgen fühlt, läuft durch die Tunnel, die Höhlen und Gangsysteme, taucht bei Nacht wieder oben auf und in den nächsten unter.

Die anderen weichen IHM aus, der anders ist als sie.

ER weiß, weshalb sie IHN meiden. ER weiß es, der sie alle vernichten könnte, wenn ER denn wollte. Doch ER will es ja gar nicht.

Neugierig durchschweift ER die dunkle Unterwelt, kommt von Zeit zu Zeit zur Ernte hinauf, wenn IHN Hunger und

Durst dazu treiben, dann beißt ER das harte Gras mit seinen scharfen Schneidezähnen ab, bringt es nach unten in SEINE Kammer im Zentrum der Kolonie.

Einige Jahre bleibt ER dort. Die Kolonie blüht und gedeiht. Kein Raubfeind lässt sich blicken, wenn ER oben wacht. Und auch sonst bleiben alle vor Katastrophen verschont.

Dann eines nachts kehrt ER nicht wieder zurück, sondern bleibt oben, schaut empor zur Vollen Mondin und den Sternen, nimmt wieder einen Kojotenkörper an und wandert weiter.

»Rot färbt sich das Laub!«, flüstert eine Stimme. Doch nicht inmitten der Prärie! Denn wo keine Bäume sind, da ist kein ... Ja, nicht hier, sondern in den Bergausläufern, dort, ja dort.

Jedes Jahr geschieht es, dass sich das Laub der Bäume verfärbt, nicht die Nadeln, nur die Blätter.

Jedes Jahr, wenn der Große Bär dort oben im schwarzen Himmel blutet, ist Zeit für die Jagd, der Winter naht.

Schaut auf der Mensch und - schreit.

Doch weder Sonn noch Erde haben ihn gepackt, auch nicht der Grizzlybärenmann. Der ist fern und heute gar nicht gut drauf, weil *sie* nichts von ihm wissen will. ER ist aufgetaucht aus dem doch sonst so scheuen Kojoten: Fell zerreißt, kein Schrei, kein Blut. ER ragt gewaltig vor dem kleinen Menschen auf. Schon ist ER über dem Indianerjungen, der seinen Namen sucht und niemals finden wird. Denn nun ist ER in seinen Körper eingedrungen und mit ihm eins geworden.

Im Spiegel der Wasserlache schaut ER sich an. Aha. So sieht, hört, riecht und fühlt ein junger Menschenmann von diesem Stamm, der erwachsen werden wollte, Heldentaten begehen, eine Frau finden, Kinder zeugen und alt werden. Einen Menschenkörper zu tragen, ist doch was ganz anderes, als einen Menschen als Büffel auf die Hörner zu nehmen. So also ist es, hier und jetzt ein Mensch zu sein!

Sich bewegende Bilder, Bilder von Menschen, die an den Großen Seen fern im Osten leben. Geschah es wirklich so? Sterben im Kanu, eingehüllt, vom Freund beschenkt mit Gaben für die letzte Reise. Der stößt das Boot vom Ufer ab. Es treibt hinaus. Wolken über dem Sterbenden, der da auf dem Rücken liegt. Dann klarer Himmel - Sonn. Blau wird blass, kalt wird die Welt, Abenddämmern. Fern verhallt der Ruf der Raben. Stille.

>Brechen auf die Himmel
in der Nacht
Und ES schreit auf
dort unten
Denn die Himmel
sind WEISS

ES öffnet die Augen unter schwarzem Himmelsdach in SEINEM Traum von der Welt dort oben. Und alles ist gut. ES liegt noch immer auf dem Meeresgrund, geborgen in Dunkelheit und Kälte. Und doch sind Teile von IHM dort oben in den Welten außerhalb des Wassers unterwegs, die schmecken, riechen, hören, sehen, fühlen mit ach so vielen wechselnden Sinnen. In zahlreichen Körpern wandeln sie dahin. Über IHNEN dort oben, die geschaffen sind, das Tageslicht zu vertragen, funkeln Sterne und strahlt so hell und grell eine schreckliche Scheibe. ES ist mit allen verbunden. ES sieht IHN über die Erde wandeln. ES erinnert sich, sieht voraus und träumt zugleich andere Träume von anderen Welten, die alle schwarz sind - also gut.

Amerika, so weit das Auge reicht. Dinosaurier, gewaltige Laufvögel und Riesensäuger, Eispanzer und dann wieder weites gräsernes Land. Die großen Ebenen, die irgendwann Menschen besiedeln, wenige zunächst für Jahrtausende zu Fuß, bis die Pferde kommen, die Planwagen, die Eisenbahn, Autoschlangen, Flugzeuge. Westernromantik, Indianersouvenirs. Spielfilme - *Western* - worin »Steppenläufer« durch verlassene Geisterstädte rollen. Beachtliche Strecken legen diese Pflanzen so vom Winde verweht zurück.

So war es einst, so ist es noch immer auf Erden. So wird es auf dem Schwesternplaneten sein. Riesige von Mars-Winden bewegte Bälle werden den roten Planeten erkunden.

ER wacht auf und erinnert sich an den *einen* der vielen Träume, den ES im Meer dort unten träumt, den Traum, dessen Teil ER ist.

ER erinnert sich an den Traum »Amerika« und seine Traumfabrik.

ER schaut sich um: Ein weites Land, braun ist der Boden und nirgendwo liegt Schnee. Es ist Tag, nicht auf dem Mars, sondern auf der Erde. Doch welcher Ort zu welcher Zeit?

ER weiß es nicht.

Doch spielt es eine Rolle?

Nein!

Ein leichtes Lüftchen, Wind kommt auf, während ER in seinem neuen Menschenkörper weitergeht. Der Wind nimmt zu. ER erinnert sich. Hier wüten die großen, Hurrikan ist der Name des ganz großen Sturms draußen über dem Meer und über dem weiten Land im Osten. Tornados heißen die kleinen, ah, diese gierigen Rüssel, die immer hungrig sind ... sie sind wie ER.

So still!

Ist ER im Auge des Zyklons?

Nein, dieses Zentrum, dieser ganze Sturm ist *ER*.

Fegt ER dahin, der allzu lange friedlich war, und bläst nun alles hinweg, was sich IHM entgegenstellt?

Das tut ER, das tut ER nicht, denn *alles* nimmt ER *in sich* auf: Angst und Qualen, Schreie und Schmerzen, Tod. Saugt alles in sich ein, spuckt es nie wieder aus. Was ER hinter sich lässt, sind Pflanzenreste, tote Körper, ist rohes Fleisch, nicht mehr. Denn jetzt nährt ER sich vom Leid der Wesen. Jetzt ist ER der Herr der Welt mit Namen Erde.

ER, der wieder zu formloser Schwärze wurde, ist nun selbst zum Sturm geworden, vernichtet Mensch, Tier und Pflanze als Urgewalt, die nach Norden und Westen, den eisigen Wüsten entgegenbraust.

Irgendwann hat sich der Sturm gelegt, hat ER sich ausgetobt und niedergelassen im Schnee dieser Neuen Welt.

Also ist da jetzt ein winziges Schwarz in weißer Welt, schwarz wie T-her, schwärzer als dieses Universum und all die anderen, die alle nur schwarze Makel sind im WEISS, winzige Punkte, Höllenwelten, deren winzige Bewohner hier und dort und überall auf einer von zahlreichen Entwicklungsstufen sich anmaßen, allmächtig zu sein.

Das neue Schwarz hat sich erhoben und bewegt sich nun hier im Norden des großen Doppelkontinents. Alaska werden Menschen dieses Land nennen. Jetzt aber lebt an diesem einen Ort nur einer in Menschengestalt inmitten der Kälte. ER, allein in einer weißen Welt, bleibt stehen, dreht sich einmal im Kreis, schaut sich um. Er ist nicht Frankensteins Monster, so wird er auch nicht von seinem Schöpfer gejagt. Er ist nicht aus Leichenteilen zusammengefügt, sondern hat seinen Körper einem anderen Wesen genommen, sich selbst gegeben - es ist der Körper des Indianerjungen und ist es zugleich nicht, den ER nun wieder trägt. Denn SEINE Menschenhaut ist nun vollkommen schwarz und zudem bedeckt von einem schwarzen Fell.

Dort stapft der SCHWARZE dahin, der niemals lieben kann und deshalb die Liebenden tötet. *Drefman* wird Manfred IHN einst nennen. Nairra wird ER in zwei Hälften teilen. Das alles wird geschehen zu einer anderen Zeit. Denn es ist beschlossen - Dort Oben.

Jetzt kämpft ER sich langsam durch Schnee und Sturm. O ja, ER sah das Ziel in SEINEN Träumen. ER wird es erreichen und dann ... Einst stürzte ES durch das Sternentor aus seiner fernen Heimat in dieses Universum zur Erde hinab. Die Zeit wird kommen, da ES weiß, was ES wissen will, das ES SEINE Teile sammelt, da ES wieder auftaucht aus den Fluten, sich wieder erhebt und zurückkehrt in SEINE Welt - nach Hause.

Dich aber trug ER hierher, damit du alles siehst und hörst und fühlst, damit du von SEINEN großen Abenteuern berichtest, damit du SEINEN Ruhm besingst in Worten und Sätzen und Büchern und Filmen ohne Zahl. Deshalb schaust du nun aus der Vogelperspektive – als wäre dein Menschengeist in einer Krähe gefangen, die IHN dort unten erblickt.

Jetzt scheint es mit IHM zu Ende zu gehen. Das wundert dich doch sehr, wo ER bisher und eben noch so gottgleich war, eben noch Herr der Erde und zudem unsterblich. Doch du siehst, wie ER wankt. Jetzt sinkt ER in den Schnee.

Noch immer heult da Sturm, heult ohne Ende über das weite Land. Eine Schneeverwehung bildet sich über SEINEM starren Körper, die wächst und wächst, die hüllt ihn immer mehr ein.

Schnee ist Mantel, isoliert gegen den eisigen Wind dort draußen. So lebt ER in SEINEM Menschenkörper fort, in dem ER nun gefangen scheint, und schläft und träumt von Welten und Wesen, die waren, die anderswo sind:

ER trinkt. Und das Bild SEINES weißen Büffelkörpers zerfließt im See. Dann wendet ER sich vom Ufer ab und macht den anderen in der Herde Platz, deren Ende selbst ER, der sie alle überragt, der jetzt einen Hügel besteigt, nicht absehen kann.

Und der zertrampelte Schamane wird zum Medizinrad der Alten, das spricht IHN aus schwarzem Himmel an: »Erinnere dich! Norden, das ist die erste Mondin des Jahres, beginnt zur Wintersonnenwende, das ist der Monat DEINER Geburt. Hier beginnt DEINE Reise. Jetzt bist DU Waboose, der Weiße Büffel, Winter und Nacht. Bleibe nicht bei der Mondin deiner Geburt! Durchwandere ständig den Kreis des Rades! Niemals verharre bei einem Totem! Leben ist Wachstum, ist Bewegung, ist ständiger Wandel. Während du den Lebenskreis durchwanderst, begegnest du all den anderen, du wirst sie kennenlernen, die deinen Pfad kreuzen. Gemeinsam werdet ihr gehen, für kurze Zeit vereint, gemeinsam und wieder allein.«

Als Schneeeule hört ER des nachts die Maus unter der Schneedecke laufen. Mit den Dolchen SEINER Füße durch den Schnee hindurch packt ER die Maus und reißt die schon Erstarrte empor.

Erstarrt, zu Eis erstarrt ist ER und träumt noch immer SEINE Erdenträume.

Frühling kommt, kurz, doch heftig. Schnee taut und gibt IHN frei. ER steht auf, lässt seinen Menschenkörper zerfließen, breitet sich über eine weite Fläche aus und steigt als Dunst empor.

Also war alles nur ein Spiel, ein Abenteuer, nicht weniger,

nicht mehr! Keine Gefangenschaft, keine Qual, kein Leiden - kein Ende!

Eine dunkle Wolke treibt mit dem Wind dahin, eine Wolke, aus der es niemals regnen wird. Denn diese Wolke ist keine gewöhnliche Wolke, denn diese Wolke ist ER, der von der Erde aufgestiegen ist.

»Schlafe und träume, mein Kind!«, singt SEINE Mutter, singt ES IHM aus tiefsten Tiefen des Meeres zu.

Träumen die Wolken am Himmel?

Schnee schmilzt dort unten. So wurde auch ER befreit. Das Eis der Seen taut auf. Wasser und Grün.

Vogelschwärme fliegen hier oben. Die Gänse kehren in Pfeilformation zurück.

So fliegt die Zeit dahin. ER schwebt noch immer.

Frühlingsblüten tragen Espen und Weiden, dort unten an den Ufern der Tümpel und Seen. Doch das weite Land war und ist Gras, Prärie. Büffelherden wandern auf ihren alten Pfaden, die Jungen geschützt von der Herde. Wölfe und Menschen, wie winzig sie dort unten doch sind, folgen ihnen und warten auf ihre Chance. Alle könnte ER zerquetschen, aufsaugen im Wirbelschlauch und auf die Erde schleudern, wenn ER es denn wollte. ER hat es getan, ER ... ER senkt sich hinab.

Für kurze Zeit schwebt dicht über der Erde eine Wolke.

Welche Körper trug ER schon? Welche könnte ER noch tragen?

ER erinnert sich an die Krieger der Sioux, Menschen. Einer war ein Schamane, der andere ein Junge, der seinen Namen suchte und niemals fand. Nein, ein Menschenkörper soll es diesmal nicht sein.

Wölfe riecht, hört, sieht ER ganz in der Nähe. Ja, *das* sind *echte* Wölfe, denkt er, keine maskierten Menschen und auch keine Kojoten. Einer von ihnen möchte ER sein.

Und schon trägt ER einen Wolfskörper.

Die anderen knurren IHN an, beschnuppern IHN dann doch, erkennen, dass ER anders ist als sie. Denn Er ist größer und riecht ein wenig anders. Schwarz ist ER, der jetzt der Leitwölfin tief in die Augen schaut, die ihn - in ihr Rudel aufnimmt.

Hungrig wandern sie gemeinsam durch die Weite. Winter ist es schon wieder, wenig Essbares lebt jetzt hier, und was hier ist, das hat sich gut verborgen, es sei denn, es ist groß und stark.

Da ist sie, von weit zu riechen, auch gut sichtbar: die kleine Gruppe von Moschusochsen. Sie haben längst einen Kreis gebildet, denn sie spürten, wer da kommt. Im Zentrum befinden sich Kinder und Frauen, die Männer aber schauen nach außen, dem Feind entgegen.

Vorsichtig nähern wir uns.

Die alte Wölfin kennt sich aus, sie weiß, welche Gefahren drohen. »Vorsicht«, ruft sie uns allen zu.

ER versteht und will doch nicht gehorchen, denn *niemand* soll IHM gebieten. So springt ER.

Wie überraschend der Ausfall des Bullen kommt, erwischt IHN mit den Hörnern im Sprung. Ein Reißen - wahnsinniger Schmerz - zu Boden geschleudert - ist alles vorbei - schon hat ER den Körper verlassen.

ER steigt auf, sieht von oben, wie die Moschusochsen SEINEN Körper zertrampeln. ZORN wächst gewaltig. Braust auf wie Sturm, ist Sturm, ein Wirbelschlauch, der sie alle packt, die ganze Herde. ER reißt sie empor, reißt ihnen die Köpfe ab, Blut spritzt, sprudelt pulsierend empor. ER schlitzt ihnen die Bäuche auf, verschlingt ihre Kälber vor ihren sterbenden Augen und lässt die Reste für SEIN Rudel fallen.

Dann zieht ER fort, eine schwarze Wolke in den Augen der Wölfe, die jaulend IHN nur kurz vermissen. Dann schlagen sie sich die Bäuche voll.

Raben landen, sie wollen das Aas.

Andernorts sind es Geier: Geier der Alten und Geier der Neuen Welt, die sich um die toten Tiere kümmern.

Heute, damals - und morgen?

Ein Andental vor 2 800 Jahren.

Die Schlacht der Menschen ist geschlagen. Die einen siegten. »Huari« werden Historiker das ganze Volk einst nennen.

Hunderte von Toten blieben zurück, Verwundete auch - zunächst, dann werden sie von den Siegern niedergemet-

zelt. Denn die anderen waren die Feinde, also die Bösen - wer sonst! Die eigenen Verletzten werden weggebracht und zu Hause gepflegt, denn sie sind die Verwandten, also die Guten.

So war es. So ist es noch immer bei den Menschen. Nichts hat sich geändert seitdem. Nichts.

Oben kreisen die Rabengeier, verdauen in aller Ruhe und sonnen sich.

Geier sein, denkt ER, der SEINEN Körper oben auf dem Berg zur Ruhe legte und zugleich in zahlreichen Körpern mitten im Schlachtgetümmel weilte - auf beiden Seiten. Ist doch mal etwas anderes: Zuschauer sein.

Kaum gedacht, hat ER sich auch schon in einen Kondor verwandelt, steigt auf und kreist dort oben in den Lüften als einer von ihnen, der ist wie sie und anders doch zugleich.

Die anderen aber kreisen und kreisen noch immer, als ob da unten nichts wäre.

ER sieht das Schlachtfeld unter sich, stürzt hinab, ist schon gelandet.

Niemals würde ER schreien, sähe ER noch alles, was ER eben noch sah. Doch die Leichen sind verschwunden. Da ist nichts mehr.

So schließt ER in Geiergestalt die Augen und sieht unter sich, was andere Aasesser andernorts zu anderen Zeiten erblicken.

Zahlreiche Menschenköpfe sind dort eingegraben, Augen schauen bittend auf – für kurze Zeit – dann picken große schwarze Raben und Rabenkrähen sie aus. Halboffene Münder sind dort noch immer in den bleichen, toten Gesichtern, die schreien – würden, die sich nun vollends öffnen, ohne dass ein Laut erklingt. Krähen bringen die Seelen der Menschen ins Totenreich.

Schwärme von Fliegen steigen jetzt aus dunklen Mundhöhlen auf, Fliegen mit wunderbar goldgrün glänzenden schwirrenden Leibern, deren Mütter ihre Eier in die Toten legten, wo sie als Maden wiedererwachten, die aßen und aßen und sich von Menschenfleisch nährten, wuchsen, sich häuteten, wuchsen und sich schließlich verpuppten. Fliegen, die nun so wunderbar verwandelt, schlüpfen und emporschwirren in eine neue, andere, weite Welt.

Welch ein Anblick! Tod, Tod, Tod. ER schaut hinab aus zahlreichen Augen auf all die Schlachtfelder aller Zeiten, aus Augen so vieler Gestalten, seit es Aasesser mit Flügeln gibt.

ER schaut hinab, senkt sich hinab, dann landet ER, pickt zu. Einen längeren, kräftigeren Schnabel hat ER, denn ER ist der Marabu unter den Geiern, zertrümmert Schädel und schlürft das Hirn, saugt Geist und Seele ein.

Und jetzt erhebt ER sich, der Herr der Fliegen und der Toten, nicht in Vogelgestalt, sondern als Schwarm zweiflügliger Wesen.

Zu anderer Zeit in ferner Zukunft, andernorts zu anderen Zeiten schauen drei Geier hinab und sehen drei Wesen wandern: Manfred nach Osten, Moyo nach Norden und IHN nach Norden - in drei Kontinenten: Eurasien, Afrika, Amerika.

Abendrot und Wolken.

So rasch wandelt sich das Bild von der Welt in deinen Augen:

Jetzt ist da ist nicht mehr Sobek, der Gott der Krokodile, der dich auf seinen Rücken nahm und keine Tränen aus seinen dich so nah betrachtenden Augen weinte, Moyo, sondern jetzt ist da die Silhouette eines Men...

Das ist kein Mensch, du weißt, wer es ist.

Da steht ER groß und schwarz, still und allein auf weiter Ebene, die fern von dir liegt.

»Prärie«, flüstert es in dir.

Wo mag sie sein und wann, fragst du dich.

Dann schaust du IHN wieder an, den Anderen, den Schwarzen, der so viele Namen in SEINEM langen Erdenleben trug.

SEIN magisches Murmeln hörst du nicht, denn nur deine Augen sind IHM nah, deine Ohren sind fern. So muss es sein, damit du überlebst. Doch du bist mit IHM verbunden für alle Zeit. Deshalb siehst du noch immer SEINE Silhouette gegen den dunkler werdenden Horizont.

Zeit vergeht. Sonn versinkt. Auch dort dämmert der Abend.

Bewegung kommt jetzt in IHN. ER neigt SEINEN schwarzen Körper zur Erde und zieht MO, SEIN schwarzes Schwert, aus sich heraus. Mit beiden Händen hält ER es empor und spricht noch immer Worte, die Donnergrollen in Menschenohren - doch nicht in deinen - sind: »Vor den Pferden gab es die Donnerpferde.«

»Wie ihre Hufe die Erde erzittern lassen, jetzt wo Blitze aus den Himmeln zucken«, sprechen andernorts zu anderer Zeit Menschenstimmen, erzählen Schamanen in Zelten und an Feuern und die Alten ihren Enkeln. Dann führen sie sie zu den Riesenknochen, die von den Platzregen freigelegt wurden. »Dinosaurierknochen« werden sie einmal heißen.

Noch immer hält ER MO empor. Nun glüht es auf, färbt sich rot in der heraufziehenden Nacht. Rote Flammenzungen züngeln daran, darin, aus IHM heraus.

Sonst geschieht nichts. So bleibt es lange Zeit.

Dann schießt ein Feuerstrahl aus der Klingenspitze in die schwarzen Wolken dort oben, die nun im Rot des noch immer untergehenden Sonn brennen. Dies und nicht mehr.

Wieder vergeht Zeit. Der Sonn ist längst versunken. Es ist Nacht.

Still steht ER - zur Säule erstarrt. Von tiefstem und reinstem Schwarz ist SEIN Körper, und schwarz ist MO. Schwarz ist der Himmel - sternenlos, dort, wo SEIN Körper ihn verdeckt.

SEINE Augen strahlen rot - glühende Sonnen in der Nacht. Hell scheint die Volle Mondin dort über IHM, wie auch andernorts über Manfred und Moyo.

ER und MO, längst schon eins, schimmern in mildem blauen Schein. Dann und wann springt ein Blitz vom Schwert zur Mondin empor. So scheinen sie beide miteinander zu sprechen.

Also springt fern in Asiens Steppe der Blitz hinab in Manfreds Körper, dringt gar in Moyo ein, deren Menschenkörper MO einst zerschnitt?

Nein! So ist es nicht, darf es nicht sein. Sie und ER werden sich auf dieser Erde niemals treffen.

Denn so steht es geschrieben.

Nichts ist ewig auf dieser Welt. Also geht alles, was einen Anfang hat, irgendwann zu Ende. Also erwacht auch ER am Morgen und geht seinen Weg weiter über die Festländer der Erde, während ES, das SEINE Mutter ist, in der Tiefe des Meeres träumt.

Manfreds Weg nach Osten

Staunend mit offenem Mund blieb Manfred stehen, als ob er gähnend aus einem Traum erwachte. Und so war es ja auch, denn erst vor wenigen Augenblicken war er federgleich aus den Tiefen emporgetaucht und so der Schlucht am östlichen Rand des NEBELLANDES entschwebt.

Schließe meine Augen, atme tief durch die Nase ein, atme durch den Mund aus, atme ein und lausche in die Weite. Öffne meine Augen und schaue nach Osten - meiner Zukunft entgegen.

Sonn ging auf, gigantisch groß, ein roter Feuerball. Stunden rasten dahin - sekundengleich. Sonn stand über ihm am Mittag. Er hob seinen Kopf und sah ihn durch seine schwarze Nickhaut an. Sonn ging hinter seinem Rücken im Westen unter. Sternenklare Nacht. Schon dämmerte ein neuer Morgen. Noch immer war er nicht aufgebrochen, stand einfach nur staunend da. Zu Stein erstarrt? Oder war da doch so manches inzwischen unbemerkt geschehen?

Sehe mich um, drehe mich im Kreis
»Das ist der Nachteil von zwei Augen mit räumlichem Sehen, Springspinnen haben's da besser«, flüstert die Stimme in mir.
Weiter Raum, hier und da ein Busch, ein Baum, nicht weniger, nicht mehr. Doch überall ist Leben, wächst, zirpt und singt.
Wie aber komme ich hierher?
Erinnern: Emporgeschwebt, federleicht und federgleich, immer an der Wand entlang, nach oben gelangt und aufrecht stehend gelandet. Wieder festen Boden unter den Füßen sehe ich weit und breit nur flaches Land, Gras überall, ein GRÄSERNES MEER. Ach, Himmel, Licht und Tag haben mich wieder. Vergangen sind Nebel und Drachenträume. Frisch weht der Wind aus Westen.
»Schau nicht zurück!«, hieß es irgendwo und irgendwann.

»Damals dort unten im Reich der Toten«, flüstert die Stimme, »doch Orpheus tat es auf seinem Weg aus der Unterwelt und verlor die geliebte Eurydike ein zweites Mal - für immer!?«

Ich aber bin nicht Orpheus, wer immer das gewesen sein mag. Ich betrat nicht die Welt im Innern der Erde, sondern das *NEBELLAND*. Ich stieg empor und rief meine Geliebte mit Drachenmagie in einen neuen Menschenkörper zurück. Wir werden uns wiederfinden und niemals mehr verlieren.

Dreh *ich* mich also um? Schaue ich nach Westen?

Ich tue es.

Hinter mir und unter mir müsste doch ...

Da ist kein Abgrund, keine Spalte, nirgendwo, die endlos tief, bis ins Zentrum der Erde zu reichen scheint, keine Unterbrechung der Weite. Wenn hier einst was war, dann ist es längst gegangen.

Also kann ich niemals mehr in diese Schlucht zurück. Also werde ich nie mehr das *NEBELLAND* betreten, in dem meine Mutter Smorré-Aié lebt.

Es gibt keinen Weg zurück. Niemals - nie - und nirgendwo!?

Ringsum erstreckt sich grenzenlos die Steppe.

Doch ich tue noch immer nicht meinen ersten Schritt nach Osten.Vorsicht ist angesagt, wenn da Dinge hinterrücks verschwinden, wer weiß, was unsichtbar noch vor mir lauert. Also setze ich mich ins weiche Gras, falte die Beine zum Lotossitz, schaue, wie Sterne und Mondin verblassen, wie der Himmel sich heller und heller färbt, bis *Er* hervorbricht, gigantisch, leuchtend und rot. Vater Sonn, denke ich noch einen letzten Gedanken, ehe mich Seine Strahlenflut durchrauscht, schließe meine Augen, neige mein Haupt in stiller Andacht und atme Seine Wärme ein.

»Oh!« singt meine Seele - diesen *einen* Laut, nicht mehr.

Dir zeige ich, was Manfred selbst nicht sehen kann. Denn er ruht in sich, seine Augen sind geschlossen und kein Spiegel zeigt ihm sein Bild. Du aber siehst, wie er nun zur Pflanze wird: Gewaltig wächst sein Körper, streckt sich, steht auf, wandelt sich zum Baum: Äste sprießen aus Armen, Händen und Kopf, Zweige mit zahllosen Luft atmenden und Sonnenlicht trinkenden Blättern. Wurzeln schlagen seine Füße und Zehen, saugen Wasser und Mineralien aus der Erde. Staunend siehst du den Wandel, den Manfred nicht spürt, weil er einfach so geschieht.

Jetzt steht dort eine Birke, wo Manfred eben noch saß.

So vergeht der Tag, es wird Nacht. Die Volle Mondin scheint. Sterne leuchten, funkeln jenseits der Atmosphäre. Schau, dort oben - du glaubst es nicht - kommt doch tatsächlich ein Legionär geflogen, leicht wie ein Luftballon, so gleitet er im Wind dahin, rudert mit den Armen, schwimmt durch die Lüfte, wie Menschen es sonst nur im Wasser tun. Er ist es, den sich ein verwirrter Druide zum Testen seines Zaubertrankes einst erkor. Er ist es, der sich selbst von Leine und Kaserne befreite, irgendwann und irgendwo vor langer Zeit im fernsten Westen, Gallien genannt. Nun aber treibt ihn der Westwind weiter nach Osten. Doch er ist nicht allein. Denn dort, schau genau!, ist ja eine Eule, von welcher Art auch immer sie sei - nein, keine von der magischen Potter-Post -, die ihn begleitet. Sie schloss sich ihm an, wie es anderswo in den Häusern der Menschen Katzen tun - aus Liebe.

Dreht sich die Erde weiter von West nach Ost, der Sonn geht auf, und der Baum wandelt sich wieder zum Menschen Manfred zurück.

Morgen ist's, noch immer oder schon wieder?
Träumte ich doch, eine Birke zu sein?
War ich ein Baum?
Ich weiß es nicht.
Verharre ich einen Atemzug lang, dann rufe ich es aus: »Also nach Osten!, lautet der Ruf des Sonn und nicht der der Mondin*. Nach Osten geht mein Weg« (*Rainar Nitzsche: *Ruf der Mondin*).

Die ersten Schritte sind getan. Jetzt bin ich in den weiten Steppen unterwegs. Gehe weiter und weiter. Schon ist es Mittag, endlos erstreckt sich noch immer das Gräserne Meer vor mir. So frage ich mich allmählich doch: Warum laufe ich eigentlich noch immer auf zwei Beinen? Bin ich ein Magier oder was? Flog ich nicht einst ums Rathaus herum und über den Dächern der S<small>TADT</small> - und das in meinem Menschenkörper! Könnte auch einen anderen Körper wählen: Vogel sein, gleiten, segeln, schweben mit dem Wind? Doch es gibt ja jenseits von »Flügel« und »Aufrecht auf zwei Beinen« - noch einen dritten, mittleren Weg, einen sehr alten, den unserer fernen Vorfahren beschritten und den wir im Kleinkindalter wiederholen. Sollte ich also jetzt auf allen Vieren laufen?

Da wird es schon Abend. Rot leuchtet der Sonn im Westen, Wolken färbt er ein, dort, wo alles liegt, was einst geschah, was war: Vergangenheit. Ich sehe es in mir und drehe mich nicht um. Denn vor mir im Osten heulen die Wölfe. Aha, das soll mir ein Zeichen sein, Ende der Qual der Wahl. Kaum gedacht, habe ich mich auch schon in einen von ihnen verwandelt, rufe - ein Heulen in Menschenohren, die es hier jetzt nicht mehr gibt - zurück und denke noch: Sie werden mich, den einsamen Wolf, den fremden, niemals akzeptieren.

»Kroar kroar kroar«, dreimal ertönt der Rabenschrei. Doch der Rabe landet nicht.

Laufe den anderen entgegen, gelange an eine kleine Senke und senke meinen Kopf, schaue mein Bild im Wasser einer Pfütze. Es zerfließt in Wellenmuster, denn meine Zunge schlappert schlürfend das Nass.

Bin ich der Einzige unter allen Wölfen, unter allen Tieren, der weiß, wen er dort sieht, der sich selbst erkennt?, frage ich mich. Aus dem Spiegel betrachtet mich ein Weißer Wolf. Ich sehe mich! Rieche und lausche, höre laut und klar mit meinen neuen Ohren und zugleich in mir: »*Hier* sind *wir*. Und *wer* bist *du*?«

Ich sehe dich und mich: Wölfin und Wolf voller Leidenschaft und Liebe. Jetzt hängen wir fest, Hinterteil an Hinterteil, *so* lange vereinigt. Hilflos sehe ich uns während der Paarung durch die Augen des Rudels. Jetzt bekommt uns nichts und niemand mehr auseinander, es sei denn mit einem Schwert. Nichts könnten wir jetzt bei Gefahr tun, die auf uns zukommt in Form ein...

Ich öff... habe die Augen ja offen und stehe noch immer vor der Pfütze, allein. Die anderen singen noch immer - in mir.

Ich laufe los und finde die Reste des Karibus und den Rabenschwarm, der sich jetzt um das balgt, was das Wolfsrudel übrig ließ. Es sind die großen Raben, die eben noch oben kreisten und dann hinabschwebten und landeten. *Sie* sind die Geier des Nordens. Ich kenne *sie* aus dem N<small>EBELLAND</small>, ich kenne *mich* ja doch ein wenig.

Raben und Geier, denke ich, Geier ...

Andere Vögel kreisen auf dem alten Kontinent, weit entfernt am Himmel - keine Krähen, keine Raben, keine Störche, es sind Altweltgeier. Dort über der afrikanischen Savanne kreisen sie - kreisten sie eben noch. Denn einer sah es als erster und stürzte hinab. Und die anderen folgten seinem lautlosen Ruf, seinem Verschwinden.

Moyo jedoch hat längst den Ort der Tat, die Akazie mit den nicht sonderlich gut versteckten Resten der Antilopenbeute verlassen. Ließ sie diese so offen dort oben liegen, weil sie es nie lernte? Oder wollte sie den Geiern am Himmel etwas Gutes tun?

Ich sehe den Raben zu.

Das Rudel der Wölfe hält Abstand, denn die Leitwölfin traut mir ganz und gar nicht: »Was will der Weiße hier bei uns, er riecht so anders, ein wenig nach Mensch?«

Bilder von IHM als Schwarzem Wolf auf einem anderen Kontinent vor langer Zeit durchrasen meinen Geist. IHN nahm damals die Leitwölfin auf, IHN, mich aber nicht. Ja, so ist das eben in unserer Welt! In Höllenwelten und auch in den anderen, die dazwischen liegen und weder das eine noch das andere und doch zugleich beides sind, siegt meist das Böse - zunächst, doch nicht für immer.

Nun gut, war's das mit dem Wolfsein, werde ich also wieder Rabe und fliege, denke ich und betrachte die anderen noch immer voller Neugier, die da aufmerksam auf der Erde herumstolzieren und ihre schwarzen Schnäbel in Augen,

Hirn und Gedärm der Karibuleiche stoßen. Schaue ihnen zu, höre sie in mir Rabenworte flüstern. Schaue an mir hinab und sehe, wie mir schwarze Flügel wachsen, wo eben noch Vorderläufe waren, während ich - immer mehr schrumpfend - mich schon auf die Hinterbeine aufrichte.

Bin ich also nun wieder ein Magier in Rabengestalt und schaue den anderen zu. Ach wäre dort die *eine* untern ihnen, die ich einst verlor und die als Massai und Schwarze Pantherin wiedergeboren wurde.

Da flüstert die Stimme in mir, »wie soll eine Katzenmenschenfrau ein Vogel sein?«

Ja, denke ich, da hat mein Alter Ego wieder einmal Recht, und träume vom Flug der Raben über das weite Land. Und du, meine Liebe, bist die eine, der andere bin ich, ein Paar sind wir für immer und ewig, in welcher Gestalt auch immer. Doch hatten wir nicht einst auch einmal, damals im NEBELLAND, zusammen drei Rabenkinder? Oder wer war *sie*, wenn *du* es nicht warst? Wenn nicht Moyo, dann eine weitere Reinkarnation von Nairra? Eins, zwei! Drei? Fünf war die magische Familienzahl. Was mag aus meinen Kindern geworden sein?

Und während Manfred seinen Weg weiter nach Osten fliegt - allein - dem Morgensonn entgegen, fällt ein Saatkrähenschwarm in die Steppen ein. Wind kommt auf, wird Sturm.

Darüber hinweg, daran vorbei und mitten hindurch geht nicht. Also lande ich wieder auf fester Erde, verstecke mich hinter einem Hügel, werde wieder Mensch, kralle mich mit allen Fingern in die Erde. Dann strecke ich meinen Kopf und schaue, erst zornig und grimmig, dann lachend, in den Wirbelsturm.

»Schweig!«, singe ich leise und befinde mich auch schon im Zentrum - in Stille. Hier richte ich mich wieder auf. Kein Windhauch umweht Bart und Haar. Drehe mich langsam und leise im Kreise.

Summe oder singe ich ein Lied?

Sehe mit geschlossenen Augen Gräser, Murmeltiere und Wisentherden.

Welchen Körper soll ich wählen?

Soll es Bobak, das Steppenmurmeltier sein? - Nein.

Ein Wisent vielleicht? - Nein.

Pferde stehen, schreiten, galoppieren dahin, einzeln und in kleinen Trupps. Pferd-sein in dieser Welt, Essen in Hülle und Fülle unter den Hufen und Wasser in den Pfützen, Bächen und Seen. Als Pferd die Steppenweiten durchschreiten, gehen, galoppieren und ...

Wo ist der Sturm? War er nur ein Zeichen, ein Hinweis von Ihm Dort Oben, Mittel nur, mich wieder im wahrsten Sinne des Wortes auf die feste Erde zurückzubringen?

Bücke mich, setze meine Hände vor mir ins Gras, schließe meine Augen, stelle mir vor, wie es ist, ein Pferd zu sein. Da ist nicht das Bild eines Arabers, mit schmalem Kopf und großem Herzen, wie ALLAH ihn aus einem Südwindhauch schuf, sondern das eines kleinen wilden Pferdes der alten Art, eins von den braunen, die hier in kleinen Herden mit Hengst, Stuten und Fohlen leben. Rasch ist der Wandel abgeschlossen, ich stehe bereits auf allen Vieren.

Dieser Duft ringsum und dieser seltsame Blick - zunächst: 360°, denn nun sitzen die großen, braunen Augen seitlich im Schädel, keine Farben mehr, was soll's! Atme ein - so viel Luft in einem Zug durch weite Nüstern, rieche nicht Gras, sondern Gräser und Kräuter, erhebe mich wiehernd voller Lebensfreude auf meiner Hinterhand. Jetzt bin ich Pferd, spüre die Kraft der Natur, die Menschen schon lange verloren ging. Koste das Gras, Nahrung im Überfluss,»die keinem Menschen schmecken würde«, kichert da irgendwer.

Rebhühner landen. Jetzt schauen sie einen Augenblick verwundert beim Wiehern dieses großen Tieres auf, das plötzlich neben ihnen erschien:

Ach, ein (Pferd). Das kennen wir ja, da droht keine Gefahr, es sei denn für Eier und Junge, harmlos, ist nur eins von den großen Trampeltieren, die noch nicht einmal fliegen können.

Von oben aus den Lüften schaut wieder einmal neugierig ein Rabe hinab und sieht mit seinen scharfen Augen dort unten keine Leiche, sondern wundert sich über das braune Pferd, das da wiehernd voller Lebenslust davongaloppiert: War da nicht eben noch ein Mensch? Seltsam, denkt er noch einen Augenblick und fliegt weiter auf der Suche nach *ihr*, während Manfred auf Hufen, wozu sich seine Mittelfinger formten - Daumen und die anderen drei sind verschwunden, über die Steppenweite nach Osten galoppiert.

Nur wenige Arten, diese aber in großer Zahl, beherbergt die Steppe. Eine von ihnen ist Korsak, der Steppenfuchs. Einsam wandert da einer, der eigentlich gesellig ist, einsam zieht er Manfred gleich dahin, doch ohne das Ziel der höchsten Berge.

Jetzt hält er im Lauf inne, schnuppert, lauscht, sieht vom Hügel hinab: Aha, ein einsames Pferd, das es eilig hat. Denkt's, will sich schon abwenden, stutzt, denn da stimmt doch was nicht.

Das Pferd bleibt stehen, kommt zurück, läuft näher ran und schaut ihn aus braunen Augen an.

Das ist ja das erste Pferd, das mich beachtet!

Jetzt richtet es sich auf die Hinterbeine auf, seine Gestalt verschwimmt, verwandelt sich - es beginnt mit dem Kopf, dann folgen Hals und Vorderbeine und Torso und ... - in einen nackten Menschenmann, der sich einmal um sich selbst gedreht schon fellbekleidet - natürlich nicht im Steppenfuchspelz! - vor ihm steht.

»Hallo, wer bist denn du?«, spricht der Fremde mit Menschenworten aus einem Menschenmund, der sich auch schon mitsamt Kopf in einen von uns verwandelt und bellt, wie es nur Steppenfüchse tun. In mir flüstert er zugleich in unserer geheimen Steppenfuchssprache: »So allein? Nach Osten unterwegs? Dann lass uns miteinander laufen!«

»Ja«, antworte ich.

Er versteht.

Gemeinsam ziehen wir weiter. Beim Laufen trägt er den Körper des Pferdes, beim Rasten, wie jetzt bei Sonnenuntergang, den eines Menschen.

Sternenklare Nacht - mondinhell - doch nicht still, denn in der Ferne bellen Kojoten. Dort oben schwebt - fast lautlos – eine Steppeneule in der Luft, stürzt sich auch schon hinab und tot ist - die Maus.

Korsak schleicht sich an.

Die Henne fliegt auf, versucht ihn zu verleiten.

Er aber kennt *den* Trick. Und schon hat er ihr Nest erreicht, packt die Jungen und - isst sie auf.

Ich sammle Rebhuhneier. Eins – zwei – drei – ein wenig Zauberei - ohne Stab und Zaubererschule! Schon ist ein wenig Gras gesammelt, geschnitten, getrocknet, gestapelt und entzündet - in Sekundenschnelle brennt das Feuer.

Dann unterhalten wir uns. Du, Korsak, erzählst mir von deinem Leben. Dann lauschst du meinen Menschenworten, die sich, kaum haben sie meinen Mund verlassen, in Steppenfuchsworte in deinen Ohren, Gerüche in deiner Nase und Bilder in deinem Kopf verwandeln: »Einst trafen sich ein Mensch und ein einsamer Wolf in einem fernen Land. Prärie heißt dort die Steppe. Nach einiger Zeit schaffte es der Mensch, dem Wolf ein Stück Fleisch zu reichen. Und der Wolf spielte mit dem Menschen, warf ihn um, packte ihn zum Spaß. Indianer vom Volk der Sioux, die den einsamen Menschen als einen der ihren aufgenommen hatten, sahen ihm zu und hatten nun einen Namen für ihn gefunden: ‚*Der mit dem Wolf tanzt*'. Und dies alles geschah vor nicht allzu langer Zeit in einem Land mit Namen »Hollywood«.

Du aber bist längst eingeschlafen und lauschst zugleich noch immer in die Nacht.

Auch ich werde immer müder, schaue empor zu den Sternen, liege längst eingehüllt in meinen warmen Pelz auf weichem Gras im Schoß von Mutter Erde.

Öffne meine Augen zu früher Morgenstunde.

Du bist nicht da.

Bin ich also wieder allein - *niemals* allein, denn dort sehe ich Dich in der Ferne, verschließe meine Augen hinter der dunklen Blende und sehe Dich in mir lächeln, Vater - Sol, Sonn - Re, Atum, Aton, wie *Dich* die alten Ägypter einst nannten. Damals wie jetzt, gestern und heute und morgen, Milliarden Jahre lang umarmst und streichelst Du die Geliebte mit Deinem Licht, bis Du sie schließlich in deinem Tod ein letztes Mal berühren - verbrennen wirst.

Sie aber ist unser aller Mutter, Mutter allen Lebens, allen Friedens, aller Schlachten: Geb, Gaia, Terra, Erde.

Viele ihrer Kinder erwachen jetzt am Morgen. Manche erinnern sich an ihre Träume: von der Mutterbrust, Spiel und Jagd und Paarung.

Ich aber denke an Korsak, den Steppenfuchs, der seine Liebe finden und eine Familie gründen möge.

Schließlich reibe ich mir den Schlaf aus den Augen, stehe auf und schaue mich um. Frisch ist der Morgen, weit das Land und strahlend blau der Himmel. Was für ein Tag! Unmerklich und doch beständig steigt der Sonn fern am Horizont empor. Dorthin führt mich mein Leuchtender Pfad. Sehe ihn jetzt hinter verdunkelten Augen schimmern.

So führt mich mein Weg ins Licht hinein!?

Schließe meine Augen und beginne wahrhaft zu sehen.

Da ist ...

Fliegt Zeit dahin. Schon ist es Mittag.

Still läge alles ringsum, wären da nicht das Zirpen der Heuschrecken und Grillen, das Lied der Lerche, die singend empor- und hinabfliegt, und der Triller der großen Trappe: »ürrr«.

Bebt die Erde unter meinen Füßen.

Öffne die Augen, drehe mich im Kreis und schaue mich um.

Wo? Wo? Wo?

Nichts zu sehen nirgendwo.

Also werfe ich mich auf den Boden, lege mich ins Gras und lausche.

Es wird lauter. SO LAUT!

Stehe auf und sehe - noch immer nichts. Denn da ist nur Staub, wo eben noch Klarheit war, den weht der Wind, wird Sturm, heran. Schwarze Wolken ziehen auf. Die Himmel sind ... Blitze über weiter Ebene. Nichts sehe ich jetzt mehr mit meinen Augen. So schließe ich sie, lege mich wieder nieder in das weiche, sich wiegende, singende Gras, atme die Tagesschwärze ein. Höre und sehe in mir die endlos scheinenden Herden auf ihrer ewigen Wanderung.

Donnernd kommen sie näher. Glutrot brennen in der Ferne die Himmel, als wäre es schon Abend, so mag es sein, rot leuchtet der Horizont bis hinauf in die Schwärze der Wolken, die nun ebenfalls Feuer fangen.

Ja, denke ich und sehe seltsame Bilder und ein Wort aus einer anderen Sprache, das wie »Heiländer« klingt. Da ist ein Hirsch und auch das Scharren der Füße des Lehrers und seines Schülers. »Spüre seine Kraft, nimm sie in dich auf!«, spricht er.

Dann aber sind da schwarze kleine Männer, die tanzen um ein Feuer, den Oberkörper nach unten und vorn gestreckt, die Arme nach hinten. So fangen sie die göttliche Kraft der Antilope ein - dort, in einem anderen Gräsernen Meer.

Andere sehe ich, die fangen die Kraft des Pferdes, malen Bilder an Höhlenwände, nicht weit von hier im Westen - vor langer Zeit.

Schamanen sind sie, Schamanen sind wir alle!

All die Kräfte der Natur atmen wir ein, hüten sie und atmen sie aus, wenn wir sie brauchen.

»Ich bin!«, singt meine Seele und ...

Die Büffel sind da.

Also ...

Manfred der Magier wandelt sich. Ist nun Büffel unter Büffeln, einer unter vielen. Wir sehen für einen kurzen Augenblick etwas aufleuchten, schmal und schwach bei Tage auf den alten Wegen, den die Herden sich schufen, das ist sein Leuchtende Pfad. Auf allen Vieren in rasendem Lauf unter Donnern und Blitzen, dann wieder ruhig äsend und schlafend und laufend geht seine Reise nun auf paarigen Hufen weiter. Tage und Nächte gehen dahin. Doch nichts dauert ewig in diesem Universum. Irgendwann fällt ein Büffel am Abend zurück, bleibt stehen. Die Herde zieht ohne ihn weiter. Der Büffel verwandelt sich wieder in einen Menschen zurück, den wir alle kennen. Manfred richtet sich auf.

Seltsam ist es doch, wieder auf zwei Beinen zu stehen! Wie hoch und klein zugleich ein Mensch doch ist! Schaue ich nun wieder weiter übers Gras hinaus, bunt und klarer ist die

Sicht. Drehe mich zurück. Breit liegt die Straße hinter mir, die sich die Büffel schufen.

Wo aber bin *ich*?

Wohin führten sie mich?

Und wo mag Korsak geblieben sein, der alte Freund, den ich irgendwann - wann? - verlor? Ach ja, er ging ja zuvor, bevor ich Büffel wurde.

Schaue über das weite Land. Gras ringsum. Ein Meer, das sich wiegt im Wind, so weit das Auge reicht. Dort im Gestern, im Westen, wo der Sonn gerade untergeht, liegt vergangen, aber nicht vergessen, träumend weit unten im Tal das NEBELLAND mit den Raben und meiner Drachinmutter Smorré-Aié.

Über weiter weißer Ebene taucht ein schwarzer Punkt auf, der immer größer wird. In mir sprechen Worte, tauchen Bilder auf - ein Alb von einem Traum:

Schwarzes Wesen, dich sah ich kommen, schwingenlos schweben durch den dunklenTag, näher, immer näher!

Jetzt erst bemerke ich, dass du nicht flügellos bist, sehe deine schwarzen Schwingen. Und doch bist du kein Rabe!, denke ich noch, *du* nicht!

Aus grauem Himmel fliegt kein Monster heran, sondern eine Rabin, die ihr Rabenlied singt: »Kroar kroar«.

Ich werde zu Stein.

Sie aber verwandelt sich nicht und pickt mir keine Augen aus, sondern setzt sich auf meine rechte Schulter und flüstert mir Worte ins Ohr von Dingen, die sie sah und vernahm: von einem Menschen, der sich in ein Pferd verwandelte, von Krähen und Raben in vielen Welten. »Kroar kroar kroar, singt sie, was so viel heißen soll wie: »Sieh da, Schwestern aus dem Gestern, Brüder aus Menschenwelten!«

Ich sehe und höre von Rabendingen aus der Welt Dort Oben: »Kurkil ist der Name des ersten Wesens, das niemand erschuf. In Gestalt eines Raben erschien es als Schöpfer der Erde. Also erschuf es auch den Menschen.

Ein anderer war Kutkinnaku, der lehrte in Rabengestalt die Menschen Fischfang und Jagd und schenkte ihnen Feuerbohrer und Schamanentrommel.

Raben beschützen dich, Mutter, noch im Grab. Eure Knochen werden andere finden, doch weder morgen, noch übermorgen, sondern erst in 8000 Jahren. So hältst du über den Tod hinaus deine dreijährige Tochter in den Armen. So schaut sie dich noch immer an. Auch du siehst sie mit längst gebrochenen Augen. Über euch aber wachen die Raben. Verwandte gaben sie euch mit ins Grab.

Rabengötter und Schutzgeister.

Der neugierige Rabe aber stürzt sich in allzu viele Abenteuer, in immer neuer Gestalt, um seine Feinde zu täuschen.«

Aha, denke ich, dann bin ich ja wie er.

Erst ist da ein sanftes Schnurren, das sich wandelt in ein Fauchen, so laut, dass es die Welt erschüttert: Die Erde bebt.

Ach, du weißt ja noch nicht, liebe(r) LeserIn, dass da irgendwo jenseits aller Dinge eine gewaltige -. oder auch ganz kleine - Katze lebt.

Jetzt klingt ihr Fauchen wie Lachen, das von überallher zu kommen scheint.

Und dies alles, wo wir doch gerade von der Erschaffung der Welt durch einen Raben hörten?

Gerade deshalb!

Jetzt da die Katze gesprochen hat, ist auch hier unten bei uns alles gesagt. Die Rabin schweigt.

Und ich kann mich wieder bewegen. Schöner Versteinerungszauber, denke ich, da hatte ich keine Chance, auch mal was zu sagen.

Jetzt gehen wir gemeinsam weiter, Mensch und Rabe, wie einst im NEBELLAND, dem Ziel entgegen, dem aufgehenden Sonn, dem Osten zu, orientieren uns bei Nacht an den nach Süden weisenden Öffnungen der Bobakbauten: Immer rechterhand müssen sie liegen. So tun es die Mongolen Dort Oben bei Ihm, wo die Mondin nicht immer voll und weiß die Nacht beleuchten und es Felder geben soll und Äcker, wo Krähen auffliegen, wenn Menschen in Zügen vorüberfahren, wie mir die Rabin erzählte, wo die kleinen Verwandten, Raben- und Nebelkrähen, Schmuck sowie brennende Zweige in ihre Nester schleppen. Vielleicht sind sie ja wie Gollum - wer immer das auch sein mag, das Wort fiel mir gerade so ein -, und singen voller Freude über ihr Partnergeschenk und die Zierde ihres Heims: »Mein Schatz, mein Schatz!«.

Irgendwann verlässt die Rabin mich.

Ich verstehe. Du bist eine echte Rabin, ich aber bin ein Mensch, der nur für kurze Zeit Rabe war. Jedes Wesen hat sein Leben, seinen Lebensweg zu gehen. Bin ich also wieder einmal allein. Nirgendwo sind da Steppenfüchse, Büffel oder Raben. Hier bin nur ich, ein Menschenmagier auf weiter Flur und doch, niemals allein auf dieser Erde, denn da sind ja nach wie vor andere Wesen ringsherum, die ich riechen und hören und fühlen kann.

Mein Weg führt mich weiter durch Nacht und Tag nach Osten - dem schimmernden Morgen, der Morgendämmerung entgegen, ins Morgenland. Also gehe ich auch jetzt, wo sich wieder hinter meinem Rücken leuchtend rot der Himmel färbt. Die andere Dämmerung bricht an, Abend. Licht geht dahin. Nacht ist Schwärze bis auf ... Beim Anblick der Vollen Mondin fallen mir wundersame Worte ein:

Mondinlicht lag über den Wiesen der Erde.

Wie magisch das klingt. Mondinlicht liegt über der Steppe, die sich endlos vor meinen Augen, still und wartend erstreckt, wie einst der Wald. Über mir träumt das Sternenmeer. Ich schaue hinab. Nickende, klingende Glockenblumen wachsen da vor meinen Füßen. Fand ich nicht einst in ihnen die kleinen Wesen, in jeder Glocke eins, zusammengekrümmt im Blütenkelch, still und starr in nächtlicher Kühle schlafen und träumen?

Jetzt aber ...

Dieser betäubende Duft. Oder bin ich einfach nur müde?

Müde bin ich, geh zur Ruhe, schlie..., sinke nieder ins Gras, liege schon auf dem Rücken, Arme und Beine ausgestreckt, atme tief, entspannt, atme Prana ein, lasse die Lebenskraft von unten nach oben durch all die Chakren fließen.

Stille in mir.

Sehe zu den Sternen empor, wie sie funkelnd mich rufen, schaue ein wenig voraus, sehe einen glühenden Weg in der Nacht, meinen Leuchtenden Pfad, der sich mit einem zweiten vereint. WIR, flüstert der vereinigte Pfad. Andere tauchen auf, Sie alle vereinigen sich.

Dann erlöschen die Bilder.

Kehre in die Gegenwart zurück, nach Hause, in Nacht und GRÄSERNES MEER, zurück zur Erde - das ist Staub-Materie-Fleisch -, aus der ich gekrochen, auf der ich liege, in die ich eines Tages wieder eingehen werde - Erde zu Erde, Asche zu Asche, Staub zu Staub!

Ein klagendes Lied neben mir.

Ich drehe meinen Kopf ein wenig, sehe den Wandel unter Mondinmagie. Also drehe ich meinen ganzen Körper, liege nun auf die Arme gestützt auf dem Bauch und schaue staunend die Glockenblume von nah.

Ein Schrei, ein Sprung, platzt auf. Wehe! Es ist dein Tod, kleine Biene im nickenden Kelch. Wie einst aus dem Ei die Made wuchs, sich immer wieder bis zur Puppe häutete und aus dieser dann die Biene schlüpfte, platzt nun *noch* einmal deine Haut. Leuchtend und summend erhebt sich ein winziger Elf mit glitzernden Flügeln. Wie leise und hell und klar seine Stimme singt, denn er ist ja in meinen Ohren und Augen so klein. Weiß ist sein Körper wie das Licht der Sterne, das Funkeln dort oben. Silbrig glitzernd steigt er aus der toten Bienenhülle summend auf.

Du aber, der du dies alles liest und in dir siehst, denkst bei dir: Elfen gibt es doch gar nicht! Elben vielleicht, irgendwo und irgendwann mögen sie gewesen sein. Aber Elfen doch nicht, es sei denn in Kinderbüchern, bei »Biene Maja«, ja, nur da! Das ist klar.

Doch schau hin! Geh näher ran!

Hier überall im Mondinlicht dieser einen langen Nacht sehe ich die Elfen aus Blütenkelchen klettern. Sie recken und strecken sich, lassen ihre Flügel vibrieren, steigen aus den Glockenblumen auf und nehmen Teil am Tanz.

So ist das also. So. Aha, Bienen sind Elfen und Elfen sind Bienen. Deshalb halten wir sie für Märchenwesen. Denn wer von uns schaut sich heute noch nachts Glockenblumen auf einer Wiese an? Wie einfach die Erklärungen doch manchmal sind. So erscheint Alltägliches nun in ganz anderem Licht, im magischen Mondinlicht.

Still drehe ich mich auf die Seite, den Kopf auf meinem rechten Arm gestützt und schaue dem tanzenden Reigen zu. Tanzfliegen, fällt mir ein.

Die Elfen aber fliegen und leuchten wie Kolibris im Tageslicht. Sie summen, sie singen, so hell, so klar, so leise in Menschenohren.

Ich höre sie, denn meine Ohren wachsen spitz und hoch hinaus, als wären es die einer Fledermaus.

»Spock!«, kichert da eine Stimme in mir.

Singend bilden die Glockenblumenelfen die seltsamsten Luftformationen, eine Botschaft, die weder Mensch noch Magier noch Vampir verstehen können?

So passe ich meine Sinne an, höre und sehe nun wie sie, schaue ihnen zu. Formen entstehen und vergehen: Jetzt ist da eine schillernde Pyramide aus Elfenleibern. Still steht sie für einen Augenblick, dreht sich dann im Sternenlicht, im Strom der Zeit. Es ist, als wüssten sie über mich Bescheid und zeigten mir meinen Traum aus alten Tagen. Es ist, als riefen sie mich:

»Komm!«, singen all ihre Kehlen.

»Komm, du, auf den wir seit Generationen warten, komm!«

Also folge ich dem Ruf, tue es: werde kleiner und kleiner und wandle mich. Noch immer staunend fliege ich an gigantischen Glockenblüten vorbei, steige auf, trete in den tanzenden Reigen ein, höre die anderen singen, singe mit im Chor, singe noch immer, sinke singend schließlich nieder, umnebelt, umrauscht vom Glockenblumenduft. Leise und sanft beginnt sich die Welt vor meinen Augen zu drehen, kreisen Töne und Duft, schneller und schneller, immer schneller: flackerndes Licht aus Flügeln und Leibern, wirbelnde Klänge und Düfte, fällt Schwärze mir aus Erde zu ...

Wache auf am Morgen. Nirgendwo sind da Glockenblumen.

War alles nur ein Traum?

Oder wachte ich irgendwann auf, ging/flog/schwebte weiter und gelangte so an diesen Ort, an dem ich mich schlafen legte und jetzt erwachte?

Ein Schwarzer Stein ragt zwischen singenden Gräsern auf. Heilig, heilig. Längst vergessen ist der Name, den andere Wesen ihm einst gaben.

»Nein, *Kaaba* heißt er nicht, Mekka ist fern«, flüstert ehrfurchtsvoll die Stimme.

Längst gingen sie dahin, die keine Menschen waren. Andere Namen geben wir ihnen heute, die wir nur Knochen fanden. Sie verschwanden.

Einstein, der Monolith, der Schwarze Fels aber existiert noch immer. Wie lange ist es her, dass er brennend, brausend und donnernd aus den Himmeln stürzte. Damals geschah es, als die Menschenvorfahren weit im Süden und Westen von hier noch Affen waren. Jetzt liegt er still vor meinen Augen, doch nicht einsam und verlassen. Denn schimmernd liegt auf ihm wie schlafend ein Wesen aus weißem Licht.

Welch wundersame Reise! Ich gehe näher heran und sehe im grellen Licht - längst wuchs die schützende Blende über meine Augen - einen nackten Mann mit dem Rücken auf dem Stein liegen. Strahlend weiß ist sein Körper.

Das kann doch kein Mensch sein, denke ich. Welches Kontrastprogramm: weiß auf schwarz im Morgendämmern!

Ach, waren sie dahinter verborgen? Oder tauchen sie jetzt erst auf? Sind sie da, weil ich sie mir wünschte? Sehe ich sie, weil ich sie sehen muss? Weinend halten sieben Zwerge seine Hände und singen sein Todeslied.

Ich komme näher, sehe, höre und verstehe mehr. Sieh da, es sind ja gar keine Zwerge, klein sind sie, aber wahrlich keine Männer, Zwergenfrauen sind es! Zwerginnen wachen neben dem Toten.

Sneewittchen, fällt mir ein. Aber war es da nicht ein wunderhübsches Mädchen, dass die böse Schwiegermutter mit einem Apfel vergiftete?

»Und die Zwerge waren Männer«, flüstert die Stimme in mir. Hier aber ...

»Wer bist du?«, sprechen leise die Sieben. Nein, niemand stört die heilige Stille mit Worten. Ihre Stimmen singen in mir. Eine einzige Frage aus sieben Seelen: »Wer bist du, leuchtender Mann?«

Sieben dunkle Gesichter schauen mich traurig an. Tränen fließen aus ihren grünen Katzenaugen.

Licht fällt aus dem Zentrum meiner Stirn. Es ist wahr, auch mein Körper leuchtet. Blauweiß leuchten meine Hände und Arme, Beine und Füße, Bauch und Brust.

Doch der da liegt, der weißer strahlt als ich, heller noch als ...

Gehe näher ran - der sieht ja aus wie ich! Ein Doppelgänger, aber tot! Kann *ich* es denn sein? Oder ist es meine andere Seite, die dunkle mit Namen Drefman, ist *ER* es? Warum aber sollte ER weiß im Tod erstrahlen? Oder sehe ich den, der im Tode wie im Leben mehr dem Licht angehört, sehe ich Manfred den Magier dort liegen? Dann wäre ja *ich* Drefman der Dunkle, ER, ES!

Während diese Gedanken noch in mir wirbeln, antwortet bereits ein anderer Teil von mir den Zwerginnen mit Worten, die sehr geheimnisvoll klingen: »Nennt mich doch den suchenden Schatten, nennt mich das Zittern unter den Schlägen der Brüder, nennt mich ..., sagt einfach Alpha zu mir. Denn ich bin der Anfang! Nennt mich Beta oder Omega, denn ich bin die Folge und das Ende, denn ich bin ...«

Sie scheinen zu verstehen, denn sie nicken, wissen wohl mehr als ich, der ich wieder einmal so wenig begreife. Nickend wenden sie sich von mir ab und wieder ihrem Toten zu.

Auch ich gehe weiter und grübele noch immer, wer dieser weiße Mann dort ist, der auf schwarzem Stein ruht, welcher einst aus der Nacht, aus funkelndem Sternenhimmel stürzte. Wie und wann war er gestorben? Was hatte er für sie getan, dass sie ihn so behüten? Nie zuvor hatte ich ihn gesehen. Also ist er wohl nicht mein Bruder. Also ist er nicht von meiner Art. Also ist er ... *was* ist er dann?

Das waren Manfreds letzte Gedanken über den weißen Mann, die sieben Zwerginnen und den Schwarzen Monolithen.

So ließ er sie zurück in Trauer und Stille und ging weiter, dunkel nun wieder von Gestalt, mit wachem Ohr hinein in den dämmernden Tag ...

Er aber, der da liegt, war und ist nicht tot - noch nicht. Schau genau hin und lausche seinen Gedanken!

»Wo bist du, Bruder?«, rufe ich lautlos in die Weite. Denn jetzt sehe ich dich - Ich bin es ja! - sehe ich dich nahen, dann verharren. Doch du, der du bist wie ich, vernimmst meinen Hilferuf nicht, wendest dich wieder von mir ab, gehst davon, fragst dich, wer ich bin und denkst doch nur bei dir: Tot, er ist ja tot! Ja, bewegungslos ja, doch nicht tot! Noch immer liege ich auf diesem schwarzen Stein. Und wem soll ich hier geopfert werden?

Zeit vergeht. Kein Erinnern, was vorher war und wie es geschah.

Nirgendwo Menschen. Zwerge?

Nein!

Dort oben kreisen Geier – nein, Raben sind es. Stürzen sie sich schon herab? Brennt der Sonn erbarmungslos herab. Diese Hitze. Wasser! Wasser!

Nichts sieht er mehr durch seine so weit geöffneten Augen. Allein liegt er da, denn alle hielten ihn längst für tot. Ist er es nun endlich? Fragen wir die Raben.

»Noch nicht!«, rufen ihre Stimmen. »Alle sind gegangen. Niemand wacht. Niemand wird kommen.«

Niemand nirgendwann?

Nein. Es wird jemand kommen. Viele werden es sein, ein Rudel. Sie werden ihm nicht helfen, obwohl sie ihn lieben, ja richtig gern werden sie ihn haben - zum Essen gern!

Jetzt am Abend wittern die »Wölfe«, die keine Wölfe sind, ihre Beute. Sie kommen näher. Längst erblickten sie die Raben dort oben. Deshalb sind sie jetzt hier. Es riecht nach (Mensch), nach sterbendem (Mensch). Der Hunger trieb sie von ihren Posten hin zum schwarzen Stein, zu dem, was auf ihm gebettet liegt. Die erste unter ihnen springt hinauf, reißt den Rachen auf, beißt zu, schlingt all das Gedärm und Blut hinab - so warm und zuckend, weil es noch lebt! Gesättigt macht sie nun den anderen Platz.

Andere sitzen anderswo nicht fern und doch ..., andere sitzen noch immer an den Grenzen auf Posten. Nicht auf Pfosten und Bäumen, wie Krähen und Greife andernorts, sondern mit dem Hintern auf der Erde, im Gras. Es sind weder Menschen noch ...
Sind es etwa gar keine Wölfe?
Sehe sie in mir, wie sie da still und starr sitzen. Ja, sie haben die Gestalt von Wölfen, scheinen aber größer zu sein, wie sich das auch für Monster gehört. Und jetzt bei Nacht leuchten ihre Augen glühend rot. *Tapetum lucidum* - Blut - Mensch Werwolf, fällt mir ein. Nun aber schließen sie ihre Augen wieder und werden unsichtbar, denn ihr schwarzes Fell nimmt die Muster des Hintergrundes an, die perfekte optische Tarnung.
»Nicht so vollkommen, aber bekannt von Chamäleon, Krake und Tintenfisch«, flüstert die Stimme, die es wohl nicht lassen kann, immer wieder mal das Wissen ihrer Welt mir einzutrichtern.
So lauern sie im Gras, unsichtbar für viele Augen, unhörbar für viele Ohren und nicht wahrnehmbar für die Nasen ihrer Opfer, denn nun sind sie still, riechen wie die Gräser ringsum und wiegen sich wie sie im sanften Wind der Nacht. So warten sie wie Spinnen in ihren Netzen, unter ihren Gespinstschläuchen oder am Eingang ihrer Höhlen auf die, die da kommen und sich ihnen zum Mahl anbieten werden.
Dies alles sehe ich in mir und weiß, dass es keine Wölfe und keine Werwölfe sind und weiß doch nicht mehr über sie und nichts über die Grenze, die sie bewachen. Käme da ein Mensch daher oder ein Magier, denke ich, er könnte diese Wesen niemals überwinden oder gar töten, er käme niemals an ihnen vorbei. Weder Pfeil noch »Kugel« noch »Laserstrahl« könnte sie verwunden. Keine Waffe aus Menschenhand kann sie bezwingen. So sind es denn göttergle-

che Wesen, kleine Götter, die aber doch uns gleichen: Sie leben hier mit uns in dieser materiellen Welt - also haben sie Hunger und Durst.

Öffne meine Augen, die offen waren und doch nicht sahen.

Diese Morgentagträume! Höllenhunde - Höllenträume - Höllenwelten, denke ich noch und sehe auch schon durch deine Augen.

Moyo, meine Liebe, da bist du ja!

Doch wo ist »da«?

Auch ein Meer aus Gras, warm scheint es bei dir zu sein.

»Afrika«, ist das Wort, das die Stimme in mir immer wieder flüstert: »Afrika«

Dort bist du. Dort sind sie, von denen ich eben noch träum... Da sind jetzt Höllenhunde, die auch ich einst traf, hinter dir her ... Doch du kannst entfliehen, denn sie weckten die andere Seite in dir, die von Anbeginn seit deiner Geburt als Moyo in dir schlummerte. So verwandelst du dich auf der Flucht vor ihnen zum ersten Mal in eine Schwarze Pantherin.

Ich setze mich ins Gras, verschränke meine Beine in den Lotos. Ruhe. Tiefer Atem. Entspannen von dem, was war. Denn eben war ich noch du, rannte ich noch mit dir.

Stille.

Leere.

Andere Bilder steigen in mir auf.

Irgendwo vor tausend Jahren

Eine endlos scheinende Ebene, so leuchtend rot, als wäre sie ein See voller Blut, felsenübersät, endlos scheint sie dem Betrachter.

Und dort oben auf einem leuchtend blauen Felsen, nicht weit entfernt, sitzt ein schwarzes Wesen.

Gewaltig, viel größer als ein Mensch, würdest du erkennen, kämest du näher, ständest du dicht vor ihm.

Still kauert es da in der Weite.

Ob es wohl lebt? Schläft es nur oder träumt es gar? Und

wenn es so wäre, was wird sein, wenn es jemals erwacht?

Doch es ist ja wach.

»Komm näher!«, flüstert seine Stimme in meinem Kopf. So gehe ich heran, immer weiter hin zu ihm, das mich ruft, bis seine Schwärze den Horizont vor meinen Augen ausfüllt, bis ...

SCHWÄRZE.

Höre es in der Dunkelheit flattern.

Es hat sich erhoben und seine Flügel entfaltet, denke ich und schreie - diese Schmerzen! - schreie, denn es hat mich gepackt, schreie, zappelnd-zuckend hänge ich in seinen Klauen, es fliegt mit mir nach ...

L E E R E.

Ich sehe, wie es war, wie es geschah. So weit das Auge reicht, lebt Steppe: Überall Gras, nirgendwo ein Busch, ein Baum. Und doch sind da zahllose aus Erde aufgetürmte Hügel. Eine gewaltige unterirdische Stadt. Bobak ist der Name des kleinen Nagers hier in der Mongolei, Bobak, das Steppenmurmeltier. Es gräbt die Erde um, ernährt sich von den Gräsern, verbreitet ihre Samen.

Andere ernähren sich von Bobaks. Mongolen essen ihr Fleisch, fertigen sich Mützen und Mäntel aus ihren Fellen.

Da kommt ER in Gestalt eines gewaltigen Wisentbullen herangeprescht.

Die IHM nahen Bobakposten verschwinden, die ferneren wachen noch.

ER verharrt im Lauf. ER weiß, welche Wesen dort unter der Erde leben. ER traf vor nicht allzu langer Zeit Mongolen und nahm Menschengestalt an. Das war, als er im Lauf über ein Loch, einen Eingang zum Bau, stolperte und SEIN Zorn wuchs und ER die Menschen und ihre Kleidung sah und verstand, woraus sie war. Also bohrte ER sich rasend durch die Erde bohrte und packte junge und alte Bobaks, riss ihnen bei lebendigem Leib ihre Felle vom Leib und fertigte sich daraus im Vorübergehen einen Pelzmantel für SEINEN neuen Menschenkörper.

Menschen fallen nieder in den Staub – vor IHM.

So kommt ER zur Ruhe, steht still.

Dann ritt ER eine Zeitlang mit ihnen beim großen Zug voller Schrecken unter Dschingis Khan nach Westen. ER war ihr Gott zu jener Zeit. Und sie beteten IHN an, brachten IHM Menschenopfer, die aß ER auf.

SCHWÄRZE.
Trifft mich ein BLITZ, der fällt herab aus Voller Mondin.
Traf mich der Strahl der Erkenntnis?
Denn ich sehe die Bilder vom ewigen Kampf zwischen dem, der nun aus den Tiefen der Erde emporbricht, der seine Macht mit grölend lachender Stimme aus Beben, Donner und Sturm zeigt, zwischen diesem Fürsten der Finsternis und aller Höllen dieser Erde, zwischen ihm und dem singenden Kind auf leuchtender Sommerwiese, das so schwach scheint und doch eins mit allen Dingen ist. Dieser immerwährende Kampf, der scheinbar für Äonen erlosch, doch immerfort glimmt, dieser Kampf bricht nun wieder offen aus.
Ich werde bereit sein. Denn ich bin Manfred der Magier, also nicht die dunkle Seite, die ist ER. Doch bin ich auch nicht das Kind. Wärme und Sommer sind anderswo zu anderer Zeit.
Ich öffne die Augen zur Nacht und sehe die Volle Mondin über mir.
Verschlief ich denn den ganzen Tag? Träumte ich vom Kampf zwischen Gut und Böse? Schickte ER mir all diese Bilder?
Ich reibe mir die Augen. Das Haar sträubt sich mir im Nacken.
Zahlreiche flüsternde, kichernde, keifende Stimmen stürmen von allen Seiten auf mich ein.
Welch hallender Riesenchor - Höllengelächter!?
So halte ich mir die Ohren zu und - höre sie noch immer, kippe zur Seite. Sind es die Dämonen der Tiefe, die mich nun stürzen?
Längst sind die davongeflattert, die mich eben noch umschwirrten und sich Bilder aus Klang von mir machten. Längst sind Die-mit-den-langen-Ohren nicht mehr bei mir: Fledermäuse, die ihre Ohren in Ruhe nach hinten legen - so erscheinen sie dem Menschen als Hörner eines Widders

oder - Teufels!? Oder liegen sie nun alle tot dort unten in den Tiefen der Erde, vergangen und vergessen, irgendwo hinter mir?

Ja, hinter mir, doch nicht dort unten. Ich weiß es und weiß mehr: sie sind weder böse noch gut. Menschen tun sie nichts. Sie sind meine Freunde der Nacht.

Schalte den Gedankenstrom ab, lege mich auf den Rücken, entspanne mich immer mehr - es geht so schnell und wie von selbst: alles vergeht im ruhigen Atem. »Ich bin!«, spreche ich lautlos zu mir. »Ich bin!«

Und der Stimmenchor in meinen Ohren, in meinem Kopf ebbt ab, wird leiser und leiser, immer leiser, schmilzt dahin, vergeht.

»Ich bin!«, singt Licht in mir.

Die Stimmen sterben.

»Wir sind!«, tönt Raum, tönt Erde, Sonn und All.

Ich tauche wieder auf, werde wieder der, der ich bin, öffne meine Augen und sehe sie vor - nein, in mir und erinnere mich nicht, wie und in welchem Traum ich sie fing. Dicht vor mir sehe ich die gefangenen Dämonen.

»Wer seid denn ihr?«, frage ich sie verwundert, die da zitternd vor mir in der Nacht in einem Käfig aus leuchtenden Stäben sitzen oder klagend darin schweben.

Sie antworten nicht.

»*Wer* seid ihr?«, frage ich sie ein zweites Mal.

Sie schreien auf. Denn meine Frage lässt Gitterstäbe und den Boden unter ihren Füßen gefrieren.

»Wer seid ihr, dass ihr Wanderer erschreckt, bestürmt und in den Wahnsinn treibt?«

Jetzt endlich erzählen sie mir winselnd von sich. Doch sie wissen nur wenig. Und was sie wissen, sind ja nur, wen wundert's, Spiegelungen der Außenwelt in Innenwelt, gefiltert durch Sinne, Raum und Zeit - Erinnern, Vergessen.

Und doch erfahre ich von den zahllosen Höllen, die es in dieser Welt gibt. Und sie bestätigen mir, was ich mir schon dachte: Dass auch meine Welt nicht der Himmel ist!

Mit hinabgeneigten Köpfen stammeln sie mit zischenden Lauten den Namen ihres großen Meisters.

Ich aber habe nun alles von ihnen erfahren und lasse

die leuchtenden Gitter des Käfigs zerfließen. Geht! Fliegt hinab, nach Hause!, denke ich den kleinen Dämonen und Dämoninnen zu.

Schon summen sie davon.

Ich kenne ihren Meister ein wenig. Unter vielen Namen reiste er über die Erde. ER ist es, den ich einst einmal vor langer Zeit *Drefman* nannte, ER ist es, der mir einst meine große Liebe Nairra nahm. Weine ich? ER ist es und ist es doch nicht: mein Bruder, meine dunkle Seite. Wir sind so verschieden. Wir sind eins, denke ich traurig und weiß, dass wir uns wiedersehen werden. Dann werden wir kämpfen, wieder einmal und nicht zum letzten Mal. Einer wird gewinnen, wie es immer schon war und immer wieder ist. Der andere aber wird sterben, wird diese Welt verlassen und doch nicht für immer tot sein. Denn *wir* kommen immer wieder, wie auch *du,* meine Liebe, Nairra, die Moyo wurde, Menschenfrau und Pantherin zugleich, auch du ...

Ja, so wird es geschehen irgendwann und irgendwo. So ist es beschlossen. So steht es in den Sternen. Weil Er Dort Oben es so will! Weil etwas will, dass Er Dort Oben es will? Weil ...

Ich schrecke auf. »Waswaswas, werwer ist denn das?« Waren es die Dämonen oder mein Traum von IHM, der das rief, was da kommt?

Denn dort bricht ES aus den äußeren Räumen hervor: Die Himmel öffnen sich - oder sind es schwarze Wolken, die Mondin und Sterne verdecken? Noch fern über der weiten Ebene bricht ES hervor. Und ES kommt näher.

Woher ES kommt?

Vielleicht ist ES ein Teil des anderen ES, das dort unten in den tiefsten Meeresabgründen träumend liegt. Ich weiß es nicht.

Ach, jetzt flüstert die Stimme in mir: »ES und ES, sie alle kommen aus der Hölle von T-her! Mächtige Wesen wohnen dort unter/in der Erde. *Niemals* schlafen *SIE*. Alle von SEINER Art schießen Schwarzen Blitzen gleich in schwarzer ewiger Nacht empor und angeln mit ihren Peitschententakeln ‚Mottenvögel' aus der Luft.«

Hier aber ist nur EINS von IHNEN, nur EINS! Auf einer schwebenden Plattform nähert ES sich mir.

»Hightech«, staunt die Stimme in mir, »also doch nicht so primitiv!«

Unter meinen Füßen bebt die Erde. Tausend Tentakel knallen, zuckend schlagen sie.

Erdenmutter schreit in meinen Ohren vor Schmerzen auf!

Denn *dieses* Wesen ist nicht *ihr* Kind.

Dann treffen *mich* die Peitschen des Wahnsinns.

Großer Magier, ganz klein: Erst fallen seine Kleider, dann ... nackt und zitternd steht er da in eisiger Kälte, die ES mit sich führt und von sich gibt, die sich über alles legt. ES hat Manfred an den Ort gebannt und peitscht seinen aufrecht stehenden Körper aus.

So geht es allen, die sich zu mächtig fühlen, Demut!, denke ich noch. Dann schreie ich nur noch vor Schmerzen.

ES saugt die Pein gierig ein.

Tuet Buße und geißelt euch! Mea culpa! Ich bin so schwach. Ich habe dich nicht gerettet, Nairra. Ich bin nicht bei dir, ... Ich, oh, der Weiße auf dem schwarzen Stein, mein Zwillingsbruder, er lebte noch, rief mich um Hilfe und ich hörte ihn nicht. Ich bin schuldig. Mea culpa, mea maxima culpa!

Noch immer treffen mich SEINE Geißeln, die endlos lang knallend aus dem Nichts zu fallen scheinen, noch immer prasseln die Schläge auf mich nieder. Es hört nicht auf, es hat kein Ende, niemals, nie ...

Weit empor ragt dieses Wesen, das dicht über der Erde auf seiner Plattform schwebt, von der Ebene empor bis in die Wolken. Was Manfred nicht weiß: die eine Sorte von Peitschengeißeln erzeugt Schmerzen, doch eine andere gibt ein Gift ab, dass das Opfer munter macht, dass es genesen lässt, damit es nicht sein Bewusstsein verliert, damit es nicht stirbt, denn nur so hält die Pein lange vor. Dort, wo die Peitschen Manfred treffen, bricht sein Fleisch auf - an Kopf,

Schultern, Brust und Beinen werden schwarze Striemen geboren. Ach, es sind ja Kinder der großen Peitschen, winzige Geißeln entstehen dort. Manfred rührt sich nicht mehr, lässt alles mit sich geschehen. Warum nur wehrt er sich nicht? Warum versucht er es nicht wenigstens? Ist sein Wille schon gebrochen? Geht es mit Manfred zu Ende?

ES kennt all meine Gedanken. ES schaut mich nicht an, denn ES hat keine Augen. ES weiß, dass ich leiden will, jetzt in der Schwärze der Nacht. Dort, woher ES kommt, ist kein Licht. Aber ES hört, riecht, fühlt, reißt mein Denken an sich. Denn ES hat Hunger, nährt sich von meiner Lebensenergie und schenkt mir doch zugleich etwas von SEINEM Leben, indem ES mich berührt. So nehme ich SEINE Welt, das ist T-her, wahr. Und kann sie mit meinem kleinen Menschenhirn bei all dieser Folter doch nicht begreifen.

Irgendwann ist alles vorbei, auch das, was nicht enden wollte. ES ist davongeschwebt. Manfred erwacht. Noch immer ist Nacht. Jetzt aber leuchten wieder dort oben die Sterne. Mutter Erde heilt seinen halbtoten Körper: Gräser und Kräuter hüllen ihn ein. Die kleinen Tiere - Heuschrecken und Spinnen, Schnecken und auch die Kleinsten: Springschwänze - beknabbern und lecken seine Wunden. Voll scheint die Mondin über allem.

So hell wie nie zuvor in meinen Augen strahlst du, Erdenschwester, beleuchtet, erleuchtet von Seinem Licht! Vater Sonn und Mutter Erde, in deren Schoß ich liege, noch immer lebe ich, mehr als je zuvor! Es ist, als wäre ich neugeboren und alle Wunden ...
Schaue an meinem nackten Menschenkörper hinab.
Nirgendwo sind Peitschenstriemen! Keine Wunden.
»Was für ein Höllentraum!«, denke ich, hülle mich in ein gräsernes Kleid und schlafe ein.

Dort unten liegt Manfred der Magier, so klein in dieser Steppenweite.
Komm näher ran und ... ach, schau, wie seine Augen

zucken. Also träumt er ja schon wieder. Was er wohl wahrnimmt und tut in seinem Traum, der für die Wesen, die er sich erträumt, Wirklichkeit bedeuten mag?

Sehe das Licht im Zentrum meiner Stirn leuchten, sehe es im Spiegel des ruhenden Sees, so blau, so weiß, heller als die Volle Mondin, die eine hier unten im Wasser und die andere dort oben am Sternenhimmel. Ich sehe und sehe nicht, höre und höre nicht, beginne mich zu erinnern. Irgendwo spricht es. So wird es in mir wiedergeboren. Es wächst. ...

Die alten Zeiten. Damals am Beginn, als Leben wurde, als ich, als wir ...

Hebe die Arme empor. Träumend stehe ich mit geschlossenen Augen. Öffne sie, schaue in den untergehenden Sonn. Dunkel wird es über diesem Teil der Erde. Dann geht wieder still und stumm die bleiche Mondin auf.

Stimme leise ein Lied an, das warm in Ihrem kalten Licht, wie Nebel nieder auf mich schwebt. Singe die Worte. Mutter, denke ich, Mutter allen Erdenlebens.

Und die Erde bebt unter meinen Füßen. Sie hat mich vernommen in Ihren Träumen. Sie ist erwacht. Sie spricht mit mir und hüllt mich in ihr bebendes Singen, ihr Wiegenlied: »Schlafe, mein Kindlein, schlaf ein!«

Manfred schläft so tief wie niemals zuvor. Regeneration - Erneuerung. Die verlorene Lebensenergie, die das Wesen aus anderen Dimensionen ihm nahm, wächst ihm aus der Erde wieder zu.

Ich öffne meine Augen. Welch Feuer am Morgen! Glücklich schaue ich. »Vater«, rufe ich lachend in den anbrechenden Tag.

Denn dort so fern im Osten steigt der Sonn strahlend hell über dem gewaltigen Gebirge auf.

Ich erhebe mich. Ein weiter Weg, denke ich. Denn vor mir liegt noch immer ein wogendes Meer aus Gras, dessen Farbe mit den Wellen wechselt, die es durchziehen. Kein Wind weht. Mit der Farbe verändert sich der Klang. Jeder

Halm ist ein Summen in meinen Ohren, in mir. Zusammen sind alle ein gewaltiger Chor. Von tief bebendem Rot bis hin zu kristallklarem hellen Violett - und darunter und drüber hinaus. Ein singendes, wogendes Meer! Und ich höre all dies jetzt, weil mein Körper zerfetzt und neu geschaffen wurde?

Dann erblicke ich das Zentrum, aus dem die Wellen kommen. Ich sehe, ich verstehe. Die singenden Gräser ringsum sind nur eine Station, ein kurzes Verweilen, mehr nicht, auf meinem langen Weg. Da ist er wieder, so klar und strahlend wie lange nicht mehr, mein Leuchtender Pfad.

Doch *noch* schreite ich nicht durch das wogende Meer auf vorgezeichnetem Weg. *Noch* stehe ich nur staunend still auf dem Hügel - war der eben schon da? - an den Ufern dieses leuchtenden Gräsernen Meeres.

Sinke auf die Knie, schaue und lausche.

»Ja!«, singt meine Seele, eins mit der Welt, mit Allem. Ich atme den Klang und das Farbenspiel ein. Schaue mich um. Sehe die anderen Wesen lauschen. Steppenmurmeltiere sind es, so viele, eine ganze Kolonie, die da neben mir auf ihren Hinterbeinen stehen. Sie sind wie ich. Jetzt verstehe ich wahrhaft, was ich einst so oberflächlich lernte und herunterbetete und doch so lange schon tief in mir vergraben mit mir trug: dass wir alle Schwestern und Brüder sind.

Sie schauen mich nicht an.

Ich sehe sie nicht mehr, sondern blicke nur noch in die Ferne. Es ist, als wäre ich längst einer von ihnen, ich bin es. So lausche ich hinein in die Weiten, die ohne Ende scheinen und alle in mir liegen. Wir singen mit dem Meer aus Gräsern und beginnen selbst im wechselnden Farbenspiel der Wellen zu leuchten, wir hier am Rande aller bekannten Welten, wo andere Reiche beginnen – die Welten unserer Phantasie?

Ach nein, andere Wesen träumen sie! Er Dort Oben ist es.

Aber was oder wer träumt *Ihn*?

Und wenn Er uns alle träumt, warum uns dreimal: Manfred den Mann, Nairra/Moyo die Frau und IHN, der anders ist? Alle nur um der Liebe und des Hasses wegen ... weil ...?

GRÄSERNE MEERE, in denen Bienen leben, die keine Bienen sind, sondern Elfen, in denen Pflanzen wachsen, die keine Pflanzen sind - nein, Hobbits gibt es hier nicht, aber Vögel, die sich wandeln bei Nacht, und ein Heuschrecken- und Grillenzirpen bei Tag und Nacht, Wärme und Kälte. Der Himmel ist so klar, wie er damals im Westen niemals war. Die Sterne sind so nah und die Mondin voll und groß.

Und Manfred schreitet weiter durch das GRÄSERNE MEERE, das ihn gefangen hält. Denn er könnte ja fliegen und tut es doch nicht, könnte sich verwandeln in einen schnellen Läufer und tut es doch nicht.
Wovon er sich ernährt? Von Grassamen und Heuschrecken, über Feuer geröstet oder roh. Wasser trinkt er aus Pfützen. Oder verwandelt er sich wieder in eine Pflanze und tankt das Licht von Vater Sonn? Wie es auch sein mag, er kommt voran, immer näher der Wüste, die sich vor den Bergen erstreckt, die ihn rufen.
Zeit vergeht, spät beginnt der Frühling, kurz sind Sommer und Herbst, lang ist der Winter, es wird kalt. Manfred wird älter und älter.
Eines nachts liegt er eingehüllt in eine dickes Fell auf der Erde, als ein anderes Singen aus der Ferne dringt.

Öffne meine Augen.Sterne und Mondin verschwimmen, denn Tränen trüben mir die Sicht. Wie traurig das Leben doch ist: so viel Kummer, Leid und Schmerz zu jeder Zeit an jedem Ort auf dieser und all den anderen Welten.

Und *einen* gab es einst irgendwo - woher ich nur von ihm weiß? -, der war ein wenig wie ich und doch ganz anders, von kleiner Gestalt, »nur« ein Kaninchen. »Fiver« nannten sie ihn, der ein Seher war und so einige seines Volkes retten konnte vor den Maschinen der Menschen und sie wie Moses ins Gelobte Land führte. Doch auch *ihn* holte schließlich das Schwarze Kaninchen des Todes heim.

Und Bilbo und Frodo zogen in Mittelerde mit den Elben gen Westen über das Meer zu den Grauen Anfurten.

Und die Alten Dort Oben gingen in den Tartaros ein, andere Menschen in Hölle oder Himmel.

Doch *wer* ruft *mich*? Wohin?

Wo wohnen Magier, nachdem sie auf Erden starben? Leben alle immer wieder? Und wenn ja, in welchen Körpern? Oder sterben Magier nie?

Es schweigt die Winternacht.

Dann - kommen Schlaf und Traum - seltsame Bilder sehe ich. Nicht fliegende Kaninchen und sprechende Wölfe, nein, denn das sind andere Träume in einer anderen Welt, sondern *dich* höre ich, folge deinem Ruf und schleiche auf Katzenpfoten, auf allen Vieren, springe hin zu dir, die du mich singend-fauchend, welch ein Lied in meinen Leopardenohren, begrüßt.

Erwacht bin ich im Hell des Tages. Eisig weht der Wind hier so weit im Osten des großen Kontinents. Drehe mich im Kreis, hülle mich in einen Mantel aus Schnee und ... erinnere mich an meinen Traum von dir, wie es war, *dich* zu treffen, die ich einst durch IHN verlor, dessen Namen ich nun nicht mehr nenne, dich zu berühren, in dich einzudringen, in deinen Nacken zu beißen, als wären wir beide weder Menschen noch Affen, sondern große Katzen, Leoparden, Jäger, die andere Tiere fangen und töten und essen, als lebten wir beide weit im Süden auf dem alten Kontinent, wo die meisten Menschen schwarzbraune Haut besitzen ...

Schon ist die Erinnerung vorüber. Ich bin allein, so fern von dir, die du noch immer in der Wärme des Südens weilst, doch nicht auf dem Boden der Realität, sondern oben in den Zweigen der Akazie, die dort so einsam in der Weite der Savanne steht. Unter dir ruht ein halbgegessene Antilopenkörper. Ich aber bin kein Leopard, sondern ein Mensch. Also erhebe ich mich, stehe auf - mein Schneemantel zerfällt und löst sich auf, als wäre er nie da gewesen - und gehe weiter dem aufgehenden Sonn entgegen.

Seltsame Gedanken: Hier in der Weite, wo seit langer Zeit kein Weißer reiste, hier in den weiten Steppen des Ostens, in einer Welt wie der, von wo Dschingis Khan mit IHM einst und irgendwo aufbrach nach Westen, hier sollte doch auch ich ...

Etwas geschah. Ich schaue mich um. Da ist ja eine winzige Pfütze. Ich schaue hinein. Sie wächst, dehnt sich aus zu einem kleinen Teich, der richtet sich vor mir auf, steht nun senkrecht da, ist mir zum Spiegel geworden. Aha, meine magischen Kräfte sind noch nicht erloschen. So schaue ich mein Bild, sehe meinen neuen kräftigen Körper, gehe/schwebe dicht heran. Flache Nase, braune Augen, nicht mehr weit offen, sondern zum Teil hinter Augenlidern verborgen, Schlitzaugen.

»Wie sie mehr als eine Milliarde Menschen hat«, flüstert die Stimme in mir.

Aha, da bin ich ja nun zweimal MM, zum einen Manfred der Magier und zum anderen jetzt auch noch: Manfred der Mongole.

Da lacht es grölend von fern, von nah, aus tiefstem Innern aus mir heraus: »Dreimal M - MMM - Mini-Magier Manfred. Wie viele Ms auch immer, du Winzling, nichts wird's dir nützen. MMM - Macht, Magie und Mut werden schwinden. Alt wirst du sein und schwach, noch älter und schwächer als jetzt, eines Tages dort oben.«

Ich schrecke auf. Das war ER!

Ich aber trage nun einen Körper, der hier zu Hause ist. Also bin ich für den Aufstieg bereit. Wo? Hier, wo in der Nähe keine Berge sind.

Ich steige auf.

Nein, noch bleibt mein Körper auf der Erde. Habe mich von ihm getrennt, doch nicht für immer, nur für kurze Zeit. So sehe ich ihn nun dort unten liegen. Wie klein der Mensch, der große Magier Manfred, dort unten nun schon ist. Höher hinauf, immer höher. Sehe jetzt das weite Land, Gräsernes Meer. Und weiter steige ich auf, als wäre der Himmel grenzenlos. Er ist es ja! Sehe mehr: den fließenden Wandel, den Übergang ringsum. Dort weit im Westen, das ist gestern, dort müssen Nebelland und Wald verborgen liegen.

»Im Osten warten Wüsten und Gebirge auf dich«, flüstert die Stimme in meinem Kopf.

Ja, dort ist kahle Weite - Wüste. Dahinter ragen Berge auf. Ich sinke wieder nieder und fahre in meinen Körper zurück. Jetzt habe ich mich endlich von Gras und Erdenbann gelöst. Könnte mir wieder Flügel wachsen lassen, aufsteigen und meinem Ziel entgegenfliegen.

Doch was ist das hier neben mir?

Eine einzelne Blüte im Gräsermeer, die sich nun öffnet.

Und heraus kommt … eine Elfe, ein Elb, eine Fee, ein Alien gar, das mich nun anspringt, denke ich – in Erinnerungen schwelgend.

Die schlafende Biene erwacht?

Nein! Da ist nichts. Wie sollte bei dieser Kälte hier auch ein Insekt so ungeschützt überleben können? Aber eine Blüte doch genau so wenig! Irgendetwas ist hier ziemlich faul! Die muss ich mir näher anschauen.

Außen sind die Blütenblätter, im Zentrum Staubblätter und Stempel, dies und nicht mehr, alles so, wie es sich gehört.

Näher komme ich, schon sind meine Augen in ihrem Innern versunken.

Da passiert es: Stempel und Staubblätter weichen zur Seite - ich folge mit meinem Blick dem Strudel, der das Innere der Blüte in Schwärze zieht, mich bannt und packt. Diese Kräfte! Sie ziehen und zerren. Und während ich Kopf voran ins Zentrum der Blüte stürze, blitzt es in mir auf: Irrtum, Falle, reingefallen, ich Idiot! Niemals kommt etwas aus dieser Blüte heraus. Nichts ist jemals in ihr zu finden. Denn alle, die sie schauen, fallen hinein und entschwinden den weiten Steppen.

Ich Tor, diese Blüte ist ein Tor, ein Blütentor – wohin?

Einen Kräutertee trinkt der Alte

dessen Stimme nach dieser langer Rede ziemlich heiser geworden ist. Tasse und Tee tauchen - na, woher wohl? - wieder einmal einfach so aus dem Nichts auf.

Mit jedem Schluck verjüngt sich sein Antlitz merklich.

Könnten wieder zehn Jahre sein, denkst du. Achtzig war er bei seiner Geburt, dann wurde er mit der Erinnerung an all die Abenteuer, die er selbst und - wie seltsam: auch sie und ES/ER erlebte, von Welt zu Welt um zehn Jahre jünger. Dann müsste er jetzt um die Vierzig sein.

Er nickt.

»Alles ist Wandel«, spricht er in dir, der seine Lippen nun nicht mehr bewegt.

»Alles fügt sich zusammen. Schließe deine Augen, schau den Strom, spring hinein und schwimme - doch niemals gegen ihn an! Lass dich treiben, sage ja und lebe, bis du ins Meer gelangst!

Denn wir alle bestehen aus salzigem Wasser.

Also werde ich dir weder vom Quell noch Bach, Fluss, Strom und See erzählen, sondern vom Meer und den Tieren darin, deren Formen sich mit der Distanz von der Küste in offene See und von der Oberfläche bis in tiefste Tiefen verändern. Denn sie haben sich im Laufe der Jahrmillionen angepasst.

Vieles hast du schon von IHM vernommen, den ich einst 'Drefman' nannte.

Du weißt, warum Drefman so mächtig ist?

Ja, du weißt es, ahnst es, hast ja schon davon gehört.

Es ist so, weil ER kein Mensch ist, sondern ein Teil von dem, das uralt ist und schon seit Äonen auf Erden weilt, Jahrmillionen bevor es Menschen gab.

Lange Zeit war da kein Geschlecht. Damals gab es nur ES, das aus den Himmeln auf die Erde niederstürzte. Dann sandte ES seine Teile aus und ...

Doch ich will von vorne beginnen, lausche, wie und wann ES zu uns kam, nimm Teil an SEINEN Abenteuern und frage mich nicht, woher ich von ihnen weiß.«

5. Wasserwelten

Hinab - Empor aus tiefsten Tiefen

Gigantisch groß und nah
die Mondin im Anfang war,
die niemand von uns sah
über den Wassern,
dem ersten Meer der Erde.

Bild aus alten Zeiten

Von T-her ins Erdenmeer
stürzt ES gleich einem brennenden Stern
durch Wolken dampfend in kühlendes Nass,
wacht auf versunken in den Tiefen
und schläft und träumt
und wandelt sich.

ES mit vielen Namen

Und du glaubst,
ES würde nicht träumen
dort unten in den Tiefen des Meeres,
wo ES seit Jahrmillionen liegt!?

Welche Welten ES sich wohl erschaffen mag,
während ES dort unten ruht,
in denen niemals Wesen leben wie du und ich.
Denn ES ist Schwärze, die aus den Himmeln fiel.

ES von T-her

Dies aber ist das Meer:
offen und weit - stürmisch und still.
Ewig scheinen die Wellen zu branden
an Sand - an Fels - an Land.

Erdenmeer

ES von T-her

So steht ES auf unter den Sternen,
die unter SEINEM Schrei erzittern.
Räume und Zeiten verschieben sich.
Menschen erwachen und beten ES an,
das weder Gott ist noch goldenes Kalb,
sondern Schwärze, die alles verschlingt.

65 Millionen Jahre vor unserer Zeit. Die Großen, Dinosaurier, Fisch- und Flugsaurier sowie andere Gruppen, die auch viele kleine Arten hervorbrachten, beherrschen die Welt mit neuen Arten. Alte gingen, andere entstanden und wandeln sich, wie es immer schon war und sein wird in diesem einen von vielen Universen.

Dann sind da noch die Kleinen: Amphibien und Reptilien, Säuger und Vögel, Insekten und Tausendfüßer, Skorpione und Spinnen auf dem Land und in den Lüften, sie und viele andere dort und in den Wassern der Erde.

Alles ist, wie es immer schon war.

Da schlagen die Meteoriten ein. Durch sie und die großen Vulkaneruptionen auf dem Dekan-Plateau, die schon seit 700 000 Jahren brodeln ... durch all die Einschlagsfolgen und - vielleicht auch noch ganz andere Dinge, von denen Menschen nichts wissen, verändert sich das Leben gewaltig: Nahrungspyramiden brechen zusammen. So viele Arten sterben aus. Das irdische Leben erlischt - noch nicht.

Säuger und Vögel, die im Schatten der Großen standen, sich in Höhlen versteckten und bei Nacht aktiv und munter waren, überleben, entwickeln sich weiter und erobern die frei gewordenen Räume. Manche bleiben klein, andere wachsen.

Doch nicht nur auf festem Land, sondern auch andernorts schlägt ETWAS brennend ein und versinkt glühend im dampfenden Ozean.

ES »schaut« auf. Nicht dass ES Augen hätte, auf der Oberfläche wandelte und in den Himmel blickte. Nein! ES erwacht aus SEINEN Träumen dort unten in tiefsten Tiefen am Grunde des Ozeans. ES »schaut« auf und nimmt – in sich - längst vergangene Dinge wahr. ES erinnert sich: Aus WEISS geworfen, in schwarzes Universum gebannt, das ist T-her. Wäre da ein Menschenkörper mit Beinen und Armen und Händen, so wiese ein Zeigefinger hinaus und würfe ES aus dem Paradies.

Und dann ist da die zweite Trennung: »Geh!«, singen die Stimme der ganzen Schwärze immer wieder zum Teil: »Geh!«

So soll es sein. So geschieht es. So ist es.

ES steigt auf, ein Teil, allein, schwebt, stürzt durch Raum. Zerrissen, gespalten, gesandt.

Weitere Erinnerungen brechen auf: ES sieht sich, als stünde ES außerhalb. ES sieht sich selbst träumend treiben in den Weiten zwischen den Sternen dieses Alls. Fern, so weit im Jenseits/Gestern lebt das schwarze Heim, der schwarze Kosmos im WEISS, einer von vielen im Ganzen, Geschnatter und Gezänk in der Stille, Gestank von Geburt - Leben - Tod im Duft der Ewigkeit - das ist T-her.

Zeit vergeht. ES durchschwebt unvorstellbar gewaltige Räume. Träumend treibt ES durch Weiten.

Hinweggerissen, aufgeschreckt, geweckt, stürzt ES brennend hinab, schlägt auf, schlägt ein ins Meer. Diese ungeheuren Wassermassen, die sich in Dampf verwandeln, der die Erde nicht verlässt. Leben verbrennt, kocht und schreit, stöhnt und stirbt - so viel Tode, die ES nicht spürt, nicht verstehen kann. So sinkt ES weiter hinab, immer weiter, kühlt langsam ab.

Oben kehrt wieder Alltag/Allnacht ein, oben wandert Leben wieder ein, oben an den Grenzen zwischen Wasser und Luft, darüber und darunter. Dort ziehen die Wesen weiter ihre Bahnen von Geburt bis Tod, leben ihr Leben wie ihre Vorfahren es schon immer taten, wie es ist, sein wird und sich doch ständig seit Jahrmilliarden ändert.

Unten aber träumt ES von SEINER Heimat, die jetzt so fern und unerreichbar ist. Und während ES träumt, vielleicht doch mehr als nur im Traum mit dem Einen verbunden, der ganzen Schwärze T-her, nimmt ein anderer Teil alles wahr, was außerhalb ist.

Überall ist hier Leben: Dort blinken Lichter in der Schwärze, die ES fast so wunderbar umhüllt, wie SEINE »Mutter« es einst tat. Diese Lichter sind kalt. Es sind Signale für die anderen der eigenen Art oder lockende Köder für Beute. Fische schwimmen dort, leuchtende Würmer und Krebse. Lichter blinken im Dunkeln. Doch da sind auch die Wellen derer, die vorüberschwimmen. Laute sind hier, Musik, die Partner ruft, Rivalen vertreibt, Lieder fiedelnder Krebse und von Fischen, die niemals stumm waren, auch wenn Wesen, die es noch lange nicht gibt, dies irgendwann einmal – dort ganz weit oben im Unbewohnbaren behaupten werden.

Nacht ist in der anderen, der trockenen Welt, die über der Wasserwelt liegt. ES nimmt sie wahr in SEINEN Träumen, die andere Schwärze dort oben, durch die ES auf SEINER langen Reise fiel.

ES wacht auf, erhebt sich aus der Tiefe, steigt auf.

Tiefseequallen ziehen mit ihren in leuchtendem Rot pulsierenden Glocken an IHM vorüber.

ES nimmst sie wahr, wird wie sie und steigt mit ihnen empor.

Blau funkeln die irisierenden Streifen der Rippenquallen. Sie alle schwimmen/schweben/treiben in Massen dorthin, wo Plankton - Essen ist.

Mitten unter ihnen ist ES.

Empor, empor!

ES fühlt auf SEINEM Weg nach oben den gewaltigen Schwarm der Fische nahen.

Die Fische nehmen ES und die anderen mit ihren Seitenlinien wahr.

Der Marlin, der eben noch an der Oberfläche 40 Meter weit sprang, hat Hunger. Jetzt rast er heran, fetzt mit seinem spitzen Mund durch den Schwarm, macht kehrt und verspeist die zerstückelten, noch zuckenden Opfer.

Und ES schwebt staunend und zitternd vor Ekstase bei so viel Sterben und Tod, Essen und Gegessenwerden weiter empor. Denn ES nimmt alles zweifach wahr, durch Täter und Opfer zugleich.

Dann taucht ES aus dem Meer auf.

An der Oberfläche dieses gewaltigen Ozean treiben

Schwärme von Staatsquallen mit ihren Gasblasensegeln im Wind. Tausende von Kolonien sind es, die dort oben fischen. »Portugiesische Galeere« werden Menschen einst diese Art nennen. Und sie werden sich wegen der bis fünfzig Meter langen von Nesselbatterien besetzten giftigen Tentakel vor ihr fürchten.

ES tut es den Staatsquallen gleich, lässt sich an der Oberfläche treiben. ES jedoch ist keine Kolonie, sondern »nur« *ein* Wesen. So treibt ES mitten unter ihnen in ruhiger See, nimmt wahr, verändert sich, denn nun ist es oben an der Grenze zwischen Wasser und Luft. Andere Sinne bilden sich in SEINEM neuen Erdenkörper aus. All die chemischen Reize und Frequenzen welcher Art auch immer - Töne, Lichter, Farben - nimmt ES in sich auf. Augen bildet es nun, wie sie die Fische haben, denen ES begegnete. Augen, die ES verändert, um über dem Meer zu sehen, mit denen ES die Sterne am schwarzen Himmel schaut, die dort oben funkeln. So schaut ES die große blasse Scheibe, die so hell leuchtet, dass es schon schmerzt. Jetzt lauscht ES dem Schlag der Wellen an SEINEM Körper und dem Gesang der Fische, die respektvoll Abstand halten. Dann summt ES ein Lied aus einem Mund, der IHM wuchs, ein Wiegenlied singt ES sich zu, taucht wieder ab in schwarze Tiefen und schlummert dort unten ein.

Irgendwann taucht ES wieder auf - wie viel Zeit wohl seit dem letzten Mal verging? - schießt in rasendem Rausch aus tiefsten Tiefen zur Meeresoberfläche empor und – schreit: Tausend Tentakel peitschen die See.

Denn nicht nur SEIN Körper, der eben noch als gigantischer Kalmar durch die freien Wasserräume glitt, den Trichter mit dem Rückstoßantrieb und die zehn Arme am Kopf angelegt und hinter sich gerichtet, nicht nur sein Körper, der inzwischen eher einem Kraken ähnelt und doch viel mehr Arme besitzt, sondern auch die Welt hier oben hat sich verändert.

ES b r ü l l t !

ES öffnet seinen Schnabel und schreit Worte in einer Sprache, die niemals zuvor auf Erden gesprochen wurde, gibt Laute von sich, die einem Tintenfisch niemals möglich wären, und schlägt mit allen Armen wild um sich.

Wellen und Windböen entstehen, laufen, rasen nach allen Seiten davon.

Noch immer schreit ES vor Schmerzen. Von oben brennt es hell und heiß herab. Was ES nicht weiß, es ist jetzt Tag, nichts Außergewöhnliches für die meisten irdischen Wesen, einfach nur *ein* Tag unter vielen Milliarden Tagen im Leben der Erde.

ES aber hasst das Licht, denn ES kommt aus Schwärze und Kälte, ist Schwärze und Kälte. So beschaffen ist SEINE schwarze Mutter und der Raum zwischen den Sternen dieses dunklen Alls. Und schwarz war es auch, als es auf Erden zum ersten Mal an die Meeresoberfläche kam.

Warum ist diesmal alles so höllenweiß hell?

Dieser Alb, dieses schreckliche Licht, das ES an WEISS erinnert.

Plankton, Quallen, Fische hören, sehen, fühlen ES toben im Meer. Nein, sie sterben nicht, weil ES sie in SEINEM Schmerz tötet, *jetzt* sterben sie nicht. Und doch werden viele, die SEINEN Schrei jetzt fühlen, nicht mehr lange existieren. Sie wissen es nicht, leben in der Gegenwart, das aber heißt: wach sein und ruhen, trinken, jagen und essen, Partner suchen und sich paaren, Eier legen und pflegen, Kinder zeugen und versorgen, mit Glück ein wenig älter werden und schließlich sterben.

Längst jedoch werden viele Fisch-Quallen- und Planktonarten ausgestorben sein, wenn ES ein drittes Mal auftauchen wird, das jetzt - es ist unglaublich: nur wenige Sekunden sind vergangen, seit ES aus der Tiefe emporgeschossen kam - noch immer vor Schmerzen brüllend wieder hinabtaucht, immer weiter, bis auf den tiefsten Meeresgrund.

Dort unten gräbt ES sich ein und schläft und träumt von SEINER Heimat und Mutter T-her.

Zeit vergeht. Jahrmillionen Erdenjahre gehen dahin, in denen sich die Welt weit oben beträchtlich und ein wenig auch hier unten wandelt, Erdplatten aneinander stoßen, Gebirge aufgefaltet werden, Kontinente driften. Viele alte

Wesen sterben aus, neue Arten entstehen, nicht nur im Wasser, sondern auch in den Lüften und auf dem Land.

ER, der wie ein Blitz aus den Himmeln gestürzt, aufgestanden gegen GOTT und in den Abgrund geworfen, ER, der erstgeborene Sohn, der aus Lehm und Wasser die Körper der Menschen schuf, viele Namen trägt ER, so viele, wie Menschen Kleider tragen.

Solches kann man lesen über den Widersacher des Herrn: Samael, Satan, Eblis, wie auch immer SEINE Namen lauten mögen. Doch all dies sind nur Spiegelungen im Menschengeist, die unterscheiden zwischen schwarz und weiß, zwischen gut und böse.

Denn Gott ist alles und allmächtig. Es gibt nur *einen*, und das ist ALLAH, GOTT, JAHWE - Adonai (der Herr), dessen hundertsten Namen, dessen wahren Namen niemand kennt, von dem sich kein Mensch ein Bildnis machen soll und kann, denn ER-SIE-ES ist jenseits und diesseits in allen Dingen und Wesen. Kein alter Mann, kein Sohn, kein Heiliger Geist und doch ein Lieber Gott, ein Sohn, ein Heiliger Geist - alles zugleich und viel, viel mehr.

Was aber haben Satan, GOTT und ES miteinander zu tun?

Ist ES der Versucher, der gefallene Engel, Satan?

ES ist kein Menschenteufel und erst recht nicht GOTT. ES ist ES, ein Teil des Ganzen von T-her. Doch wandelt ES sich im Laufe der Zeit, trägt vielerlei Körper. ES ist unsterblich. Und doch - ES ist gefallen, aus weißen Himmeln geworfen, ist Schwärze, die träumend durch Dunkelheit glitt.

ES erinnert sich an mehr: Im Zentrum erwacht, spuckt das Schwarze Loch ES aus. Und ES is nun wie alles in diesem dunklen, immer weiter expandierenden Universum: Energie, Materie, Geist, Seele inmitten von Chaos und Entropie. So treibt ES träumend weiter. Weit draußen am Rande der *einen* Galaxie von vielen wacht ES auf. Dann stürzt ES aus klarer Sternennacht, aus schwarzem Himmel hinab zur Erde.

ES kam als eins von vielen, die da als Schauer auf die Planeten und Monde dieses einen Sonnensystems fielen.

Im Vorüberflug störte ES den Asteroidengürtel jenseits vom Mars und brachte so große und kleine dieser schwarzen alten Felsen - Überbleibsel aus der Zeit vor 4,6 Milliarden Jahren, als das Sonnensystem entstand - auf Kollisionskurs mit der Erde. Also war ES die entscheidende Ursache für diese *eine* große irdische Katastrophe!?

Erinnert ES sich daran?

Nein, nicht an den Flug. Aber an SEINEN Einschlag auf der Erde. SEIN Erscheinen ließ die Erde nicht beben. Denn ES schlug im Meer vor der Westküste Afrikas ein. SEIN Einschlag war nur von kurzfristiger lokaler Bedeutung. Denn ES gab den Großen nicht den Rest, mit denen es nun ständig abwärts ging, weil die Ökosysteme an Land und im Meer zusammenbrachen. All die Dinosaurier, Flugsaurier und viele andere Gruppen von Lebewesen starben aus, doch nicht sofort. Viele überlebten – zunächst. Doch nach und nach, über Jahrmillionen stiegen die auf, die einst in Ihrem Schatten lebten. Das waren die, deren Vorfahren auch die Vorfahren der Dinos, der Flugsaurier und der Krokodile waren - Menschen werden diese Stammgruppe einst Thecodontier nennen, und die von ihnen abstammen und den Luftraum eroberten: Vögel, die auf den Hinterbeinen gehen und laufen und springen, deren Vorderbeine zu Flügeln wurden. Andere brachten Nachfahren hervor, die sich anpassten, überlebten: Krokodile, Schildkröten, Skorpione, Spinnen und Insekten.

ES aber bekam von alldem nichts mit.

Kein Menschenauge sah SEINEM Erscheinen auf Erden damals zu. Denn Menschen gab es noch lange nicht.

Würde es Menschen ohne ES jemals geben?

War alles nur Zufall, was geschah?

Wurde ES gesandt? Falls ja, von wem?

Sollte ES *Menschen* schaffen - nicht nach SEINEM Bild, denn ES konnte alle Formen annehmen, und nicht nach dem Bild GOTTES, denn du sollst dir kein Bildnis machen vom Angesicht des »Herrn«!

Was wollte ES hier in diesem Universum?

Doch sind dies ja alles nur Menschenbegriffe. Und Menschenverstand versucht, Antworten auf Fragen zu finden, die er niemals lösen kann.

Was auch immer Ursache gewesen sein mag, dass es so geschah, wie es geschah, *so* erlebten es einige Dinosaurier: Sie sahen in den Himmel auf und nahmen das Brennende für den Bruchteil einer Sekunde wahr.

Flugsaurier und Wasserbewohner in der Nähe SEINES Einschlags starben sofort im Feuerball und durch den Druck der Explosion.

Schwärze war es, die in der Atmosphäre brennend aus schwarzen und blauen Himmeln herniederfiel. Dunkelheit legte sich über die Welt. Die Erde brach auf, gewaltige Lavaströme ergossen sich und Rauch stieg auf. Viele kleine Meteoriten fielen mit dem großen und IHM. Oder hatte ES sich beim Flug durch den Asteroidengürtel aufgespalten? Ging ES in Teilen an vielen Stellen zeitgleich nieder? Und nur das EINE, das ins Meer niederging, überlebte? Und nichts erreichte Mondin und Mars?

Und keins war da unter den Tieren der Erde, das verstand, was geschah.

Und wäre da ein Wesen gewesen, das alles begriffen hätte, was hätte es ihm und all den anderen genützt!?

Und könnten wir heute, Jahrmillionen später, es wahrhaft begreifen, verstehen, erfühlen, wir würden weinen bei all dem Leid und könnten doch nichts ändern.

Und doch, wären die großen, die Schreckensechsen nicht gegangen, wo wären dann wir?

Dann gäbe es keine Menschen, sondern andere Wesen, die wären wie wir und anders zugleich. Ja, so ist es, war es, wird es immer wieder sein.

Und auch unsere Nachfahren, die zu den Sternen fliegen, werden keine Menschen sein. Also wird »der Mensch« niemals das Universum »erobern«, niemals, nie!

Vielleicht aber gab es damals doch ein Wesen, das verstand, was vor sich ging. Denn ES erwachte langsam aus dem Dämmern. ES war weder Stein noch Wasser, nicht aus dem Schoß der Erde geboren, sondern aus höchsten Höhen und tiefstem All hinabgefallen. Doch nicht von den Sternen, sondern aus der Schwärze selbst war ES gekommen.

Aus der gewaltigen Schwärze dieses Universums, denkst du vielleicht, denn rabenschwarz scheint dir der Himmel bei Nacht, schwarz mit winzigen Sternenlichtern darin. Schwarz scheint das All zu sein, doch es ist kein Meer der Dunkelheit, sondern leuchtet bläulich-grün - in hellem Türkis mit einem Hauch Aquamarin darin. So jedenfalls erschiene es dir, könntest du mit deinen eigenen Augen alles sichtbare Licht dieses einen Universums zugleich wahrnehmen. Doch nichts ist in unserer Welt für alle Zeit, nichts hat Bestand für die Ewigkeit. Immer weniger neue blaue Sterne werden geboren, immer mehr alte rote Sterne bestimmen das Bild. Rot wird das Universum in Zukunft erscheinen, dieses eine All, in dem wir Menschen geboren wurden, in dem wir leben, in dem wir auch wieder vergehen werden - wie alle anderen Wesen und Nichtwesen auch.

ES aber kam nicht aus *diesem* All. ES erinnert sich an SEINE »Mutter«, ein wahrhaft schwarzes Universum, nicht bläulich wie dieser Kosmos, in dem es jetzt weilt, noch rötlich wie die Höllenwelten in Vulkanen und unter der Erde. ES wurde geboren aus T-her, einer von vielen Höllen.

Zahlreich sind die Höllenwelten - als winzige schwarze und dunkle Flecken treiben sie im WEISS, Makel scheinbar und doch nur ausgesonderte Teile. Universen sind sie alle, in denen Leben keimt und kämpft, wo Lüge und Betrug triumphieren. T-her ist nur eine von vielen, T-her jedoch pulsiert in reinstem Schwarz, SEINER Farbe. Auch die anderen Universen sind winzige Punkte im WEISS, dehnen sich aus oder ziehen sich zusammen, leuchten ein wenig blau oder rot. In ihnen drehen sich Galaxienhaufen mit unzähligen Galaxien. Sterne werden geboren und verlöschen. Schwarze Löcher schlucken Materie, verbinden Welteninseln und schaffen Sterne. Einen der schwarzen Punkte im metakosmischen Meer WEISS nennen wir Menschen unseren Kosmos - Weltall - Universum.

Hierher kam ES von T-her, das weder Krakenwesen, Pollen noch Triffid ist. ES kam nicht von den Sternen, um die Menschheit zu versklaven, zu vernichten oder gar, um Menschenfrauen zu entführen. Denn Menschen gibt es noch lange nicht. ES kam nicht von den Sternen, ES kam nicht aus diesem All. ES ist kein Er, keine Sie, keine Bakterie, keine Blaualge, keine Pflanze, kein Tier, kein Virus und erst recht kein Mensch, sondern ES ist einfach nur ETWAS, eben ES, das von weit her kam, das sich nun aus den Wassern erhebt und eine neue Gestalt annimmt. So wird ES abermals wiedergeboren. So steht ES auf und schwebt über den Wassern und dreht sich im Kreis und brüllt seine Kraft hinaus in die Weite, schwarze pulsierende verschwimmende Form - noch ohne Gestalt: »Ich bin!«, schreit ES in seiner Sprache mundlos in den schweigenden Raum, der *so* nicht lange bleibt.

Sturm kommt auf. Wellen wachsen. Das Meer schreit auf vor Schmerzen.

Viele Wesen hören die Erde beben, fühlen Großes, Gefahr, stürzen davon, weg von den Ufern der Meere, wo jetzt die gewaltige Wasserwand aufschlägt und alles zermalmt und weit ins Landesinnere dringt, fort von der Stelle, wo ES inmitten der See schwebt und schwimmt.

ES lässt sich von der Strömung des Meeres treiben, die aus dem Osten vom fernen Tethysmeer kommt und vor der Küste nach Norden, nach Grönland hin abbiegt, dorthin, wo Palmen wachsen. Noch ist ES nur ein schwarzer Klumpen, nicht allzu groß, einige Meter im Durchmesser, nicht mehr. Jetzt dreht ES sich um, tastet Nähe und Ferne ab, nimmt alles wahr im Raum dieser Zeit und versteht die Wesen, die jetzt an allen Orten auf diesem Planeten sind: ihre Sinne, Geist und Seele. So könnte ES jede Gestalt annehmen, die IHM beliebt. Einen großen Körper möchte ES, denn ES *ist* groß. Ach, ein Geschlecht muss ES ja auch noch wählen. So nimmt ES das an, das kämpft und sich nicht um Kinder kümmern muss, so wird ES zum ER. Also verwandelt ES sich in ein Wesen, das größte seiner Gruppe, also wird ES zum Riesenkalmar *Architeuthis*. Mit ausgestreckten Armen misst ER nun 30 Meter.

Da sind keine großen Echsen mehr, die IHM gefährlich werden könnten: keine Meereskrokodile, keine Mosasaurier. Denn sie alle sind mit den Dinos auf dem Land und den Pterosauriern in den Lüften gegangen.

Neue Verwandte gibt es – ER sieht sie in sich: Kalmare wie ER, doch viel kleiner, die schwimmen im Schwarm im Meer hinter Fischen her, tauchen hinab und steigen auf, fliegen durchs Wasser wie ER es nun in SEINEM neuen Körper tut.

Andere werden noch kommen. ER wird sie kennenlernen, nimmt sie schon in sich wahr: die Neuen, die sich aus den Kleinsten entwickelten am Land, von denen einige wieder ins Wasser gingen: Delfine, Wale und Robben, und Vögel in den Lüften, wo einst Flugsaurier schwebten und niedergingen und Fische aßen.

Dies alles denkt ER - Zeiten verschmelzen, Räume und Zeiten werden eins, denkt es, während ER mit SEINEM neuen Körper in die kühle Tiefe, die Welt des freien Wassers hinabtaucht, um nachts dann wieder emporzusteigen. Denn längst hat ER gelernt - nichts vergisst ER, was ER jemals an Informationen aufnahm - weiß Bescheid über den Wechsel von dunkel und hell, Nacht und Tag. Längst weilt ER nicht mehr an der Oberfläche des Meeres. Hier unten in der Schwärze ist ER geborgen. Schwach blitzen winzige Lichter auf. Hier unten ist es wie oben im All.

So fließt Zeit dahin.

Wie lange schlief und träumte ER dort unten? Wurde ER dort wieder zum ES? War es nur ein Teil von IHM, das als ER irgendwann wieder nach oben stieg? Wurde ein anderer Teil zur SIE? Wechselte ER SEINE Körper? Lebt ER noch immer im Meer?

Vier Millionen Jahre ist es jetzt her, da verließ ER das nasse Element, erhob sich in die Lüfte. Und das geschah in einem Sturm, einem gewaltigen Sturm, wie ER ihn noch nie zuvor - wen wundert's, wenn ER doch meist in den Tiefen weilte! - erlebt hatte.

Oben schwimmt eingekreist von Tönen, gefangen in einem Netz aus schillernden Luftblasen, in wilder Panik der Heringsschwarm im Kreis.

Gewaltig sind die offenen Münder, die jetzt emporschießen. Sie gehören zu warmen Körpern mit horizontalen Flossenschwänzen. Also sind das keine Fische und doch sind sie Fischer. Und wie sie es tun, ist ihre Art, ist die Art und Weise, wie Buckelwale Hering essen. Und sie essen nicht nur gemeinsam, sondern singen auch gemeinsam ihre eigenen Lieder, die die Weiten der Meere durchklingen. Aus der Ferne hören sie die anderen antworten: Sie kommen.

Und anderswo zu einer anderen Zeit auf einer anderen Welt mit Namen Arrakis tauchen gigantische Würmer aus dem Sand auf und verschlingen die Spice-Ernter mitsamt den Menschen darin.

Und hier erhob auch ER sich einst aus den Wassern, den Walen gleich an Größe und Gestalt, doch nicht einer von ihnen, nicht von dieser Erde und doch für lange Zeit in ihren Tiefen geborgen. Wie einfach für IHN die Jagd doch war: ER rief den Schwarm der Fische zu sich und öffnete seinen gigantischen Mund.

Die Fische schwammen hinein.

ER schloss den Mund und schluckte sie alle. Und schon war sein Hunger gestillt - für kurze Zeit.

Das geschah, das war.

Jetzt ist ER wieder hier oben an der Oberfläche des Meeres in sternenklarer Nacht und im Licht der Vollen Mondin. ER fühlt den Sturm, führt ihn herbei.

Wellen wachsen kaum merklich auf offener See.

Gewaltig ist die Wasserwand, die sich auftürmt vor dem Land.

Und was tut ER?

ER versteht, bleibt getrennt und verschmilzt zugleich, wird eins mit dem Meer.

EIN TEIL VON IHM *ist* nun diese eine gewaltige Wasserwand. So bricht ER herein über die feste Welt, zerbricht, teilt sich auf und spült sich selbst weit hinein aufs Land. So gelangt ER zum ersten Mal vom Meer an Land, wie es auch unsere fernsten Vorfahren als Fische – Amphibien einst taten.

ER wandelt sich dort in eine Düne aus Sand. Wind bläst IHN hinfort, der nicht mehr nur Sand der Erde ist. So hebt sich ein Teil von IHM in die Luft. So weht ER dahin, wie lange, weiß kein Mensch, denn Menschen ... So ist ER wie Sand und doch ein Wesen, anders als all die anderen, bis ER auf neues Leben trifft.

In der Nacht erwacht die Wüste. Springmäuse verlassen ihre Tagesverstecke. Eine begegnet IHM. ER nimmt ihren/seinen Körper und wird zum Mäuserich.

Nacht vergeht, Morgen dämmert über dem wüsten Land, Morgen dämmert auch über der See. Wellen türmen sich noch immer wie Berge auf.

Ein Teil von IHM ist gegangen, doch das meiste hat das Wasser noch immer nicht verlassen.

Wäre da ein Schiff, es würde sinken. Wären da Menschen auf einem Schiff, sie würden alle sterben.

Doch da ist kein Schiff, noch sind da Menschen.

Da ist nur ER, dessen Körper nun vom größten Wal zum doch recht kleinen Fliegenden Fisch schrumpft. Einer unter vielen ist ER nun, die da für kurze Zeit auf der Flucht vor den hungrigen Jägern mit ihren ausgebreiteten Flossenflügeln durch die Lüfte gleiten.

Da geschieht es: der Fisch, der am weitesten fliegt, wandelt sich wieder, fällt nicht ins Wasser zurück, sondern nimmt noch im Luftraum über den Wellen die Gestalt eines Vogels an. Nun trägt ER den Körper eines Albatrosses und öffnet SEINEN Vogelschnabel zum ersten Mal und gibt Laute von sich in einer Sprache, die kein Vogel sprechen könnte. ER spricht die magischen Worte, die die Erde bezwingen.

Der Sturm schweigt. Ruhe ist.

Doch der Tag bleibt düster und wolkenverhangen.

Denn ER, der die Schwärze liebt, hasst das Licht.

Längst hat sich das Zentrum des Zyklons aufgeweitet, die kreisenden Wirbel ringsum sind aufgelöst. ER aber, der der größte Vogel auf dieser Welt zu dieser Zeit ist und noch immer durch die Lüfte schwebt, wendet sich vom Meer ab, das IHM Jahrmillionen Heimat war, und fliegt dem Land und der Nacht entgegen.

ER hat sich aufgeteilt: ist längst an Land gegangen und weilt doch noch in den Lüften.

ES hat sich aufgeteilt: Das meiste ruht noch immer in den Tiefen, denn ES schickte nur einen Teil von sich, IHN, nach oben. So weilen ES/ER nun in drei Elementen zugleich: Wasser, Luft und Erde.

So wenig Land und so viel Meer

Was bin ich doch für ein Tor, diese Blüte ist ein Tor, ein Blütentor – doch wohin?

Das waren Manfreds letzte Gedanken, bevor er der Ebene gänzlich entschwand. Er öffnet die Augen und findet sich wieder an einem Meeresstrand. Dort legt er sich in den Schatten eines Baumes zur Mittagsruhe nieder. Schau, jetzt schließt er die Augen, du siehst sie Augen zucken: REM – Rapid Eye Movements - er träumt. Er träumt, er hätte sich in einen Wasserbewohner verwandelt, der kein Wirbeltier ist, sondern ein Wesen mit einem Körper aus Muskeln und Armen am Kopf. Zehn Arme sind es, die Manfred nun als kleiner Tintenfisch besitzt. Nein, er ist nicht allein, sondern einer unter vielen. Er und die anderen schwimmen in offener See. Dinge nimmt er wahr in seinem Traum, die geschahen, geschehen, geschehen werden. Denn alles ist eins im Traum.

Ein Sardinenschwarm hat sich hier gesammelt, wo kaltes Wasser aus der Tiefe aufsteigt, wo es von Plankton nur so wimmelt. Und wo Sardinen sind, die die winzigen Tiere, Tierlarven und Pflanzen essen, dorthin kommen auch die Großen unter den Fischen und Walen. Schwertfische kreisen und durchpflügen die Massen, die sich längst zur kreisenden Kugel aus Tausenden von Leibern verdichtet haben. Dann fetzen Thunfische rasend durch den Schwarm. Was für ein Gemetzel!

Schließlich kommt ein Seiwal vorbei, taucht ab und mit geöffnetem Mund wieder auf, saugt zappelnde Fischmassen ein und schluckt sie hinunter.

War *ER* es oder doch »nur« ein Wal, der nun wieder von dannen schwimmt?

Schwarm sein, aufgehen im Vielen, welch ein Gefühl von Geborgenheit! Dort schwimmen ja Unmengen von Loligo-Kalmaren. Schwarm sein, einer unter vielen und alle zugleich, Fisch unter Fischen: Sardine, Hering, Thunfisch, Barrakuda oder Hammerhai.

Hai!

Das da, was da schwimmt, ist kein Schwarm, sondern ein Weißer Hai.

Einer von vielen, die es einmal in den Meeren gab?

Kein x-beliebiger Einzelgänger, wie es so viele unter den Tieren und Pflanzen der Erde gibt, kein »gewöhnlicher« Weißer Hai ist dieser hier, sondern – ja, *ER* ist es, der wieder aus den Lüften oder vom Land ins Meer zurückgekehrt ist. Jetzt trägt ER den Körper eines Hais. Und war es einst der Körper des größten Tintenfisches, der des größten Wales, des größten Fliegenden Fisches und des größten Albatrosses, so ist es jetzt wieder der Körper der größten Haiart von allen, die sich räuberisch ernähren - nach Plankton steht IHM nicht der Sinn, zu wenig sichtbar, zu klein und mickerig als Nahrung. Gottgleich sein, noch immer der niemals erfüllbare Wunsch, als einer alles sein zu können, trotz SEINES Sturzes aus dem WEISS, trotz der Verbannung, dem Rückzug in schwindende Schwärze.

Jetzt taucht ER aus den Tiefen an der Südspitze Afrikas auf, wo Seebären eben noch Lummenjunge bei ihren ersten Flugversuchen fingen, die alle mit Abstürzen ins Wasser endeten. Jetzt beißt ER zu und schlingt einen Seebär mit Haut und Haar hinunter, den ersten und all die anderen, so viele, so lange SEIN Hunger währt - und der ist groß, so lange es IHM beliebt. Dann verschwindet ER wieder, lässt Leere zurück.

Große Tümmler surfen in großen Wellen. Welch friedliches Bild in Menschenaugen, wenn es die denn schon gäbe.

Heute, vier Millionen Jahre später gibt es Menschen auf der Erde, die Menschliches und »Unmenschliches« tun. Sie schreien, sie brüllen, sie lieben, sie hassen, sie weinen.

Tja, und das ist doch mal eine tragische Geschichte, ein Einzelschicksal, das alle Menschen rührt. Denn schau da, sieh an, dort unter dem tropischen Sonn hängt ja noch ein Riffgänger dran, der wohl gar zu unvorsichtig war. Nein, nein, nicht an der Sonnenscheibe, die keine Scheibe ist, hängt der, auch nicht unter Wasser, sondern oben an Land!

Na, das tut man doch nicht: alleine bei Ebbe übers mit wenig Wasser bedeckte Riff zu schreiten. Wusste der denn nicht, dass diese Art oben auf dem Riff wohnt, wo sie ihre Algen sonnen? Zugegeben, sie sind nicht leicht zu erkennen, gut getarnt, voll bewachsen mit Schwämmen und Weichkorallen. Tritt da ein Mensch hinein, dann klappt der Reflex - über wie unter Wasser - klappt.

Klapp!

Schon hängt er drin, der Mensch, und schreit, müht sich vergeblich ab. Seinen Fuß und das fast vollständig zerquetschte Bein bekommt er nicht mehr raus. Weiß er, dass es jetzt nur noch zwei Möglichkeiten hat, um zu überleben - rein theoretisch, versteht sich. Der eine Weg wäre, die Schließmuskeln der Riesenmuschel mit einem Tauchermesser zu durchtrennen. Doch er weiß ja gar nicht, wo die liegen. Und wüsste er es, er käme da gar nicht ran - ein Gummimensch müsste er sein. Außerdem hat er ja gar kein Tauchermesser bei sich. Tja, und somit ist auch nix drin mit Weg zwei: sein Bein abzuschneiden. Sonst ist da auch kein Mensch, der ihm helfen könnte. Da heißt's jetzt also schreien - er tut es ja ohnehin schon vor Schmerzen, schreien, was Stimmbänder und Lungen hergeben: »Hilfe! Hilfe! Hilfe!«

Doch niemand kommt.

Rasch steigt hier und jetzt das Meer mit der Flut.

Der Mensch schreit nicht mehr, er ist ertrunken.

Jetzt unter Wasser öffnet die Muschel ihre Schalen. Denn sie isst weder Menschen noch andere große Tiere. Sie öffnet sie einen Spalt breit, saugt Wasser ein und mit ihm all die winzigen Wesen, von denen sie sich filtrierend nährt. Kleine Fische stürzen sich auf die Menschenleiche.

Dann passiert es - und das geht *rasch!*

Schnapp!

Einmal nur zugebissen und schon den ganzen Menschenkörper mit Kleidung, Haut und Haar in einem Stück runtergeschluckt schwimmt der 12 Meter lange Riese von einem Weißen Hai auch schon weiter auf seinem Abstecher von der hohen See zum Riff, wo immer mal wieder etwas zu holen ist.

ER war es.

Das eine sind die Inseln in Seen und Meeren. Flach tauchen sie am klaren Horizont auf, liegen träumend hinter Nebeln verborgen oder ragen mit den Gipfeln ihrer vulkanischen Berge daraus empor.

Andere Inseln gibt es an Land: Inseln im Regenwald, Inseln aus blühendem Leben - Oasen in den Wüsten.

Andere Inseln werden in den Lüften als fliegende Wesen, Maschinen, Maschinenwesen sein. Auch heute gibt es sie schon dort, noch klein und nur für kurze Zeit.

Andernorts ragt ein Berg inmitten der heißen Wüste auf. Dort regnet es, wächst Wald, finden Wurzeln Halt. So viel Leben ist dort von einer Art, wie es nirgends sonst existiert. Eine Insel ist dieser Berg im Wüstenmeer aus Sand. Feucht ist es im Enedi. Regen fällt hier, und so wächst Savanne inmitten der Wüste.

Nein, keine Elefanten, sondern Klippschliefer, die kleinen Verwandten, wohnen hier an diesem Ort in Afrika.

Weilte ER einst hier?

Mag sein.

Tepuis werden die Inseln genannt, die im Süden Amerikas aus Nebelmeeren weit über das Kronendach des Regenwaldes ragen. »Sitze der Götter«, die lange Zeit kein Mensch betrat, die dort liegen und schlafen und träumen seit »Ewigkeiten«. Von Flechten und Blütenpflanzen bewachsene alte Steine aus gepresstem Sand sind sie. Vor zwei Milliarden Jahren gab es noch kein Leben auf dem Land, also sind sie fossilienlos. Diese unbenannten Gebirge wurden zu Sand zerrieben, eine Ebene entstand. Steine lagerten sich darüber ab. Dann als Gondwana auseinanderbrach, faltete sich alles wieder empor. Risse entstanden, Wasser und Wind gruben sich tiefe Spalten, die sich mehr und mehr verbreiterten. Steinerne Giganten ragen nun aus grünem Meer heraus, Wasserfälle brechen aus Spalten hervor.

Einst kreiste ER als Kondor ganz oben, ließ sich dort nieder auf dem Felsen, nahm Menschengestalt an, weil ER diese Affenart inzwischen kannte, weil sie IHM bisweilen für kurze Zeit gefiel.

Einst sah ER von oben auf den menschenleeren Regenwald hinab.

Einst stand er oben am Rand der steil abfallenden Felsenwand aus Sand, die 1000 Meter weit hinab in die Tiefe reichte.

Einst stand er da und sah und breitete die Arme aus und sprang hinab und wandelte sich im Sprung zurück in Vogelgestalt und flog als Kondor davon.

Dies alles geschah vor langer Zeit.

Heute aber ereignen sich unweit der Küste andere Dinge: In einer Bucht schwimmt ein urtümliches Wesen, das nicht nur für Seepocken und andere kleine Wesen längst selbst zur Insel wurde. Es ist eine große Unechte Karettschildkröte. Schiffshalter haben sich mit ihren an der Kopfoberseite befindlichen Saugscheiben an diesem Schildkrötenmann festgehaftet, der mit seinen zu Rudern umgebildeten Flossenbeinen durch das Wasser gleitet. Jetzt taucht er auf, um Luft zu atmen, denn er hat keine Kiemen, ist ein Reptil. Dann taucht er wieder hinab, schwimmt weiter seinen Weg von irgendwoher nach irgendwohin.

Und wäre da ein Mensch unter ihm und sähe hinauf, ihm käme es vor, als zöge ein Vogel dort oben über ihm am Himmel dahin.

Doch da ist niemand, den dieser Anblick fasziniert.

Und – nein, auch ER ist nicht da, nirgendwo zu erblicken, auch nicht im Körper eines gewaltigen Räubers, der den Schildkrötenmann zermalmen könnte.

»Tsunami«, lautet das Wort, ein kurzes Wort für viele Dinge: Platte schiebt sich unter Platte, tief dort unten im Dunkel, ungesehen, und dann ein Ruck, ein Beben, Wellen entstehen, wandern, wachsen erst am Rand, am Schelf, am Strand empor, türmen sich gigantisch zu einer mächtigen Wand auf, fallen nieder, rasen über das Land und zerfetzen Dörfer, Hütten, Menschen, Vieh, wilde Tiere und Pflanzen, schlagen alles in Trümmer.

So erklären es sich Menschenwissenschaftler. So mag es meistens sein.

Doch jetzt drang ES dort unten in einen Höllenspalt der Erde ein und löste das Beben aus.

ER aber weilt an der Oberfläche des Meeres, dort, wo die Katastrophe geschehen wird. ER schwimmt in seinem Schildkrötenkörper oben auf den Wellen, um alles mitzuerleben, um teilzuhaben. So wird ER für kurze Zeit mit den Anfänen der Großen Welle eins, die unmerklich am Schelf und an den Ufern wächst. So ist ER Wasser im Wasser, Welle in der Welle, die ohne Vorwarnung, urplötzlich über das Dorf hereinbricht.

Eben noch schliefen Menschen in ihren strohgedeckten Hütten, selig oder auch von Albträumen geplagt.

Jetzt wütet überall das Meer.

Einige der Toten werden weit ins Land hineingetragen und dort abgelegt.

All die anderen Körper gelangen ins Meer zurück. Sie interessieren IHN nun gar nicht mehr. So schwimmt ER paddelnd wieder vom Ufer weg, taucht ab und sucht und findet frischen Krebs.

Andernorts zur gleichen Zeit treibt abgerissener Tang im offenen Meer.

Ein gigantischer Mondfisch taucht aus den Tiefen auf, nicht weil er Hunger auf Pflanzenkost hätte, er ernährt sich von Quallen, sondern wegen der Parasiten auf seinen Schuppen.

Denn hier in dieser kleine Welt, dieser winzigen Insel leben Putzerfische, die die Plagegeister essen.

Noch winzigere Inseln treiben in offener See:

Einst fiel die Kokosnuss. Tief stürzte sie von der Mutter - der Palme - hinab, prallte auf den Strand, landete im Sand. So lag sie da und scheinbar nichts geschah, und Zeit verging.

Jetzt packt sie die Große Welle, die ES erzeugte, der ER im Schildkrötenkörper zusah, die eben auf die Insel kam, und nimmt sie mit, reißt sie fort, trägt sie ins offene Meer hinaus, wo sie mit der Strömung treibt. Sie bleibt nicht lange allein. So wird sie selbst, die von Insel zu Insel reist, eine Insel, wird immer mehr zum Heim für viele Lebewesen. Tiere reisen mit ihr, deren Larven hefteten sich an und wuchsen. Andere umkreisen sie als ihre Welt. Und ist es geschafft, nach Jahren vielleicht, ist sie gelandet an einem anderen Strand, so nähern sich auch schon die Palmendiebe und ... Sie überlebt nicht, wächst nicht heran.

Andere Kokosnüsse aber tun es, die nur kurze Zeit im Meer trieben.

Ständest du hier, hättest alle Zeit der Welt oder kämest immer mal wieder vorbei, so sähest du sie wachsen, die eine von vielen, die ans Land gespült nicht Opfer der kokosnussessenden Riesenkrebse mit Namen Palmendiebe wurden. Eines Tages ragte die Kokospalme dann 30 Meter hoch vor dir auf.

Staunend schautest, klettertest du mit nackten Füßen an ihrem Stamm empor, um ihre Früchte zu ernten, die Milch zu trinken und ihr Fruchtfleisch zu essen.

Andernorts zu anderer Zeit ragt eine mächtige schwarze Rückenflosse in anderen Raum empor.

Aus Wasserreich ins luftige Meer - würde der Dichter sagen, wäre er hier, sähe es und schriebe es auf.

»Hai!!!« ist der Schrei, den dein Mund brüllt, der allen Menschen durch Mark und Beine geht und in deinen Ohren widerhallt. »Raus aus dem Wasser, alle raus!«

ER jedoch ist kein Mensch - ist jetzt auch nicht in einem Menschenkörper zu Hause. So schaut ER auch nicht von einem Wachturm von oben hinab, noch sehen SEINE Augen dicht über die Wasseroberfläche hinweg. Denn da ist nur SEIN Schwert. Schwarz ist seine Farbe, wie auch das Schwert einst in fernen Zeiten an fernem Ort, das Sieben Samurai und *seine* Liebe tötete. Doch der Name dieses Schwertes hier, das kein Menschenschwert ist, lautet nicht MO. Es ist weder Menschen-, noch Magierschwert, so hat es keinen Namen und tötet auch nicht. Dieses Schwert ist Teil SEINES Körpers, ist einfach nur SEINE Rückenflosse, die senkrecht aus dem Wasser ragt, während ER dicht unter der Oberfläche schwimmt. Mächtig ist sie, denn sie ist eine von denen, wie sie nur Männer tragen. Quer liegt SEINE Schwanzflosse im Wasser, schlägt auf, schlägt ab und treibt IHN voran. Also ist ER kein Fisch, kein Hai, sondern ein Delfin, ein Wal.

Ja, einen neuen Körper trägt ER nun, einen mit vielen Menschennamen: Schwertwal - wegen der Rückenflosse, Killer- und Mörderwal - weil SEINE Art andere Tiere tötet - doch die meisten Tiere des Meeres tun dies. *Orka* lautet ein anderer Name. Manche von ihnen sind als Menschenfreunde bekannt. Wie nennen sie sich selbst? Haben sie sich einen Namen gegeben? Kennen sie nur Individuen und Gruppen: ihre und die, denen sie auf ihrem Lebensweg begegnen?

Jetzt hört ER die anderen rufen: Frauen, Mütter mit ihren Kindern.

Keinen Namen singen sie ins Meer.

ER antwortet ihnen, die sich erinnern, die IHN erkennen, die IHM Antwort geben. ER schwimmt ihnen entgegen, die weit im Süden der Erde jagen. Sommer ist es jetzt bei den Rozet-Inseln nördlich der Antarktis, wo die große Kolonie der Königspinguine lebt, wo Skuas – auch Raubmöwen genannt - Pinguinjunge am Strand erbeuten und See-Elefanten-Bullen ihre Harems gegen Konkurrenten verteidigen.

Wir schwimmen. Gemeinsam jagen wir. Wir zeigen unseren Kindern, die von uns lernen, wie es geht, so wie wir alles von unseren Müttern lernten, so wie alle Mütter ihren Kindern das Beste mit auf den Weg ins Leben geben.

Sonnig und klar war der Himmel über der See vor einem kurzen Tauchen. Jetzt thront dort oben schwer zwischen Sonn und Meer eine schwarze Wolke.

Und ER taucht aus den Tiefen empor. Geradewegs im Schatten der Wolke atmet ER ein, schaut sich um und sieht dort Inseln im Nebel treiben, Inseln, die lange schon kein Menschenauge mehr erblickte - und niemals mehr schauen wird?

ER ist aufgetaucht im Körper eines gewaltigen Orka-Mannes, wie die hohe Rückenflosse seinen Artgenossen zeigt. ER ist nun einer von ihnen, gehört zu ihrer Kultur, die er in einem Flukenschlag aus den Lauten und Gedanken der Gruppe heraus erlernte. So weiß ER nun, dass es andere Gruppen gibt, die andere Sprachen sprechen, erinnert sich, wie die einen vor Norwegens Küste Heringsschwärme zusammentreiben und die von Weiß geblendeten Fische mit kräftigen Schlägen ihrer Schwanzflossen betäuben, wie andere im Mittelmeer auf den Fang der fischenden Menschen warten und sich die besten Stücke aus dem Thun beißen, wie wiederum andere Stachelrochen überwältigen, Seelöwen fangen vor der Küste Argentiniens, Schweinswale vor Alaska und Grauwalbabys vor Kalifornien. Einige von ihnen haben gar Menschen dressiert, ihnen Fische in den Mund zu werfen.

ER ist nicht allwissend, doch weiß ER viel, denn ER kam viel herum im Laufe der Jahrmillionen auf Erden. Denn alles, was ER je durch einen SEINER im Laufe des Erdenlebens zahlreichen wechselnden Sinne wahrnahm, blieb tief in IHM gespeichert, jederzeit abrufbereit. Das mag *eine* der Missionen sein, weshalb T-her ES in dieses Universum sandte.

Und mehr weiß ER von anderen Delfinen und Walen. ER kennt das Einhorn des Meeres. Nein, nicht das magische Horn, von dem ich dir einst erzählte, das eine Horn von dem, das ewig ist und ohne Geschlecht. Und doch verkauften sie das, wovon ich hier jetzt spreche, damals in Menschenstädten als das, was es niemals war. Denn dies hier ist der Stoßzahn - nein, auch nicht einer der beiden des Elefanten - es ist der einzige Stoßzahn des Narwalmannes. Schau, dort oben schwimmen zwei von ihnen, dicht unter der Oberfläche, Stoßzahn gegen Stoßzahn. So fechten Narwalmänner ihre Turniere um Frauen aus.

Einst traf ER auch einen frisch gehäuteten weißen Beluga, dessen Artgenossen die Nordwestpassage zwischen Europa und Amerika seit Jahrmillionen schon unter dem Eis durchschwimmen.

Viele Dinge weiß ER. Vieles tat ER. Jetzt aber taucht ER nicht wieder hinab, denn da klingt Musik von den Inseln herüber, Laute, die ER als Orka hören kann. Und ER sieht Bilder.

Hohe Stimmen singen leise Lieder. Unsichtbare Hände spielen auf alten Instrumenten: Lyra und Harfe. Fern und dumpf dröhnen Trommeln, singt quäkend ein Dudelsack. Kleine Gestalten tauchen am Ufer auf.

ER weiß, wer sie sind. Denn ER hat sie schon einmal getroffen vor langer, langer Zeit. Damals war das in den Highlands. Und alles geschah nach einem berauschenden Fest. Da war doch - ja, die Sache mit den Schafen im Wolfspelz:

Alle sind sie schwarz, dort kommen sie, die Scharen, die uns essen wollen. Sie umkreisen uns und beginnen, einen Jig zu tanzen.

Dem kann niemand widerstehen. So fallen auch unsere Füße und Beine und Körper mit ein, bewegen sich.

Sie tanzen, wir tanzen, wir alle tanzen.

Sie aber werfen ihr Fell, ihr Federkleid, ab. Und was kommt heraus?

Strahlend weiße Haut, die wie die unsere ist. Ach, sie sind ja gar nicht schwarz, sondern weiß! Sie sind wie wir!, denken wir noch und lachen vor Erleichterung. Alle Angst war für die Katz. Alles ist nur Spaß und Spiel. Und während wir noch lachen, geschieht es schon: Auch unsere Haut bricht auf, weiß fällt in schwarze Erde, bleibt zurück. Schwärze bricht hervor, schwarz sind *wir* nun geworden und hungrig auf ihre leuchtenden Seelen, die uns noch immer umkreisen.

Wir tanzen im Rausch auf sie zu.

Sie fliehen.

Wir verfolgen sie. Denn wir sind die Wölfe im Schafspelz, und sie sind nur Schafe, die einen Wolfspelz trugen.

So geschah es irgendwann und irgendwo. So wird es erzählt. Und doch war alles ein wenig anders. ER weiß es, ER war dabei. ER ist der Wolf unter Menschenschafen. Also feierte ER das Fest und vollends berauscht schlachtete ER sie alle ohne Ausnahme ab. Ihre Schwerter zerfielen, wenn sie es denn schafften, IHN noch zu berühren. SEIN Schwert MO zerschnitt sie in tausend kleine Stücke. Am Morgen dann wachte ER auf und wunderte sich, was geschehen war. Denn da war kein Leben mehr außer dem SEINEN.

Lichtelben sind sie, die sich nun aus den Nebeln formen: Sídhe.

Noch immer gebannt schaut ER, der Orkamann, hinüber und lauscht – ergriffen.

Denn all das Schwarze, das immer in IHM war und ist – und sein wird für alle Zeit?, all dies schmilzt, zerfließt, löst sich auf, gibt WEISS frei, das in allen Dingen und Wesen aller Welten träumend liegt.

Vielleicht ist jetzt die Zeit gekommen, in dieser Nacht mit Menschennamen *Hallowe'en*, der Nacht der Nächte, *Samhain*, dem Ende des Sommers, der Nacht zum ersten November, der Nacht, in der sich andernorts Lebende und Tote begegnen, dass sich ...

Ja, welche Zeit, wofür?

ER springt aus dem Meer empor. Welch gewaltiger Sprung!

Oder kommen die Inseln auf IHN zu, während ER noch immer in den Lüften schwebt?

Wie auch immer, sanft landet er auf dem Strand.

Sand. Luft! Schwer drückt SEIN Körper IHM die Lungen zu.

Also verwandelt ER sich, richtet sich auf SEINE neu gewachsenen Hinterbeinen auf. Menschenähnlich ist ER nun in *den* Augen derer, die IHN betrachten. Sie fühlen/wissen, dass ER kein Mensch ist. Denn schon SEINE Haut ist weder hell noch gelblich noch schwarzbraun, sondern reinstes Schwarz wie die Nacht, schwärzer noch, ohne einen Funken von Licht. ER trägt nun eine schwarze Haut mit schwarzen Augen, schwarzen Lippen, Zähnen, Zunge – und gänzlich schwarzer Seele im Innern!?

Berauscht geht ER den Strand hinauf.

Denn sie haben gerufen, sie rufen noch immer. Ihre Stimmen klingen so hell, so süß, so klar. Worte und Lieder und Musik, so sanft, so zart, so leise.

ER gelangt auf eine Lichtung, sieht *sie* inmitten von uralten Eichen im Reigen aus Licht tanzen, kauert sich in den Schatten einer Eiche, denn dort ist Dunkel, dort fühlt ER sich wohl, der so mächtig ist und doch hier und jetzt so schüchtern sich einfach nicht traut, ihnen nahe zu sein. Zum ersten Mal fühlt ER sich klein und ganz allein.

Eine von ihnen tritt IHM entgegen.

Ihr Gesicht scheint auf den ersten Blick das einer Menschenfrau zu sein. Aus der Distanz: ja. Doch nah sieht ER dort tausend Farben fließen, sich ineinander bewegen, schlängeln wie junge Schlangen, stetig sich wandeln. Welch Würmertentakelgewusel, das ist ja fast wie zu Hause, denkt ER begeistert.

Die Nebel lichten sich. ER schaut auf. Der Himmel ist sternenklar, die Luft ist warm, und hell strahlt dort oben die Volle Mondin.

In welcher Zeit?, denkt ER, erinnert sich nicht, jemals die Mondin, die IHN jetzt und hier nicht blendet, so groß gesehen zu haben.

Die Sídhe-Frau aber lächelt und spricht in IHM: »Hallo Drefman – hallo ER – hallo ES von T-her, so einsam und allein in diesem Universum, wie kann das sein?«

Ja, denkt ER ihr zu. Und tut es schon nicht mehr. Denn eins ist ER mit ihr geworden, kehrt in ihrem Körper in den Reigen zurück, während SEIN schwarzer Männerkörper dort hinter ihm seelenlos zu Boden fällt, eine abgelegte Hülle, nicht mehr.

Jetzt ist ER eins mit allen, die da tanzen und leben zu dieser Zeit, zu allen Zeiten auf dieser Erde, auf und in und über allen Planeten dieses und all der anderen Universen.

ER wacht auf. Seltsame Träume, denkt ER, taucht auf, atmet ein und aus und ein und schaut sich um.

Kein Nebel, keine Insel, weit und breit nichts als Meer.

So taucht ER wieder ab.

»Ich bin *ORKA der Killerwal*. Ich bin der Größte meiner Art!«, ruft ER hinaus in die Weite des Meeres, auf dass es all die anderen hören. Weiter schwimmt ER und erinnert sich doch an diese verzauberte Insel mit ihrem Licht und all den zarten Wesen, an die *eine* unter ihnen, die IHN aufnahm in sich und .von der ER sich dann wieder trennte, die so war, wie ER es niemals sein kann, so voller Güte, Liebe und Licht ...

Nairra, denkt ER, diese Elbin war eigentlich ganz anders und doch ein wenig wie Manfreds große Liebe. Nein, das kann nicht sein, *sie* war es nicht. ER hat sie getötet, mit einem Hieb in zwei Teile zerschnitten. So wollte ER es, so geschah es. Und so wird es auch *ihm* ergehen, diesem kleinen Möchtegernmagier, diesem Menschenwinzling, eines Tages. Ach ja, einen Mongolenkörper legte er sich ja zu, dreimal M, dreimal H: »Hahaha!«

Und dann sieht ER, Manfred Tränen an *ihrem* Grab in einer längst vergangenen Welt mit Namen WALD vergießen. Wie schwach er doch war und ist. Warum soll ER diesen Manfred überhaupt töten, ein Kinderspiel, wozu?

Doch Tränen! Warum weinen Menschen? Warum weinen sie, wenn jemand stirbt, den sie zu kennen, zu lieben glauben?

Eines Tages müssen sie doch alle sterben! Wie es wohl sein mag, einfach so zu erlöschen?

Lebt etwas von ihnen anderswo und nicht nur hier auf Erden weiter?

Gibt es die Seele, an die sie glauben?

Gibt es ein Leben nach und vor und jenseits des Todes für diese sterblichen Wesen? Für alle gleich, für jeden ganz individuell?

Wie ist es, geboren zu werden?

Was fühlen sie dabei?

Erinnern sie sich daran?

Krank zu werden und zu sein, zu hungern und zu leiden in einer dieser Höllenwelten von vielen, wie mag das sein?

All dies fragt ER sich, der dies alles selbst nicht kennt. So viele Dinge hat ER erlebt und erfahren und alles behalten, so viele Geburten und Tode hat ER von außen und auch von innen miterlebt und weiß doch noch immer nicht, ob da etwas von diesen Erdenwesen weiterexistiert. Vieles konnte ER nicht verstehen, denn ER ist ein Teil von ES von T-her und - unsterblich.

Und ER fragt sich, warum Menschen nur um einen, zwei, um zehn andere Menschen, die sie zu kennen glauben, weinen, nicht aber um Hunderte oder Tausende, Millionen, Milliarden, die alle starben, seit es Menschen gibt?

Und während ER sich noch die Frage stellt, hat ER auch schon eine Antwort parat: Ach ja, so muss es sein: weil sie es einfach mit ihren Kleingruppenaffengehirnen nicht begreifen können!?

Warum verfluchen sie IHN, wenn ER sie zertritt, sie einfach so ganz nach Belieben tötet?

Sie machen es doch mit Ameisen, Fliegen, Flöhen und Mücken, Spinnen und ihrem Vieh nicht anders?

Feuer und Sturm und Flut verfluchen sie nicht, aber IHN, den sie böse nennen. Ihre Kleinkindergebete richten sie an ihren »Lieben GOTT« und flehen um Beistand. Heilige Kriege führen sie im Namen GOTTES gegen ihresgleichen, die wiederum GOTT auf ihrer Seite wissen. Welch Irrsinn und Größenwahn, halten sie sich doch auch noch für die Krone der Schöpfung.

Doch es gibt nur *einen* GOTT und der ist alles, in allem und überall, nicht gut, nicht böse und doch gut und böse zugleich, einen GOTT für alle Dinge und Lebewesen in allen Wel...

Oh, was hat ER nur gedacht! Was flüsterten IHM Erde und Universum ein! Zu welchen Worten - verführten die Sídhe IHN!? Haben sie Recht?

Verstoßen aus WEISS nach T-her!!!, brüllt es in IHM und schreit. Weint ES?

Wie jammern die Menschen, wenn eine Art geht, ein großes, süßes Tier, eine Pflanze von der Erdoberfläche verschwindet, während zugleich so viele andere, kleine, die noch keiner von ihnen sah, die fast keinen interessieren, vergehen. Die kümmern sie nicht, denn sie wissen nichts davon, denn sie denken nur an sich selbst, denn ...

Nichts begreifen diese Erdenwürmer, die sich Menschen nennen - *Homo sapiens* - die Wissenden, die Weisen, haha! Wären andere Wesen nicht gegangen, sie wären doch gar nicht da. Wäre ER nicht aus den Himmeln gefallen, wäre vieles anders geworden. So ist es im Großen wie im Kleinen. So war es, so ist es, so wird es sein.

Menschen zertritt ER nach Belieben. Eine von vielen, Nairra hat ER getötet, und auch Manfred wird es nicht besser ergehen.

Früh am Morgen, neblig kühl. Manfred ruht sich eingehüllt in Pelzen, nein, fellbewachsen an einem Wasser aus, das endlos scheint. Wellen schlagen leise ans Ufer. Er bückt sich nieder, taucht einen Finger ein und leckt ihn ab:

Salzig, also ein Meer, denke ich und frage mich mit lauter Stimme selbst: »Wie kam ich hierher? Da war doch was mit einer Blüte?«

Keine Blumen weit und breit.

Erst mal durchatmen und entspannen. Sonn soll mich nicht blenden jetzt und hier am Morgen. Also schaue ich nicht nach Osten. Sondern drehe dem Meer den Rücken zu. So wärmt er mich und blendet mich nicht. Dann nehme ich den Lotossitz ein, schließe meine Augen bis auf einen Spalt und - schaffe es nicht bis zur Leere. Doch kann ich sehen. Draußen singen Vögel, drinnen entstehen Bilder: An einem Ort verweilen, zu einem anderen gehen, von Ort zu Ort, durch Zeit und Raum, und schließlich ...

Andernorts ist Sonnenschein an der Grenze zwischen Wasser und Luft. Kreisende Vögel am Himmel, Fische im Meer. So sollte es sein. So - ist es. Doch nicht überall.

Andernorts fliehen Fliegende Fische vor ihren Wasserfeinden ins Luftelement empor.

Andernorts gibt es seltsame Wesen, die wie Fische und Delfine durch das Wasser rasen - und doch sind es Vögel. Schwärme von Lummen fliegen unter der Oberfläche auf der Jagd nach Fischen dahin. Und jetzt so dicht vor meinen Augen sehe ich nur Flimmern: dort und hier und wieder dort durchflattern die Pinguine die See auf der Jagd, gut getarnt für ihre Beute - dunkel für alle, die von oben auf sie schauen, wenn sie aus der Tiefe kommen, und hell für die, die in den Himmel schauen. Mit Schwung springen sie hinauf auf das rettende Ufer, wenn der Schwertwal ihnen folgt.

Andernorts stranden Wale an Land.

Andernorts liegt ein weißer weiter Strand aus Sand. Still die See. Weit und breit kein Mensch, kein Tier, kein Leben - scheinbar. Abend am östlichen Ufer eines schlafenden Meeres.

Doch dann ist da Bewegung. Dort!

Über die Dünen steigt ein Mensch, wankt hinunter zum Strand. Jetzt kniet er im Sand, schaut nach vorn und sieht – den Sonn so fern und rot im Meer versinken. Stille ringsum. Stille in ihm? Nur die Wellen sind Klang, schlagen nicht, sondern laufen sanft an den Ufern aus.

Erleuchtet - Halt! – vom Sonn beleuchtet ist sein Gesicht. Noch spricht er nicht. Noch ändert sich nichts.

Noch immer nichts?

Nein! Doch! Erinnerungen. Bilder steigen auf, fallen herab, sammeln sich. Gedanken verändern die Welt. Der Abendsonn zaubert ein Lächeln auf sein faltiges Gesicht. Rot zunächst, dann tauchen auch andere Farben auf – synchron außen - auf der Haut - und innen. Ist nun ein Farbenwechselspiel von Rot zu Blau und Gelb und Grün und ... nicht Grau noch Schwarz noch Weiß.

Versunken ist der Sonn im Meer. So sollte es dunkel sein an diesem Strand - und einsam auch und leer – für Menschenaugen, denn Wolken sind aufgezogen, schwarze Wolken verdecken Mondin und Sterne.

Er dreht sich um und schaut zurück und sieht den dunklen Strand, den Dünenkamm – und seine Tränenspur.

»Allein!«, weint seine Seele. »Wie oft, wie lange in meinem Leben bin ich doch allein! Wie wenig Freunde nur! Und diese nur für kurze Zeit. Und nur eine Liebe, die mir genommen wurde. Allein. Zur Hölle ist die Welt für mich geworden - oder war sie es schon immer?«

Leiden ist Emotion, Emotion verändert, färbt die Welt, Farbe bricht aus seinem Körper, der nun schillernd rot von Kopf bis Fuß erstrahlt. Rot leuchtet der Strand, rot färbt sich der Sand, dann orange, wird gelb, dann grün, dann leuchtend blau. Schließlich wechseln die Farben, tanzen in unbegreiflichem Wechselspiel.

Du siehst dies alles, als wärest du selber zugegen. Du siehst Manfred und den bunten Strand. Und das Farbenspiel dauert fort. Noch dreht er sich nicht um. Noch lässt es ihn nicht los. Noch schaut er nur den Strand und nicht das Meer, das nun ebenso leuchtet.

Etwas platscht aufs Wasser - einmal und ein zweites Mal.

Da klingt doch etwas, weckt mich aus dem Lotos, Meditation war das schon lange nicht mehr, sondern nur ein Abendtraum von einem alten Mann am östlichen Ufer eines westlichen Meeres. Dieses Meer aber hinter meinem Rücken liegt im Osten zwischen mir und meinem Ziel, den höchsten Bergen der Erde. Doch was platschte da hinter meinem Rücken? Sprang vielleicht empor, tauchte auf und wieder unter. *Was* mag es gewesen sein? Werde ich gar noch ängstlich auf meine alten Tage? Sträubt sich mir schon das Fell im Nacken? Eine gigantische Krabbe könnte sich jetzt langsam nähern, eine Schere öffnen, um ...

Drehe mich nicht um.

Oder ist da eins von Lovecrafts Schreckenswesen, das da »ewig« schlief und träumte, seit Äonen im Schlamm vergraben, jetzt aber auferstanden ist und hinter mir sich bis in die Himmel erhebt, um seinen ach so unsäglich großen Hunger zu stillen?

ER könnte es sein und ist es nicht. *Das* weiß ich.

Wieder ein Klatschen auf Wasser und zugleich ein siebenfacher flüsternder Gruß. »Schau!«

Also drehe ich mich endlich um und - sehe sieben Delfine springen. Sie kommen heran, strecken ihre Köpfe dicht am Ufer aus dem Wasser, schauen mich neugierig mit einem Lächeln an, das nur ein Magier sehen kann.

Und sind auch schon wieder verschwunden.

»Sieben«, denke ich und sehe jetzt in mir, was eben hinter meinem Rücken geschah: Sieben Delfine tauchen aus ruhender See empor. Einmal, zweimal, ein drittes Mal ... Sieben Mal springen sieben Delfine. Sieben Wellen schlagen sanft ans Ufer. SIEBEN, diese magische Zahl! Das Märchen von den sieben Raben. Und dann waren doch einst einmal vor langer Zeit - Ewigkeiten ist es her, in einer anderen Welt mit Namen WALD – Sieben Samurai, die den Kriegertod im aussichtslosen Kampf gegen IHN starben.

Also erinnert sich Manfred an seine sieben Samurai, die sich stumm vor ihm verneigten und für ihn ihr Leben gaben. Noch einmal sieht er sie sterben, ihre Köpfe rollen, ihr Blut sprudeln. Längst hat er seine Augen geöffnet, liegt auf dem Rücken im Sand, sieht hinauf zu den Sternen - der Himmel ist wolkenlos -, träumt von dem Weg, der noch vor ihm liegt und Äonen dauern soll, träumt wieder von seinem Leuchtenden Pfad.

Ich öffne meine Augen. Träume sind nichts als Schäume, ach nein, Träume spiegeln Vergangenes wider und manchmal auch ein wenig, von dem was kommen wird. Doch ich bin wach und träume nicht mehr.

Sieben Delfine schnellen, einer nach dem anderen, vor meinen Augen empor, verharren fast still, eingefroren im Zeitlupensprung, in der Luft. So jedenfalls nehme ich sie wahr: lautlos fallen die Wassertropfen, erstrahlen im Sonnenlicht, sieben Wesen, ein Geist!

Eine Träne fließt aus meinem rechten Auge. Jetzt brandet alles noch einmal empor, deutlicher und klarer als im Traum ist nun ihr Tod.

»Warum weinst du?«, singen sieben Stimmen, als sprächen da die Geister meiner sieben Samurai.

»Wir sind es, Herr!«, sprechen die Sieben mit einer Stimme. »Ein wenig erinnern wir uns. In neuen Körpern sind wir zurückgekehrt!«

»Ihr seid jetzt Delfine! Ich verstehe, ich komme!«, denke ich ihnen zu, die ich damals verlor, denn *sie* starben, und *ich* überlebte, laufe auch schon ans Ufer und stürze mich kopfüber ins Wasser.

Sand weicht seinem Körper, der sich im Flug vom Menschen in einen Großen Tümmler verwandelt. Schau doch, dort schwimmt er im Meer!

Und du glaubst einen Augenblick lang, sein Menschenlachen zu hören, doch schon sind da das aufgeregte Keckern der Delfine in deinen Ohren und die Klicklaute im Ultraschall, die du nicht hörst. Alle acht umkreisen sich, als wollten sie sich umarmen.

Was für ein Körper, welche Kraft in mir! So jung fühlte ich mich ja schon lange nicht mehr! Wie herrlich es ist zu leben!

Auch wenn da keine Farben mehr sind, so höre ich nun, was kein Mensch hören kann: ein vielfaches Pfei... – Sprechen.

Sieben Delfine singen in mir, begrüßen mich.

Ich lausche.

Sieben denken mir ihre Gedanken zu, die zugleich fremd und doch so vertraut sind. Für einen Augenblick sehe ich Bilder aus einer Welt - »Dort Oben«, flüstert eine Stimme -, in der Delfine Menschen vor dem Ertrinken retten, wo sich Delfine in Fischernetzen verfangen. Sehe die Aufschrift »*delphinfreundlich gefangen*« in einem kreisförmigen Siegel einer metallenen Dose, die Thunfisch enthält. »Böse!«, höre ich Fischer rufen. Denn auch Delfine essen Fisch, wie sie, wie du, wie ich. Delfine sehen sich im Spiegelbild und erkennen: »Das bin ich!« Dann verblassen meine Menschengedanken immer mehr, spricht fern eine Stimme, wird leiser und leiser und immer unverständlicher, die Stimme eines Magiers, nur noch ein Menschenmund ist alles, was bleibt - für kurze Zeit:

> Damals, als ich Mensch war,
> wollte ich wissen,
> was Delfine fühlen.
>
> Jetzt wo ich Delfin bin,
> vergesse ich,
> wie es ist,
> Mensch zu sein.

Alles ist still – für einen einzigen Augenblick – eine Ewigkeit.

Sieben Rufe sprechen meinen Namen auf siebenerlei Weise.

Ich habe die Worte vernommen, merke sie mir und antworte ihnen. Von nun an werde *ich* jeden von *ihnen*, werden *sie mich* jederzeit erkennen. Jetzt bin ich nicht mehr allein, jetzt bin ich wieder einer von Vielen: ein weißer Delfin unter sieben grauen Tümmlern, einer in der Gruppe, Gleicher unter Gleichen, nicht identisch, anders und einzigartig zugleich, so, wie es bei allen Wesen und Dingen ist.

Wir alle schwimmen in die offene See hinaus, folgen ihm, der da wie aus dem Nichts aufgetaucht ist. Er weist uns den Weg. Nein, da ist kein Licht, kein Leuchten mehr und doch noch immer ein Pfad, der nun akustisch im Ultraschall reflektiert. Wir hören ihn, wenn wir rufen, so wie wir die eingegrabene Flunder im Schlamm finden. Unser Pfad führt uns nach Osten durch dieses Meer. »Kommt!«, singen wir alle lächelnd und lautlos – denn wir sind eins im Geist – acht Stimmen im kosmischen Chor.

Warm spüren wir den Sonn oben beim Atmen, klar ist das Wasser und kühl. Wir schwimmen und springen und schwimmen, hören Fische im Wasser und finden sie, die uns längst mit ihren Seitenlinien wahrnahmen und einen Schwarm bildeten. Wir kreisen sie ein, essen uns satt und ziehen weiter. Welch eine Lust zu leben: Wir schwimmen, gleiten, schweben durch Raum und Zeit.

»Werden die niemals müde? Irgendwann müssen sie doch schlafen. Wie schlafen denn Delfine, ohne zu ertrinken?«, könntest du fragen. Denn sie schwimmen und sind doch keine Fische, sondern Säuger, atmen durch Lungen, müssen immer wieder an die Oberfläche, die Grenze zum anderen Element, um Luft zu holen. »Schlafen die nie?«

Und die Lösung lautet wie?

Sie hören keine Frage, wissen keine Antwort, reden nicht über Wachen und Schlafen, leben die Antwort - jetzt. Sie schlafen und wachen zugleich. Ist die eine Hälfte ihrer Gehirne aktiv, ruht die andere. Und so wechseln sich die beiden Seiten ab, immerfort und immer wieder, halber Schlaf, halbes Wachen, alles ganz ohne Traum!? Wohl kaum.

Wunderbar ist's, zwischen Wasser und Luft zu leben – zu wechseln – hinaufzuspringen, hinabzutauchen - ins Licht, ins Dunkel. Schlägt mein Schwanz auf und ab, treibt mich rasend voran – welch irrer Geschwindigkeitsrausch. Und diese Laute, einfach fantastisch! Da höre ich in Bereichen wie es andernorts - in den Lüften nur Fledermäuse, Ziegenmelker und Nachfalter können, Ultraschall für Menschenohren. Höre die Sieben und fern die Rufe der anderen. Erkenne mit meinen Lauten und meinen Ohren Dinge und Wesen vor mir. »Echoortung« – »Sonar«. Welch wahrhaft *Schöne Neue Welt*. Denn ich bin Delfin – einzigartig – für einen Augenblick in diesem Körper – einmal geboren, einmal am Leben, einmal werde ich in diesem Körper sterben. Also bin ich für alle Ewigkeit.

Jeder/jede von uns hat einen Namen. Wir kennen uns. Und wenn wir uns lieben, so paaren wir uns viele Male, immer und immer wieder. Wir sprechen uns an, singen unsere Worte und Namen.

Halt, ich höre Frauen rufen, nach Männern rufen sie.

Und wir ...

Winzige Spinnen schweben an ihren Sicherungsfäden, flüssige Seide ließen sie aus ihren Spinnwarzen am erhobenen Hinterleib weit austreten. Spinnen schweben durch die Lüfte - Luftplankton werden sie von Menschen genannt - besiedeln so als erste, noch vor den Pflanzen, die neuen Inseln, die Vulkane schufen. Spinnen starten, schweben, landen.

Irgendwann erreichen acht Delfine das Ufer einer längst besiedelten Insel. Einer von ihnen ist weiß, er allein, nur er springt hoch - an Land. Kaum dass er die Erde berührt, wandelt sich der weiße Delfin zurück in einen Menschen, den wir als Manfred den Magier wiedererkennen.

Jetzt dreht er sich um und nickt dankbar den sieben Delfinen zu, die noch einmal ein Lied singen, das so traurig klingt in seinen Menschenohren gleich einem der zahlreichen irischen Lieder, die voller Wehmut und Tränen sind. Er dreht ihnen den Rücken zu, wandert singend davon und

versteht die Trauer der anderen nicht, denn er kann sie doch jederzeit wiedersehen - denkt er.
Sie aber wissen, dass dies niemals geschehen wird.

Überquere den Strand, gehe dem Dschungel dieser Insel entgegen: Bin ich also schon wieder allein. Nie zuvor gesehene Vögel fliegen auf, hier an den Ufern zwischen Berg und Meer. So ist es, als wäre ich in der Zeit zurückgereist. Seltsame Worte blitzen in mir auf - doch niemals in meinen Erinnerungen!: *Lost World, Jurassic Park*.

Durchblick, Überblick, ja, den müsste ich mir erst einmal verschaffen. Also hinauf ...

Jetzt klettert Manfred wohl einen Baum hinauf, denkst du?
Nun ja, nicht ganz, eine Luftwurzel reißt sich selbst aus der Erde aus, schlingt sich um seinen Körper, hebt ihn sanft auf, zieht ihn ins Kronendach empor, wo es nur so von Leben wimmelt.

Schaue hinab über die Wipfel der Riesen, der kleineren und kleinsten Bäume. Schwarze Schatten gleiten dort dahin zwischen Berg und Meer: »Quetzalcoatlus«, denkt es in mir.

Und dann ist da in weiter Ferne ein anderer, der auf zwei Beinen steht. Ich weiß, wer es ist, der nicht auf einem Baum, sondern oben auf dem Felsen erstarrt zu sein scheint, so, wie ich einst vor meinem Abstieg ins N*EBELLAND*. ER ist so fern - andernorts zu anderer Zeit -, und doch sehe ich ihn dort im Süden von Amerika mitten im Regenwald, wo ich niemals war, noch jemals sein werde. Dort schaut ER von einem der Tepuis hinab, wohin ER als Kondor flog. Ich weiß es: ER schaut mich nicht an. Ich aber sehe IHN sich wieder hinunterstürzen.

»*Wer* warf *IHN* aus *welchen* Himmeln?«, flüstert es in mir.

Gedanken rasen: Und was ist WEISS? Wie viel Schwärze ist wo?

Wer und wo war »ich« (meine Ahnen) damals zu dieser

Zeit, als ER auf diesem Tepui weilte? Wann war das und was bedeutet das alles?

Über Raum und Zeit bin ich mit ihm verbunden.

ER springt, ER fliegt.

Also breite auch ich meine Arme aus, die sich in Flügel verwandeln. Wie lang meine vierten Finger doch wachsen! Flughäute spannen sich nun zwischen Armen und Körper.

Jetzt springe ich und schwebe im Körper des gewaltigsten Flugsauriers aller Zeiten, *als Quetzalcoatlus* zum östlichen Inselstrand hinab.

Glühend rot, gigantisch versinkt der Sonn im Meer. Klar ist der Himmel.

Ein Sternenmeer strahlt da jetzt über mir.

Hinauf, hinaus, die Erde von oben schauen. Eines Tages, doch *noch* bin ich hier, werde ich dort draußen sein, körperlos, denn Menschenkörper sind nicht für die Kälte und Strahlung des Raumes geschaffen.

Schau, dort im Licht der Vollen Mondin und unter den Sternen am Ufer des Meeres liegt träumend ein Mensch. Manfred ist es.

So vergeht die Nacht. Und vieles passiert hier und dort und überall, wie jede Nacht, wie jeden Tag. Doch hier und jetzt stört nichts seinen Schlaf.

Wache auf am Morgen. Vor mir brandet sanft das Meer. Ein weißer Strand aus Sand.

Ich schaue in die Weite und frage mich, ob ich mir meine Reise mit sieben Delfinen im Meer, die einst meine sieben Samurai waren, und mein Abenteuer auf der tropischen Insel einer längst vergangenen Zeit nur erträumte.

Doch weder Sand noch Wellen antworten.

Wie sollten sie auch, denkst du.

Doch so einfach sind die Dinge nicht - nicht in deiner und erst recht nicht in einer magischen Welt.

Fragen werden zu Wellen, die in mir rauschen: »Wer bist du?«, murmeln sie im Kommen. »Und wir?«, höre ich sie im Gehen flüstern.

»Wer bist du?«, fragen mich die Kinder des Meeres noch immer. Aber sie nehmen keine Antwort mit. Denn ich schweige und lege mich in den heißer werdenden Sand.

»Wer bist du?«, flüstert nun eine Stimme in mir, die kein Rauschen mehr ist, sondern Klang.

Ich lächle.

»Du!«, erkennt verwundert der Sprechende Sand.

Und Wellen bringen die Kunde ins Meer.

Sandkörner rücken zur Seite, springen auf, hüllen mich Träumenden ein. Ich versinke.

Dann kommt die Flut, kommt das Meer zu ihm, gräbt Manfred aus dem Sand, nimmt ihn mit sich, trägt ihn fort. Schau, dort treibt er jetzt auf dem Rücken liegend an der Oberfläche. Schläft er? Ist er starr und tot?

Blick zurück zu den Ufern: Verlassen sind die Strände. So verblasst die Spur, die von irgendwo nach hierher führte.

Blick von den Ufern: Dort in der Ferne sehe ich einen Menschen träumend treiben.

Zoom ran.

Schlägt er nicht jetzt die Augen auf? Verwunderung in seinem Gesicht.

Dort am Ufer sehe ich jemanden stehen mit meinem Gesicht, der schaut mir gerade in die Augen.

Manfred treibt weiter an der Oberfläche des Meeres dahin. Stille.

Die Ruhe vor dem Sturm?

Noch andere Dinge treiben da neben ihm. Treibholz: versunken, hinabgesunken, war es einst Teil eines Schiffes, zuvor der Stamm einer Eiche, ist es noch immer ein Balken, doch bewachsen nun und von Gängen durchbohrt.

»Mensch, wach auf!« Dreimal ruft die grauschwarze Nebelkrähe des Ostens: »Kra, kra, kra!«, die wohl nicht weiß, wer das da ist, der da am Meeresufer sitzt und träumt, die sich nicht erträumen kann, dass dieser Mensch dort unten auch einmal ein naher Verwandter, ein Rabe. war, also für immer Rabe ist. So weckt sie Manfred auf.

Rief da nicht eben eine Krähe? Öffne meine Augen und schaue mich um.

Es ist warm, muss Mittag sein.

Keine tropische Insel, keine Delfine, kein *Nebelland*.

Wie seltsam diese Welt doch ist, in der ich lebe.

Ach, da sitzt sie ja, die mich eben weckte, spricht noch »Kra, kra, kra«. Immerhin, *die* ist wenigstens real. Da sitzt sie, schaut mich an und fliegt dann doch mit einem letzten »Kra, kra, kra« davon.

Magisch, magisch, dreimal drei macht Neune.

Da träumte mir, ich wäre am Meer und ... bin nun wach und bin am Meer und stehe am östlichen Ufer, wo sonst, und schaue nach Westen, noch einmal zurück.

Wolkenloser Blick in Weite, still ruht die See.

Vor mir über den fernen Horizont ziehen schwarze Schatten.

Ich setze mich auf die Erde, verharre mit zusammengefalteten Beinen im Nachmittagslicht - Versenkung.

Spiegelnde Fläche vor mir, in mir. Ein weißer flacher Strand aus Sand. Sonn fällt in die Spiegel. Glühender, roter Feuerball, der langsam im Meer versinkt.

Dunkelheit - Nacht. Leuchtendes Sternenmeer über mir. Klarer Himmel. Dort oben leuchtet die Volle Mondin über der Erde, hier unten strahlt ein winziges weißes Licht im Zentrum meiner Stirn.

Alles ist Frieden, alles ist Lächeln, alles ist Glück.

Wirbel bilden sich im Meer. Wirbelnde Wassersäulen stehen auf: drei leuchtende aus Wasser gebildete, vom Sturm geschaffene Säulen.

Ich stehe auf und hebe meine Arme und warte. Sehe mich selbst von außen und innen, sehe, verstehe, wie das weiße Licht im Zentrum meiner Stirn wächst, wie es sich ausdehnt und hervorschießt - Blitz in die tosende bläulich leuchtende Mittelsäule. Licht und Licht sind nun verbunden - leuchtendes Band zwischen Leuchtenden. Unten sehe ich noch immer den Winzling Mensch mit erhobenen Armen stehen. Nur das Licht aus seiner Stirn hebt ihn empor aus Affenahnen. Ungeheuer hoch ragt die leuchtende Säule aus Wasser vor ihm auf. Er hält sie an ihrem Ort.

Bin im Innern, ins Zentrum des Zyklons gestürzt.

Steige auf in dieser Säule.

Dort sitze ich nun mit gefalteten Beinen, lächelnd wie der Erleuchtete.

Die Wassersäule mit Manfred in der Mitte gleitet voran. Ihre Begleiter rechts und links bleiben ein wenig zurück. Dreifache Einheit, geformt wie eine Pfeilspitze gleiten alle drei – wiederum eine andere Form des Leuchtenden Pfades – weiter nach Osten über das Land. Wer aber mag in den anderen Säulen sein? Tag und Nacht und Tag und ... immer weiter rollen die Wassersäulen. Noch endet dieser Teil der Reise nicht.

Schaue empor in der Nacht. Dort tanzen Sterne über mir in wechselnden Konstellationen.

Schaue von oben hinab. Dort unten glitzert Mondinlicht im Meer des Westens. Unter mir liegt das weite Steppenland, das sich wandelt zur Wüste. Westen war gestern, morgen ... Doch allein das Jetzt, die Gegenwart zählt. Hier und jetzt bin ich glücklich. So könnte ich es nicht nur, sondern tue es: ich umarme die Welt. Meiner Erleuchtung entgegen, denke ich, auf meinem Leuchtenden Pfad, einer Säule aus Wasser ins Licht!

In tiefste Tiefen hinab und wieder empor

Salzig ist das Wasser dieses afrikanischen Sees. Einzeller, Schnecken und kleine Krebse leben hier im Überfluss. Endlos weit erstreckt sich die Flamingokolonie mit ihren Lehmnestern.

Salzig ist das Wasser, das Moyo erreicht. Ein wenig Schatten findet sie am Abend hier auf ihrem weiten Weg nach Norden unter einem Felsüberhang. Dort lässt sie sich nieder. Und während der Sonn untergeht und die Nacht anbricht, beginnen alte Zeichen neben ihr zu leuchten und halten ihre Verwandlung in die Schwarze Pantherin auf - Menschenzeichen! Von kleinen und großen Göttern? Vom Jenseits und dem Leben nach dem Tod?

Moyo schließt ihre Augen und sieht kleine und große Inseln, nahe und ferne Inseln, im nördlichen Meer. »Inseln der Seligen« werden sie genannt: Elysium im Westen - das Paradies, wo die Guten nach dem Tode mit ihren Familien für immer zusammen sind: Insulae fortunatae - Glückselige Inseln.

Du stehst am Ufer des Meeres im äußersten Westen des großen Kontinents, du befindest dich auf einem Land, das selbst eine Insel ist. Irland wird es einst heißen. So stehst du da und schaust über die Brandung hinaus. Es ist Abend und dort versinkt leuchtend rot der Sonn im Meer.

Du siehst die Inseln nicht, denn du weißt, weit soll die Reise zu dem Ort sein, zu dem nur wenige auserwählte Sterbliche nach ihrem Tod gelangen, wo sie für immer und ewig unbeschwerte Freude genießen.

Also starb ich einst hier?, fragst du dich verwundert. Woher sollte ich sonst davon wissen? Warum aber kehrte ich von dort zurück? Tote bleiben Tote. Und Lebende werden Tote. Kam ich zurück, weil meine Liebe unerfüllt blieb?

»Weil Er Dort Oben es so wollte!«, flüstert eine Stimme in dir.

Wer ist *Er*? *Mein* Gott? *Unser* Gott? Gott aller Wesen dieser und aller anderen Welten?

Du siehst dich noch immer am Ufer stehen. Gewaltig ist

hier die Brandung, denn dieses Meer ist offen und groß, weder das Rote in der Nähe deines Körpers, noch das schrumpfende Mittlere, dies ist ein Ozean, auf den du nun von weit oben hinabschaust, als wärest du soeben gestorben, auf dem Weg ins Jenseits, als hättest du deinen Körper gerade erst verlassen. Doch du lebst, wolkenlos ist der Himmel. Grenzenlos scheint dir in deinem Traum das Meer.

Dann öffnest du die Augen. Es ist tiefe Nacht. Sterne so klar und die Volle Mondin über dir.

Dein Menschenkörper schwindet, du nimmst deinen Pantherkörper an. Du gehst auf die Jagd und fängst dir einen Flamingo. Den isst du auf. Du legst dich zum Verdauungsschlaf nieder.

Und wieder wirst du zur Menschenfrau. Wieder träumst du davon, an der Küste eines fernen Landes weit im Norden zu sein. Seltsame Dinge geschehen dort:

Das Wasser weicht zurück und kommt wieder und weicht zurück und kommt wieder.

»Ewiger Wechsel von Ebbe und Flut«, flüstert da wieder die Stimme.

Das Wasser weicht: Erde taucht auf und atmet Luft. Sonn trocknet sie aus. Schwärme von Vögeln fallen ein und picken die Wesen aus einer anderen Welt auf. Nicht alle sterben von denen, die im Wasser lebten, denn sie haben sich angepasst. Sie überleben die Trockenzeit.

Schon kehrt das Meer zurück. Wasser - Leben, es wiegen sich die langen schmalen »Blätter« des Tangs, wehen im Strom wie Bäume im Wind, Meergras in der Strömung, grün und dunkel und schwarz.

Und dann ist da die Seeanemone, die sich hin- und herrenkt und zerrt, bis sie ihren Fuß vom Stein löst und mit noch immer ruckenden Bewegungen vor dem vielarmigen Seestern davonschwimmt, dem Räuber, der wieder einmal leer ausgeht.

Die Heringsschwärme kommen, laichen im Tang.

Jetzt versammeln sich die schwarzen Fische mit den großen Schwingenflossen. »Schwarze Engel«, nannte sie irgendwer irgendwo, »Fledermäuse des Meeres. Warum »Engel« und nicht »Dämonen«? Sie aber sind weder das eine noch das andere. Sie sind von dieser Welt. »Rochen« werden sie auch genannt. Ein weißer ist unter ihnen hier in der unterseeischen Höhle, wo sie sich versammeln. Lange schon haben die Männer ihre Mahlzähne zu spitzen Zähnen umgewandelt, um sich an den größeren Frauen festzubeißen. Dann gebären die Mütter ihre Kinder, kleine fertige Rochen, von denen nur wenige das erste Jahr überleben. Wasser saugen sie alle ein, blasen bei Flut den Sand am Grund in Ufernähe mit dem Wasserstrahl weg, packen die freigelegten Krebse und essen sie auf. Mit der Ebbe streben sie wieder zum offenen Meer.

Einige von ihnen - Zitterrochen - lauern eingegraben im Sand auf den Fisch und betäuben ihn mit Strom. Alle besitzen sie giftige Stachel. Jene Orkas jedoch, die es lernten und sich auf Fisch spezialisierten, jagen sie, beißen ihnen den Stachel ab, haben sie einfach zum Essen gern. Einer lebt vom anderen. Nur der Stärkere überlebt. Und das beginnt bisweilen schon ziemlich früh. Junge Sandhaie töten ihre Geschwister schon im Körper der Mutter und essen sie auf. So werden immer nur zwei geboren.

Du sieht dies alles jetzt und hier fern von diesen Dingen, die da im Norden unter Wasser geschehen. Du schaust dies alles von außen in deinem Menschentraum.

Hier bist du allein. Frau bist du hier und dort, in Realität und ...

Nein, in diesem Traum – Sehnsucht wird es wohl sein und Erinnerung an das Leben in Gemeinschaft unter den Massai – bist du nicht allein, bist du Frau unter Frauen, schwimmst du bei Nacht im Meer, gewaltig groß.

Du bist eine Pottwalin.

Jetzt wird es gleich geschehen. Delfine begleiten uns, reiten auf den Bugwellen ihrer großen Schwestern. Wir haben uns versammelt. Die Aufgaben sind verteilt. Die anderen tauchen hinab, dorthin, wo die Nahrung lebt. Doch du bleibst oben bei den Kindern, die noch so wenig von den

Gefahren wissen, für die die Welt zugleich so klein und doch so groß ist. Denn du bist eine von denen, die sie behüten und in ihre Mitte nehmen. Noch bist du selbst ohne Kind. Bald werden die anderen wieder oben sein, bald.

Etwas kommt. Etwas nähert sich uns.

Wir spüren es alle.

Es ist voller Gier – hungrig auf Fleisch oder auf - Sex?

Etwas kommt.

Du wachst schweißgebadet in deinem Menschenkörper hier am Salzsee in Afrika auf. Du erinnerst dich an deinen Traum, der dir noch immer so realistisch erscheint. War denn das überhaupt ein Traum? Du wunderst dich, fragst dich murmelnd selbst: »Bin ich mit der *einen*, der großen Walin, verwandt? Oder war ich nur kurze Zeit ein Teil von ihr, weil dieses Etwas für mich oder Manfred von Bedeutung sein könnte? Da waren keine Männer bei uns Pottwalen zu unserem Schutz, wir waren nur Frauen und Kinder beiderlei Geschlechts. 20 oder 25 mögen wir gewesen sein. Eben noch, doch nun ...

Irgendwo im weiten Meer an der Oberfläche in wärmeren Gefilden sieht ER die anderen, die größer sind.

»Hallo!«, ruft ER ihnen zu, die IHN nicht verstehen, denn sie sind nicht von SEINER Art

Größer sind die anderen dort vorne, doch träger und weniger intelligent.

ER hört sie, sieht sie, versteht. Ihre Kinder bleiben oben, werden jetzt nur noch von einer behütet. All die anderen Frauen tauchen jetzt in die Tiefe ab, wohin SEIN Körper nicht gelangen kann.

Also wandelt sich der Orka, denn diesen Körper trug ER gerade, zum Pottwal-Mann und hat sie schon erreicht.

Voller Gier ist ER auf sie, die oben die Kinder behütet, während die anderen unten Beute fangen. Diese oder keine muss es sein.

Sie aber weigert sich.

Dummes Weib! Aber wenn sie sich dreht und wendet, immer und immer wieder, und ER sie nicht packen kann, wie soll Mann da SEINEN Schwanz reinkriegen? Der ist wirklich gigantisch, verglichen mit dem mickrigen Penis eines Menschen, drei Meter lang ist der, ganz nach SEINEM Geschmack und SEINEM Hang zur Gigantomanie. Doch was nützt das alles! Nix zu machen, geht einfach nicht. Und Sex, was soll's, dann eben nicht.

Ja, ER könnte SEINE wahre Gestalt zeigen und sie, die sich IHM verweigert, töten und dann all die anderen, oder erst die Kinder, die sie hütet, dann sie, dann die anderen oder ... ER könnte sie alle töten, kochen, vernichten, sollte es tun, doch ...

Etwas ruft. »Komm!«, hallt der Ruf in IHM.

So lässt ER sie bei den Kindern hier oben am Leben. Leben und leben lassen, denkt ER, ist doch mal was Neues, Abwechslung von Vernichtungsorgien.

Die anderen tauchen auf, so findet sich die Frauen-Müttergruppe wieder.

IHN interessiert das alles jetzt nicht mehr. Jetzt als Pottwal kann ER tun, was ER zuvor nicht konnte: ER atmet aus und atmet ein, aus und ein, doch nicht zu viel. Und schon geht's hinab zu den Jagdgründen in der Tiefe. Eine Stunde lang kann ER nun mit SEINEM neuen Körper unten bleiben, ohne Luft zu holen, 1000 Meter Tiefe kann ER so erreichen.

Schwärze, die ER so liebt, Schwärze, aus der ER ist, Schwärze, die auf dieser Welt in diesem Universum oben und unten, überall nur unvollkommen ist. Denn da blitzen Lichtpunkte auf, hier und da, kleine Lampen leuchten, irgendwen zu locken, einen von denen, die verglichen mit SEINEM neuen Körper winzig sind. ER sendet kein Licht, sondern klickende Laute aus SEINEM gewaltigen Mund aus, lauscht und hört einen von diesen in der Dunkelheit schwimmen. Es ist der Riesenkalmar.

So stürzt ER sich auf ihn, der zu fliehen sucht, packt ihn mit SEINEN Zähnen, beißt ihn in Stücke, spürt nicht die Saugnäpfe auf SEINER Haut - erst später: oh, welch köstliche Schmerzen! -, schlingt ihn hinab. Nahrung für IHN ist dieser hier, wie auch all die anderen seiner Art. Beute ist er und ...

ER ist zu tief getaucht, zu lange geblieben im Essensrausch. Müsste schon wieder oben sein, um Luft zu holen, zu atmen - zu überleben.

Doch ER rast nicht empor, erstickt nicht, sinkt nicht tot zu Boden.

ER wählt den anderen Weg, der immer weiter hinabführt, immer tiefer nach unten, wo ES noch immer nach IHM ruft. Der Ruf wird immer stärker.

Während ER sinkt, wandelt ER sich in den, den ER soeben verschlang. Also aß ER nicht nur das Fleisch, um zu leben, sondern nahm auch den genetischen Code und alle Erinnerungen dieses Opfers in sich auf und schwimmt nun als Riesenkalmar mit Rückstoßantrieb immer tiefer hinab. Denn ER ist mehr als ein Tinten»fisch«.

So weit taucht ER hinab, so weit wie nie zuvor ein *Architheutis* kam – bis auf das *Eine*, *ES* - vor langer Zeit, das dort unten in den tiefsten Tiefen in der Kälte auf dem Grunde träumend ruht.

Dort? Hier!

»Cold Seeps« wird man irgendwann diese Zonen nennen, wo Unmengen von Muscheln leben, wo Methangas aus der Erde steigt und Bakterien in den Muscheln nährt. Garnelen, Hummer und Borstenwürmer leben hier in eisiger Kälte. Nur langsam wachsen sie alle. So werden die Würmer Jahnhunderte alt.

Nicht fern aber rauchen die heißen Quellen: »Black Smokers«. Unterseeische Quellen sind sie, aus denen 300°C heißes und mineralienreiches Wasser aus Spalten im Gestein aufsteigt. Kühlt sich rasch nach außen hin ab, denn eisig ist das Wasser der Tiefsee, Schwefelwasserstoff ist im Wasser enthalten. Vom Schwefel und von der Wärme leben viele Wesen: Seeanemonen, Krebsgarnelen, gigantische Muscheln, blinde Krebse mit langen Antennen. Überall ragen die Fächerkränze der Röhrenwürmer empor, die hier so schnell wachsen wie nirgends sonst. Heiße Flecken in einer eisigen Weite.

Zur Wärme zieht es IHN nicht, sondern zur kalten Zone. Hin zu IHM, DAS jetzt nur ein Klumpen Schwärze in schwarzer lichtloser Tiefe ist.

ES erwacht aus einem Traum, in dem ES IHN rief. ES erwacht, denn SEIN Sohn ist heimgekehrt.

ER schießt auf ES zu, umklammert ES, wird eins mit IHM und - überlebt.

Alles Wissen geht von IHM an ES über, geht auf im *einen* SCHWARZ.

Manfred schwebt noch immer in der Wassersäule nach Osten dahin. Sein Körper gleitet weiter durch Tag und Nacht über weites Land dahin. Eines Nachts erwacht sein Geist/ seine Seele im Dunkel des Meeres.

Schwärze und ... leuchtende Punkte umschwirren den Kopf, in dem mein Geist sich wiederfindet, während mein Körper irgendwo anders ruht - oder etwa im Lotossitz inmitten einer Wassersäule über weites ebenes Land dahinschwebt - welch seltsamer Gedanke. Wo bin ich?, frage ich mich, denn die Tiefe schweigt.

Noch immer schweigt die Tiefe, die Schwärze ist und - keine Stille. Und auch nicht vollkommen schwarz: denn hier und da flackert ein Leuchten auf - und jetzt sind da auch Töne.

»Halte dich fern vom Licht«, spricht warnend eine Stimme in mir.

Habe ich das schon einmal irgendwo gehört? So wird's wohl sein.

In der Tiefe bin ich, wo Tintenfische keine Tinte mehr zur Tarnung beim Angriff eines Räubers, der größer ist als sie, abgeben, sondern leuchtenden Schleim, den die Feinde an ihrer statt attackieren. Punkte leuchten auf, mit Bakterien gefüllte Leuchtorgane, die kaltes Licht schaffen. Lichter blinken, sind Signale und - Todesfallen. Winzige Fische schwimmen dort mit riesigen Mündern, die immer offen sind und alles verschlingen, was von falschen Signalen geködert, erscheint.

Halte dich fern vom Licht!

Nein, in IHM bin ich nicht, sondern in einem anderen Wesen, einem Tier, das keine Körper wechselt, das nicht wie ich und wie ER ist, der in tieferen Tiefen andernorts verschwunden zu sein scheint. So schwimme ich schlangengleich weiter, ohne eine Schlange zu sein, denn so tief leben Schlangen nicht mehr. So schwimme ich weiter und höre mich um.

»Riemenfisch« nennen manche Menschen das Wesen, in dem Manfreds Geist/Seele nun weilt, jedenfalls die, die fern seiner Heimat leben. Die alten Chinesen aber nannten das Tier, das bei einer Höhe von 30 cm und einer Breite von 5 cm sechs Meter lang werden kann und dessen silbriger Leib rote Rücken- und Brustflossen trägt, das Tier, das einen seltsam mähnenartigen Schopf besitzt und daher im Norden Europas zum Heringskönig wurde, sie nannten diesen Fisch »Seeschlange«. Noch heute bauen sie Seeschlangen zu Festtagen aus Papier, färben sie bunt und ziehen und tanzen mit ihnen auf Festen schlängelnd durch enge Gassen.

Ob der Riemenfisch das Vorbild für Drachen war, für eine Sorte von Drachen, die Menschen sahen oder sich erdachten?

Und ob deshalb Manfreds Geist/Seele deshalb im Riemenfisch weilt, weil er selbst ein Drache - Drachensohn ist?

Andere Fische laufen auf Flossenstelzen hier über den Grund. Leuchtend, aber winzig sind Tintenfische, Garnelen und Quallen und ... da baumelt so verlockend hin und her der tödliche Köder der Tiefseeanglerin, an deren Leib als Parasit ihr winziger Mann festgewachsen sitzt. So ist er immer gleich zur Stelle, wenn Frau ihn zum Besamen der Eier braucht. Denn lange ist es her, dass er sich dort oben an ihr verbiss und mit ihr in die Tiefe sank.

Riesenasseln höre ich in der Finsternis tastend über den Boden laufen. Immer ist hier Nacht. So sehe ich es nicht und weiß es doch, dass die Asseln das Aas essen, das die Strömung ihnen bringt und alles, was sich hier ein letztes Mal niederlegt, um niemals wieder aufzustehen.

Denn Manna fällt hier aus den Himmeln, die weder blau noch sonnendurchflutet sind. Weit über mir sind sie, dort oben, aus ihnen schwebt Nahrung herab. Diese Unteren

Himmel sind aus dem gleichen Stoff beschaffen wie die Welt ringsum, aus dem wir alle auf Erden sind: Sie und wir sind aus Wasser gemacht. Essen im Überfluss, das sind die Algenflocken aus der Oberflächenzone, Nahrung für die Fadenwürmer, die da blind tastend fühlen und wühlen, strudeln und packend sie ergreifen.

Dann sind da noch die winzigsten Wesen, die niemand mit bloßem Auge sehen kann, auch dann nicht, wäre denn genügend Licht vorhanden. Die ersten sind es, nein, nicht sie selbst, aber ihre fernsten Nachkommen, die hier heute in den tiefsten Tiefen der Meere leben: 3000, 8000, 10000 Meter unter dem Meeresspiegel. In Flocken wirbeln sie aus dem Untergrund, steigen auf und fallen winzig klein und groß an Zahl: Bakterien der ältesten Arten. Ihre Vorfahren waren die Urzellen irdischen Lebens.

Die Gedankenexplosionen hören auf, es endet der lautlose Redeschwall.

Stille in mir.

Schwärze in Schwärze.

Öffne meine Augen - LICHT.

Schließe sie wieder und beginne beim zweiten Öffnen zu begreifen, wo mein Körper weilt: nicht im Körper eines Fisches tief im Meer, auch nicht aufrecht im Lotos sitzend in einer von drei Wassersäulen, die mich nach Osten trägt, sondern einfach auf dem Boden der Realität - an Land und in meinem Menschenkörper irgendwo im Osten dieses großen Kontinents, irgendwo im »Nirgendwo« zwischen *Gräsernen Meeren* und weiten *Wüsten*. Ja, mein Geist war fern und meinen Körper haben wohl doch die Wassersäulen hierher getragen. Doch nun ist dies alles vorbei, liegt hinter mir, ist Vergangenheit für mich. Und doch war es ein seltsamer Traum! Wer träumt schon davon, ein *Riemenfisch* zu sein, einem Vorbild von chinesischen Drachen aus Papier. Dabei bin ich ja Mensch und *Drache* zugleich, aber ein Drache ganz anderer Art, wie meine Mutter Smorré-Aié mir im NEBELLAND verriet, einer vom Land und niemals eine Schlange im Meer.

Andererseits gelange ich noch nach China. Andererseits machen's Träume ja möglich: Da weilte ich eben doch in diesem Riemenfisch und weckte vielleicht so ... auf irgendeine unbegreifliche Weise ... oder einfach, weil ich in Fischgestalt SEINEM Ruheort zu nahe kam. Ja, ER hat mein Denken gehört.

Jetzt löst ER sich vom Ganzen, von ES, das jetzt alles weiß und noch immer da am Grunde des Ozeans liegt und träumt.
ER steigt in Riesenkalmargestalt empor.
Und da ist kein Pottwal, der es wagen würde, sich IHM zu nähern.

Nacht bricht herein dort oben in der anderen Welt.
Wir wissen es.
Wir steigen aus der Tiefe empor zu den Grenzen.
Wir haben restlichtverstärkte Augen. So sehen wir selbst bei wolkenbedecktem Himmel die Beute dort oben an der Oberfläche treiben. Menschen sehen manche von uns dort hilflos paddeln. Wir packen sie mit unseren Saugnapfarmen und Klauen. Wir packen sie und ziehen sie an unsere Schnäbel. Hui, wie knacken ihre Körper! Wir essen ihr Fleisch. Und Seelen rasen vorbei. Hunger trieb uns hoch. Kopffüßer sind wir alle.
Die kleineren von uns gelangen in gewaltigen Sprüngen auf der Flucht vor unseren Feinden im Wasser in die andere Welt dort oben. Sie fallen in die Boote der Menschen. Andere von uns aber sind gigantisch, tragen gewaltige Kämpfe mit den anderen Großen - Pottwalen - aus, die wieder an die Oberfläche müssen. Manch einen von uns packen deren gewaltige Kiefer, und schreiend werden ihre Körper zermalmt. Aber wir haben große Schwestern in der Tiefe, die umarmen diese Oberflächenmonster und lassen sie mit ihren Saugnäpfen nicht mehr los. Dann, ja dann kämpfen *sie* den Todeskampf. Unsere kräftigen Schnäbel zerbeißen ihre Köpfe, wir kosten ihr Hirn. Ganz oben, fast an der Grenze zum trockenen Raum, an der Oberfläche treiben unsere kleinen Tintenfischkinder senkrecht stehend kopfunter im Plankton dahin, wenn sie schlafen. Das sind die Erinnerungen an die Kindheit, die so wenige überleben.

Wir haben überlebt - bis jetzt. Wir steigen auf, wir schwimmen hinab, wir durchwandern die Meere.

Der Tintenfisch an sich, im engeren, eigentlichen Sinne, nein, er ist es nicht. Auch ist es kein Kalmar. Schauen wir mal genauer hin! Oh mir scheint, er blinzelte mir soeben aus seinen großen Augen zu, die ich da nun so nah und riesengroß vor mir sehe. Hm, ein Fisch ist das jedenfalls nicht, ein Weichtier auf jeden Fall, doch was für eins? Keine Schnecke, eine Muschel schon gar nicht. Einem Tintenfisch ziemlich ähnlich und doch von anderer Gestalt. Also gut, verrate ich es: er ist ein Krake. Weich ist sein Körper und wechselvoll dem Untergrund, der Stimmung angepasst sein Kleid. Ja, seine Art gab es damals schon, als die letzten Dinos, die Meer- und Flugechsen und all die anderen gingen. Ihn gibt es noch heute.

Dieser eine Krake aber trug nicht immer seinen Krakenkörper. Könnte ER es sein, so winzig klein in einem warmen flachen fernen Meer? Dieser Krake grub sich seine Höhle zum Schutz vor seinen Feinden in den Meeresboden und tarnte sein Versteck mit Muschelschalen, die er an den Eingang seines Unterschlupfes legte, auch lebende befinden sich noch darunter. Doch Muscheln sind eine Sache, dies, was da naht, eine ganz andere. Er packt mit seinen Fangarmen zu, saugt sich fest, zieht die unvorsichtige Krabbe hin zu seinem Schnabelmund: Knacks! So isst einer den anderen auf.

Dann wird er selbst und alles andere ringsum von etwas Großem gepackt und emporgezogen. Denn – ja, einer isst den anderen auf.

Sieh an, ein Krake: Muskeln überall, und doch so weich der Körper, nirgendwo scheint da ein Skelett zu sein, doch, innen ist als Rest ein Schulp geblieben. Sieh an, ein Krake, der nun durch die Netzmaschen kriecht und dem zappelnden Fang entkommt, dort oben auf dem Deck des Fischerbootes im flachen Mittelmeer, das nicht nur Fische fängt, sondern manchen »Beifang« gleich noch mit.

Schon ist unser Krake hinabgeglitten, heimgekehrt ins nasse Element - nach Hause.

Und jetzt unter Wasser geschieht es: verwandelt sich der kleine Krakenkörper. Nicht dass er nur die Farbe wechselt. Das auch! Doch ins Gigantische wächst jetzt sein Leib, braust auf vor Zorn, taucht an der Meeresoberfläche auf. Sein Schnabel öffnet schwarze Höllenschlünde.

Menschen schreien.
ER saugt sie alle ein, verschlingt in einem Zug das ganze Menschenschiff.
Ein Strudel ist alles, was bleibt - für kurze Zeit.
Wieder hat ER aus Rache und Zorn getötet.

Dann irgendwann, vollgetankt mit neuer Energie und Lebenslust, bricht ER aus dem Meer hervor, verwandelt sich im Sprung wieder in einen Albatross und fliegt den fernen Bergen im Osten zu, wo ER landen und wieder auf Erden wandeln wird.
Dort wird ER Manfred ein letztes Mal treffen.
Einer wird sterben und gehen, der andere ...
Tod und Leben und Geburt - immerzu in Folge, zugleich und überall geschieht es auf Erden, seit Jahrmilliarden schon.

Andere gebären andernorts auf eine besondere Art und Weise. Unter dem Licht der Vollen Mondin steigen jetzt nach Mitternacht im Oktober in der Wärme dieser Nacht die prall mit Eiern und Sperma gefüllten Enden der Würmer aus den Tiefen des Meeres empor.
Ein Gewimmel ohnegleichen.
»Palolo« werden sie von Menschen genannt, geschöpft, gekäschert, eingesammelt und – gegessen. Was für ein Fest.

Wichtige Personen, Lebewesen und Begriffe*

Adler: s. Steinadler

Affenbrotbaum (Baobab, Adansonia digitata): Baumart der afrikanischen Savanne mit wasserspeicherndem Stamm. Seine Blüten werden von Fledermäusen bestäubt.

Afrikanischer Elefant (*Loxodonta africana*): Den kennt heute jedes Kind. Mit bis zu 7,5 Tonnen ist er das schwerste gegenwärtig lebende Landsäugetier. Im Unterschied zum asiatischen Elefanten hat sein Rüssel zwei Finger am Ende. Er war in historischen Zeiten auch in Nordafrika verbreitet und wurde im Altertum von den Karthagern gezähmt und von Hannibal als Kriegselefant eingesetzt. - Vor 10 000 Jahren zog ER in Gestalt eines mächtigen Elefantenbullen durch Afrika. Moyo heilt einen alten Bullen, der sie auf seinem Rücken weiter nach Norden trägt.

Afrikanischer Wildhund (Hyänenhund, *Lycaon pictus*)**:** Er bewohnt in Afrika Steppen und Baumsavannen, ist heute noch zahlreich in Ostafrika zu finden, um 3000 v. Chr. gab es ihn auch in Ägypten. Lebt in Rudeln von sechs bis neunzig Tieren, verfügt über ein großes Repertoire an Lautäußerungen bei der Jagd und im Sozialleben. Mitbewerber um die Nahrung ist die Tüpfelhyäne.

Akazie (*Acacia*): Pflanzengattung aus der Familie der Mimosaceae mit zahlreichen tropischen Baumarten und den für die afrikanische Savanne typischen Schirmakazien mit flachen, dicht verzweigten Kronen. Die Nebenblätter sind zum Schutz in Dornen umgewandelt. Akazien besitzen tiefe Wurzeln und überstehen so die Trockenzeit. - Moyo ruht als Schwarze Pantherin oft auf einem Akazienast, bringt dorthin auch ihre Beute vor Löwen und Hyänen in Sicherheit.

Albatros (*Diomedea exulans* = Wanderalbatros): Fast 1,5 m großer Seebewohner mit bis zu 3,50 Meter Flügelspannweite, der wunderbar im Wind segeln kann. - ER fliegt als Albatros an Land.

Andrewsarchus: s. Höllenhunde

Architheutis: s. Kalmare, Tintenfische

Australopithecus: Gattung von kleinen Affenmenschen (mehr s. *Der Leuchtende Pfad des Magiers*)

Badb oder Bodb: Irische Kriegsgöttin, die ihren Namen dem Schlachtfeld gab: *das Land der Badb*. Zeigt sich auch in Gestalt einer Krähe den Menschen. Denn Krähen und Raben sind Aasesser.
Baobab: s. Affenbrotbaum
Beluga: s. Wale
Birke (Sandbirke *Betula pendula*): Eine von 40 an der Rinde leicht erkennbaren, schnellwüchsigen, auf der Nordhalbkugel verbreiteten Baumarten. - Manfred verwandelt sich oben auf der Ebene nach Verlassen des NEBELLANDES in eine von ihnen.
Bison (*Bison bison*, engl. Buffalo): Vor Ankunft der Weißen lebten in Nordamerika ca. 60 Millionen Bisons in den Prärien, die im Herbst nach Süden und im Frühjahr wieder nach Norden auf seit Jahrhunderten eingetretenen Büffelpfaden wanderten. 120 000 Indianer lebten von ihnen. Bis ins 17. Jahrhundert schlichen sie sich zu Fuß in Wolfpelze gehüllt an, trieben sie in Felsschluchten oder auf Schneeschuhen im Winter in den tiefen Schnee. Dann entwickelte sich die Pferdekultur. Schließlich kam es mit dem Bau der Eisenbahn zum systematischen Abschlachten der Herden durch die Weißen. - ER begegnet in Gestalt eines großen Büffels um das Jahr 1000 den Sioux/Dakota und wird von ihnen für WI gehalten.
Bobak (*Marmota bobak,* Steppenmurmeltier): Kommt von Osteuropa bis ins östliche Sibirien in großen Kolonien vor, gräbt umfangreiche Baue, fördert den Pflanzenwuchs durch Grabtätigkeit, Samenverbreitung und Düngung. - Manfred findet auf seiner Reise nach Osten eine Kolonie und sieht IHN an diesem Ort vor Zeiten wüten.
Buckelwal: s. Wale
Büffel s. Bison und Wisent. - Als Bison zog ER einst vor 10 000 Jahren schon einmal über die nordamerikanische Prärie, als es dort noch andere Büffel mit langen, seitlich abstehenden Hörnern gab (*Bison latifrons*).
Dämon: Manfred trifft auf zwei Gruppen. Das eine sind die Eisdämonen, die im NEBELLAND leben und alles einfrieren, was ihnen zu nahe kommt. Sie sind Halblebewesen, fast formlos, von nebelartiger Gestalt. Drachensohn bringt sie zum Schmelzen, als sie nach ihm greifen. - Auch ER wurde einst vor langer Zeit zu einem Eisdämon. Das andere sind kleine Dämonen und

Dämoninnen, gehörnte Teufelchen aus den Tiefen der Erde, wo es mächtig heiß ist. Manfred setzt sie mit Kälte unter Druck.

Delfin: s. Wale

Dort Oben: Die Menschenwelt, in der Er Dort Oben lebt, der all diese Dinge sich erträumte und andere Träume und Leben verarbeitete. Denn alles ist mit allem verbunden.

Drache: Chinesische Drachen haben als Vorbilder Reptilien: Krokodile, Schlangen, auch der Riemenfisch ist im Gespräch. - Im Nebelland begegnet Manfred einem grünen, feuerspeienden, geflügelten, fünfklauigen Himmelsdrachen weiblichen Geschlechts. Es ist seine Mutter, die vom Sonn begattet und befruchtet wurde. Also schlüpfte Manfred einst aus einem Ei, doch geschah/geschieht dies im Drachenuniversum. In unserer Welt wurde er als Mensch von Menscheneltern gezeugt und geboren. Auch ER wird zum feuerspeienden Drachen und vernichtet in dieser Gestalt die Ameisen, die SEIN Termitenvolk überfielen.

Drachensohn: a) Manfreds Drachenname, b) Das magische Schwert, das seine Drachenmutter Smorré-Aié ihm einst schenkte. Es ist kein Werkzeug, sondern Teil seiner Haut, seines Körpers. Wir kennen es aus dem *Leuchtenden Pfad*, wo es den Menschennamen *OM* trug.

Drefman: s. ER.

Eisdämon: s. Dämon.

Elefant: s. Afrikanischer Elefant

Elfen: Kleine geflügelte Wesen. - Hier schlüpfen sie aus einzellebenden, in Glockenblumen schlafenden Bienen. Manfred wird von ihnen gerufen und nimmt ihre Gestalt an.

enk-ang: s. Kral

Enkai: s. Massai

ER: Unter dem Namen Drefman als schwarzes Wesen und Manfreds Gegenspieler im ersten Teil der Pfad-Trilogie tötet ER die Sieben Samurai und Nairra. Hier folgen wir SEINEN Pfaden über die Erde, in die Tiefsee hinab und bis in die Polargebiete in vielerlei Gestalt. Vor 2,5 Millionen Jahren war ER in Afrika für die Vormenschen ein Gott, denn er veränderte sie und half ihnen beim Überleben, vor 10 000 und vor 1000 Jahren schritt ER über die weiten Prärien Nordamerikas. ER liebt die Kälte, denn auf T-her ist es kalt. Wir begegnen IHM u.a. als Dunst,

Wolke, Sturm, aber auch im Körper von Adler, Albatros, Bison, Geier, Kojote, Mensch, Pottwal, Präriehund, Riesenkalmar, Schwertwal, Weißer Hai und Wolf.

Er Dort Oben: Das ist der Träumer, der die Pfadwelten träumt, Manfreds »Gott«, der ihn und seine Welt erschuf. Das könnte ein gewisser Rainar Nitzsche sein.

Erdferkel (*Orycteropus afer*): Bewohnt Afrika südlich der Sahara, ernährt sich von Termiten, hat hierfür eine lange vorstreckbare Zunge und Grabklauen an den Vorderbeinen, gräbt ausgedehnte unterirdische Höhlen, in denen es den Tag über verbringt, ist nachtaktiv. - Moyo versteckt sich vor dem Feuer in der Höhle einer Erdferkelin.

ES: Ein Schwarzes Wesen, das aus T-her stammt, einem vollkommen schwarzen Universum. ES stürzte vor 65 Millionen Jahren ins Meer der Erde. Vielleicht trug ES zum Aussterben der Dinosaurier bei und zum Aufstieg der Vögel und Säuger, also auch der Menschen. Mehrmals tauchte ES zur Oberfläche empor. Dort teilte ES sich auf. Ein Teil von ES wurde ER, der auch Drefman und WI genannt wird und alle Gestalten annehmen kann. Ein anderer Teil aus der Zukunft ist das Peitschenwesen, das Manfred foltert und sich von seinen Schmerzen nährt. Der größte Teil von ES ruht in tiefsten Meerestiefen.

Falke (*Falco peregrinus* = Wanderfalke): Der Wanderfalke hat ein weites Verbreitungsgebiet in Eurasien von der Tundra bis in die Halbwüsten und die Wälder im Norden. Er brütet auch in Kirchen. Beim Sturzflug auf die Beute erreicht er 200 km/h. - Manfred nimmt beim freien Fall zum Nebelland hinab Falkengestalt an.

Flamingos(*Phoenicopterus ruber*): Moyo trifft in Ostafrika auf eine Kolonie mit Lehmnestern, die dort das salzige Wasser nach Krebsen und Algen mit ihrem typischen Schnabel durchseien. Moyo schmeckt Salz und träumt vom Meer, eine Pottwalin zu sein, der ER sich im Walkörper nähert.

Fliegender Fisch (*Familie Exocoetidae*): Heringsgroße in Schwärmen vorkommende Fischarten, die mit ihren verlängerten Brustflossen und unteren Schwanzflossen auf der Flucht vor Räubern Gleitflüge bis zu 50 Meter weit in ein Meter Höhe über der Wasseroberfläche vollführen. Kurzzeitig verlassen sie so ihren Lebensraum Meer. Fliegende Fische gibt es bereits seit

220 Millionen Jahren. - ER nimmt diese Gestalt auf SEINEM Weg ans Land kurz an.

Geier: Es gibt Altwelt- und Neuweltgeier, die nicht näher miteinander verwandt sind. Neuweltgeier, wie Kondor und Rabengeier, stammen von Störchen ab. - Hier begegnen wir in Afrika und Asien Bartgeiern (*Gypaetus barbatus*), Schmutzgeiern (*Neophron percnopterus*) und Zwerggänsegeiern (*Gyps africanus*) in den Lüften und am Aas. In Amerika nahm ER einst Kondorgestalt an.

Gepard (*Acinonyx gubatus*): Schlanke, hochbeinige afrikanische Raubkatze, eine Sprinterin, bis zu 110 km/h schnell, doch hält sie nur 500 Meter durch. Geparden kommen in Afrika und Asien vor, werden aber oft von den Konkurrenten Löwen, afrikanischen Wildhunden und Tüpfelhyänen ihrer Beute beraubt.

Glockenblume (*Campanula rotundifolia* = Rundblättrige Glockenblume): Häufige Pflanze mit glockenförmigen blauvioletten Blüten. - Hier verwandeln sich nachts kleine, einzellebende Bienen in ihren Kelchen in Elfen, rufen Manfred, der so ebenfalls einer von ihnen wird.

GOTT: Der/die/das EINE, JAHWE, GOTT, ALLAH, - ETWAS, das ALLES ist, allmächtig und alles umfasst - WAKAN TANKA, WEISS und SCHWARZ und alle FARBEN, Himmel und Höllen, männlich und weiblich und ohne Geschlecht zugleich, wie auch immer IHN sich Menschen und alle anderen denkenden, fühlenden Wesen vorstellen. ALLES und auch die LEERE und ihr Vergehen darin - NIRWANA - ist GOTT.

Gräser (Familie Poaceae): Krautige Pflanzen, windblütig, an Trockenheit angepasst, als Weidepflanzen und Getreidelieferanten für die Menschheit bedeutend (Vorderasien/Mittelmeerraum: Weizen, Gerste, Roggen, Hafer / Afrika: Hirse / Ostasien: Reis / Mexiko/Zentralamerika: Mais). Sie machen die Hauptvegetation von Wiesen, Prärien, Steppen, Savannen aus. Ausbreitung seit der Oberkreide, besonders im Tertiär, Basis für die Ausbreitung von Paarhufern und Pferden.

Großer Tümmler: s. Wale

Höllenhunde: Wesen aus den tiefsten Höllenwelten der Erde, mächtiger als Manfred und Moyo, darum bleibt diesen nur noch die Flucht. Tragen hier und im ersten Teil die Körper von *Andrewsarchus,* dem größten bekannten Raubsäuger, der sich vermutlich hauptsächlich von Aas ernährte, Hufe trug, mit den Schafen verwandt ist, im Eozän in Ostasien lebte, bis zu 2 m hoch, 4,40 m lang wurde und Kiefer von 1 m Länge besaß.

Homo ergaster: siehe Mensch

Hyäne: Raubtierfamilie mit drei Arten. Hier begegnen wir der Tüpfelhyäne *Crocuta crocuta*. Sie besitzt - wie alle Hyänen längere Vorder- als Hinterbeine, ein sehr starkes Gebiss und ist ein nächtlicher Jäger und Aasesser. Weibliche Tüpfelhyänen besitzen eine verlängerte Klitoris und hodensackartige Gebilde, so dass sie oft für Männer gehalten werden. Sie graben Höhlen für den Nachwuchs und bilden bis zu hundert Tiere starke Rudel. - Moyo träumt einen Hyänentraum von toten Löwenjungen.

Kalmar: Tintenfisch mit torpedoförmiger Gestalt und innerer schwertartiger Schale, Dauerschwimmer, intelligent. Am bekanntesten sind die Schwärme der *Loligo*-Arten. Nicht riesige *Kraken*, sondern Kalmare, nämlich *Architeuthis*-Arten, deren Maximalgröße wir noch nicht kennen - Augen mit 40 cm Durchmesser - wurden in Pottwalmägen gefunden wie auch Abdrücke von 20 cm großen Saugnäpfen auf der Walhaut, ihren natürlichen Feinden -, könnten 30 m lang werden und Schiffe und Menschen in der Vergangenheit und Gegenwart angegriffen haben. - ES verwandelt sich nach seiner Landung auf der Erde vor 65 Millionen Jahren in einen Riesenkalmar, der die Tiefsee bewohnt, doch wohl auch an die Oberfläche kommt. ER hingegen wird zum Pottwal, erbeutet einen Riesenkalmar, wird selber zu einem und gelangt so in die tiefste See, wo ES auf IHN wartet.

Kojote (*Canis latrans* = Präriewolf): Begleiter der Büffel, kleiner als der Wolf, lebt oft paarweise, sehr anpassungsfähig, ernährt sich von Kleintieren, Aas und Früchten, er ist es, der in den nordamerikanischen Prärien heult. Heute stark bejagt. - ER verwandelt sich aus einem Büffel in einen Kojoten und verlässt ihn, um in einen Indianerjungen zu fahren.

Kokosnuss s. Palme

Kolkrabe (*Corvus corax*): Größter Rabenvogel, intelligent und anpassungsfähig, bewohnt die verschiedensten Lebensräume, segelt im Gebirge gerne im Aufwind. Ein Paar kümmert sich lange und intensiv um den Nachwuchs. Ruft mehrfach

»Kroar«. - Manfred verwandelt sich in einen Raben und trifft an den Grenzen zum N̄ᴇʙᴇʟʟᴀɴᴅ auf eine Kolkrabin, die Badbgleiche Wächterin. Ein Rabenpaar bekommt drei Kinder? Ist Manfred der Vater? Und wäre es so, wer ist dann die Mutter?

Kondor: s. Geier

Korsak (*Alopex corsac*, Steppenfuchs): Er lebt in den Steppen von der Wolga bis zur Mongolei und in der Mandschurei, trägt einen dicken Winterpelz, wandert umher, wurde im 18. Jahrhundert in Russland als Haustier gehalten. - Einer freundet sich mit Manfred an und wird für kurze Zeit sein Begleiter auf dem Weg nach Osten.

Krähe: Hier begegnen wir der Aaskrähe (*Corvus corone*) in ihrer östlichen Form, der Nebelkrähe, die im Gegensatz zur schwarzen Westform, der Rabenkrähe, an Rücken und Bauch grau gefärbt ist. Sie ist gesellig und ruft »krah«.

Krake: s. Tintenfische

Kral (auch Kraal, enk'ang): Hüttenansammlung der Massai. Die Hütten werden von den Frauen aus Zweigen und Gras errichtet, mit Kuhdung und Lehm abgedeckt. Umgeben ist der Kral von einem starken Dornenzaun zum Schutz von Menschen und Vieh (Rinder, Schafe, Ziegen), das am Abend hineingetrieben wird.

Krokodil (Crocodylia): Eine Reptilienordnung, die es seit 200 Millionen Jahren gibt und die landbewohnenden Dinosaurier sowie Ichthyo-, Plio- und Plesiosaurier im Wasser und Pterosaurier in der Luft überlebte. Heute gibt es 22 Arten von Alligatoren, Gavialen, Kaimanen und Krokodilen. - Moyo begegnet einem großen Nilkrokodil (*Crocodylus niloticus*), eines von vielen, die am Mara-Fluss auf die durchziehenden Gnus und Zebras lauern und auch Menschen essen (s.a. Sobek).

Kurkil: Das erste Wesen bei den Tschuktschen in Nordostsibirien, das die Erde erschuf und den Menschen in Gestalt eines Raben erscheint.

Kutkinnáku: Kulturbringer der ostsibirischen Kojaken, der den Menschen Jagd, Fischfang, Feuerbohrer und die Schamanentrommel brachte und als Rabe erscheint.

Leopard (*Panthera pardus*): Große in Afrika und Asien vorkommende Raubkatze mit dem bekannten Fleckenmuster im Pelz, das der Tarnung dient, kommt auch als Schwarzer Panther vor.

Lebt sowohl in Trockensavannen als auch in Regenwäldern. Schleicht sich an sein Opfer an (in Afrika vor allem junge und alte Paviane, Warzenschweine und Antilopen sowie kleinere Säuger, Vögel und Fische), tötet dieses durch einen Biss in Genick oder Kehle und trägt es dann in sein Versteck, z. B. auf einen Baum, wo es vor Löwen und Hyänen sicher ist. Nachtaktiv, standorttreu bei genügend großem Nahrungsangebot. Einzelne Leoparden spezialisieren sich auf Beute, darunter kann auch der Mensch sein. - Moyo verwandelt sich auf ihrer Flucht vor den Höllenhunden in eine Schwarze Pantherin. Dies wird von nun an ihr zweiter Körper sein, also ist sie ein Leopardenmensch, ein Menschenleopard.

Lug (= Lamfada, Samildanach): Keltischer Gott, schützt Krieger und Zauberer, sein Tier ist der Rabe. Er ist Meister des Handwerks und der Künste.

Lumme (Trottellumme *Uria aalge*): Gehört zur Vogelfamilie der Alken, brütet in Kolonien auf Felsbändern am Meer, legt nur ein kegelförmiges Ei, das nicht wegrollen kann. - Wir erleben Lummen, wie sie mit ihrem sehr dichten, geschmeidigen Gefieder auf der Fischjagd förmlich unter dem Wasser dahinfliegen.

Luzifer: s. Satan

Malphas: Ein hoher Gebieter der mittelalterlichen Hölle, Herr über 40 Legionen, erscheint in Gestalt von Krähe oder Mensch. - Ihm begegnet Manfred im Osten des NEBELLANDES.

Manfred der Magier: Der Held und Ich-Erzähler des ersten Bandes, einer der Drei. Als uralter Mann zurückgekehrt erinnert er sich und erzählt uns sein Leben, das ihn in mancherlei Gestalt durch verschiedene Welten führte. Er beginnt mit seinem Aufbruch/Ausbruch aus der Welt STADT in die WALD-Welt (Band 1: *Der Leuchtende Pfad des Magiers*), durchs NEBELLAND über GRÄSERNE MEERE hinweg immer weiter nach Osten, seinem Ziel, den Höchsten Bergen, zu. Auf seinem weiten Lebensweg nimmt er viele Gestalten an, verwandelt sich oder weilt geistig oder träumend in anderen Körpern: Birke, Büffel, Elf, Falke, Flugsaurier, Geier, Kalmar, Leopard, Pferd, Rabe, Riemenfisch, Wisent und Wolf. Und er erblickt zum ersten Mal seinen anderen Körper, den ihm seine Mutter Smorré-Aié gab: den Drachen. Denn er ist *Drachensohn*.

Marabu (*Leptoptilos crumeniferus*): Storchenvogel, der die

Savanne bewohnt und sich von Aas, Insekten, Kleinsäugern und Vogeleiern ernährt, sucht im Gleitflug nach toten Tieren, orientiert sich am Verhalten der Geier, schreitet auch die verbrannte Erde hinter Buschfeuern ab und sammelt die Leichen auf, vertreibt dabei die Geier vom Aas. Er wurde vor dem ersten Weltkrieg massiv bejagt, da spezielle zur Brutperiode ausgebildete Marabufedern in Mode waren. - Nairra begegnet einem, als die Savanne in Flammen steht.

Massai: Hirtenvolk von großen, schlanken, schwarzen in Ostafrika lebenden Menschen. Ihr Gott Enkai schenkte ihnen die Rinder, die ihren Wohlstand bilden. Zudem besitzen sie Schafe und Ziegen sowie Esel als Lasttiere. Sie bewohnen Hüttenansammlungen (s. Kral). Sowohl Männer als auch Frauen werden beschnitten. Bei Zeremonien wird die Halsschlagader eines Rindes angestochen und das Blut mit Milch vermischt oder nach der Beschneidung und nach der Entbindung pur getrunken. Frauen tragen sehr viel Metall in Form von Halskrausen, Arm- und Beinmanschetten als Schmuck. - In einem kleinen Dorf wird Nairra als Moyo wiedergeboren.

Meeresschildkröte: s. Unechte Karettschildkröte

Mensch: ER begegnet vor 2,5 Millionen Jahren in Afrika der kleinen Menschenart *Homo ergaster*, den Vorfahren der gegenwärtigen Menschenart *Homo sapiens*, zu der Manfred der Magier und Nairra/Moyo gehören.

Moschusochse (*Ovibos moschatus*): Rinderähnlicher, mit Schafen und Ziegen verwandter, an extreme Kälte angepasster Wiederkäuer mit langem Haarkleid, lebt heute in Kanada, Grönland, auf Spitzbergen und in Norwegen, kam während der Eiszeit auch in Norddeutschland und in der Mongolei vor. - Nimmt eine ringförmige Verteidigungsstellung gegen Wölfe ein, die ER zu spüren bekommt.

Moyo: Die wiedergeborene Nairra, ein Massai-Mädchen, eine Frau, deren Name Herz, Mut, Gefühl bedeutet, verlässt ihr Dorf, wandelt sich auf der Flucht vor den Höllenhunden in eine Schwarze Pantherin und erkennt, dass sie ein Leopardenmensch ist. Sie wandert nach Norden, den Pyramiden zu.

Nairra: Manfreds große Liebe, die ihm in mancherlei Gestalt begegnet und einst von Drefman getötet wurde Jetzt kehrt sie wiedergeboren als Massaifrau mit Namen Moyo zurück.

Narwal: s. Wale

Nilkrokodil: s. Krokodile

P'an-ku (= Pan-gu): Mythologischer Urriese Chinas, Weltenschöpfer. Es gibt verschiedene Versionen, was aus ihm hervorging. Nach einer entsteigt er dem Urei, formt Yin, die Erde, und Yang, den Himmel. Mit seinem Tod löst sich sein Körper auf: sein linkes Auge wird zum Sonn, sein rechtes zur Mondin, sein Schweiß zum Regen, sein Körper zur Ackererde. - Hier erzählt die Drachin Smorré-Aié Manfred, dass P'an-ku, der all dies tat, ein drachenköpfiges Schlangenwesen war, dass also alles von den Drachen kommt.

Palme (Arecaceae): Pflanzenfamilie mit tropischen, baumförmigen Gewächsen. Typisch ist der unverzweigte Stamm mit einer Krone aus mächtigen Blättern. Hierzu gehört neben Dattel- und Ölpalme auch die an allen tropischen Küsten wachsende Kokospalme (*Cocos nucifera*), deren einsamige Steinfrüchte im Innern Kokosmilch enthalten und aus öl- und lufthaltigen Fasern (Kopra) bestehen, was sie schwimmfähig macht.

Palmendieb (*Birgus latro*): Landbewohnende Krebsart auf Inseln des westlichen Pazifiks, Allesesser mit Vorliebe für Kokosnüsse, die er oben an den Palmen abschneidet und am Boden verzehrt.

Palolowurm (*Eunice viridis*): Bis 40 cm langer, grüner Meeresringelwurm, der in Massen die pazifischen Korallenriffe bewohnt. Im Oktober/November 2-3 Tage nach dem dritten Mondviertel stoßen alle Individuen nach Mitternacht ihre mit Eiern und Spermien gefüllten Hinterleibsenden ab. Diese steigen auf und entleeren an der Oberfläche ihren Inhalt. Dort werden die Eier befruchtet. Die dort lebenden Südseebewohner fahren schon seit Urzeiten mit ihren Booten raus, käschern sie und bereiten sich ein Festmahl. - Mit diesem Bild/Gesang klingt dieser zweite Pfad-Roman aus.

Pavian (*Papio anubis* = Anubispavian): Kräftige, soziale, bodenbewohnende, in Ostafrikas Savanne lebende Affenart, ernährt sich hps. pflanzlich, plündert aber auch Vogel- und Krokodilnester, erbeutet Gazellenkitze und Meerkatzen.

Pferd (*Equus przewalski*, Östliches Steppenwildpferd, Przewalski-Pferd): Steppen- und Tundrenbewohner Asiens, früher vom Ural bis zur Mongolei verbreitet, gelblich-braun mit schwarzem Aalstrich auf dem Rücken, schwarzer stehender Mähne, schwarzen Beinen und weißer Nase. Kleine Herden mit Leithengst und einigen Stuten und Fohlen. - Manfred verwandelt sich in einen einsamen Hengst und galoppiert mit Korsak weiter nach Osten.

Pottwal: s. Wale

Portugiesische Galeere (*Physalia physalis*): Eine Staatsqualle, die aus zahlreichen Einzelwesen besteht und mit einem gasgefüllten Behälter an der Meeresoberfläche in großen Schwärmen dahinsegelt. Ihre bis zu 50 m langen nesselbewehrten Tentakel sind für Menschen gefährlich. - ES tauchte einst mitten untern ihnen auf.

Präriehund (*Cynomys ludovicianus*, Schwarzschwanzpräriehund): Bekannter Bewohner der nordamerikanischen Prärie, lebt in Kolonien. Damals im Wilden Westen und hier im Roman leben Millionen von Präriehunden in gigantischen unterirdischen »Städten« zusammen. - ER erkundete einst und irgendwo ihre dunklen Bauten.

Prärieklapperschlange (*Crotalus viridis*): Gehört zu den giftigen Grubenottern, die mit ihrem Grubenorgan Wärme wahrnehmen und nach kurzem Biss ihrer sterbenden Mäusebeute folgen. Diese Art besiedelt das westliche Nordamerika, ihr Biss kann für Menschen tödlich sein, sie wurde von Indianern gegessen, es gab auch Klapperschlangengottheiten, denen Kinder geopfert wurden.

Przewalski-Pferd: s. Pferd

Quetzalcoatlus: Größte bekannte Gattung der Flugsaurier (Pterosaurier) mit befelltem Körper und einer Flügelspannweite von bis zu 11 m. Er hatte einen langen Hals und einen spitzen, zahnlosen Schnabel und lebte bis zum Ende der Kreidezeit in Amerika. - Manfred hat seine Flügel beim Flug als Drache übers NEBELLAND. Auch träumt er sich in ferne Vergangenheit, wo er sich in einen von ihnen verwandelt.

Rabe s. Kolkrabe, Kurkil, Kutkinnáku.

Riemenfisch (*Regalecus glesne*): Weltweit verbreitete Fischart von schlangenförmigem Aussehen, bis zu 6 m lang, nur 30 cm hoch und 5 cm breit. Körper silbrig mit scharlachroten Flossen, mähnenartiger Schopf aus Flossenstacheln am Kopf, schwimmt mit schlängelnden Bewegungen. Neben Krokodilen könnte er ein Vorbild für die Drachen der chinesischen Prozessionen sein. - Manfred nimmt diesen Körper an.

Riesenmuschel (*Tridacna gigas*): Sie lebt mit nach oben geöffneten bis zu 1,5 m langen Schalen im flachen Wasser von Korallenriffen, beherbergt symbiotische Algen und besitzt eine enorme Kraft in ihrem Schalenschließmuskel. Ein Muscheltaucher geriet einst mit seiner Hand hinein und ertrank. Die hochgeholte Muschel enthielt die größte bisher bekannte Perle von 7 kg Gewicht. - Hier bleibt ein unvorsichtiger Mensch mit seinem Fuß hängen und wird von einem weißen Hai = IHM? verspeist.

Säbelzahntiger (*Smilodon*)*:* Im Pleistozän in Eurasien, Afrika und Amerika lebende katzenartige Raubtiere mit extrem verlängerten Oberkieferzähnen. Er war wohl eher ein Aasesser. - Doch Menschen, die nicht davonlaufen, braucht man nicht zu jagen, so tötet ER sie in der Gestalt eines Smilodon.

Satan (Satanas = Widersacher): Ankläger vor dem göttlichen Gericht, Verführer des Menschen. Nach dem Buch Henoch wurde er wegen Aufruhrs gegen GOTT durch den Engel Michael in den Abgrund gestürzt (Gefallener Engel). Später verschmolz die christliche Kirche mit ihm Luzifer, dem diabolisch, bösen Fürsten dieser Welt in Gestalt einer Schlange oder eines Drachen. - Im *Leuchtenden Pfad* ist Satan ein Name für Drefman, also für IHN, der im Laufe seiner langen Erdenzeit oft als Gott angebetet wurde. Hier wird klar, dass ER in vielen Gottes-Teufelsgestalten im Laufe der Geschichte verehrt wurde, also eher mit Baal-Zebub (Beelzebub, Herr der Fliegen, oberster der Dämonen, Fürst der Finsternis) und Luzifer gleichzusetzen ist.

Schiffshalter (Echeneidae)**:** Fischfamilie, deren Vertreter einen langgestrecktem Körper und eine Saugscheibe an der Kopfoberseite besitzen. Sie lassen sich von Haien, Schwertfischen, Mondfischen, Schildkröten und Walen transportieren, befreien diese von schmarotzenden Ruderfußkrebsen, fangen aber auch selbst Beute.

Schwarze Mamba (*Dendroaspis polylepis*): Größte afrikanische Giftschlange, bis 4 m lang, nicht schwarz, sondern grau- oder olivbraun, bewegt sich blitzschnell im Geäst von Akazien, ortsbeständig, greift auch Menschen an, sehr giftig, ernährt sich von Vögeln, Baumfröschen und Baumeidechsen. – Eine schaut

Moyo als Leopardin züngelnd an und gleitet vorüber.
Schwarzer Panther: s. Leopard
Schwertwal (Mörderwal, Killerwal, Orka): s. Wale
Seiwal: s. Wale
Sídhe (gesprochen Schii): Lichtelben, strahlend schön, alt und mächtig, mit zarter Haut, langem wallenden Haar und in weiße Gewänder gehüllt. Ihre Musik betört die Menschen. Schon eine leichte Berührung kann Wahnsinn oder Tod verursachen. Wen sie lieben, den rauben sie. Verwandelt kehrt der Mensch zur Erde zurück: als Seher oder Irrer. Sie wohnen unter Faerieshügeln in Irland sowie auf geheimnisvollen treibenden Inseln.
- ER trifft sie irgendwo/irgendwann (Parallelraumzeit) im Meer und kann sich ihrem Ruf nicht verschließen.
Sioux: Indianische Sprachfamilie, hier treffen wir die Dakota, einer ihrer halbnomadenhaften Gruppen. Sie bewohnten die Prärien von Nordamerika.
Smilodon: s. Säbelzahntiger
Smorré-Aié: Die Drachin, Mutter von Manfred dem Magier in Drachengestalt.
Sobek (Sbk, Souchos, Suchos): Unsterblicher krokodilköpfiger Gott des Alten Ägyptens, meist als Mensch mit Krokodilkopf dargestellt, um 2400 v. Chr. als einer der großen Götter etabliert, 1000 Jahre später als Sobek-Ra mit dem Sonnengott verschmolzen. - Moyo begegnet ihm in Gestalt eines großen Krokodils.
Steinadler (*Aquila chrysaetos*): In Nordamerika und Eurasien vorkommende Adlerart mit dunkelbraunem Gefieder, die auf Felsvorsprüngen, Bäumen, aber auch auf der Erde brütet. - ER verwandelt sich in einen von ihnen und schaut sich die Präriehundkolonie aus hellbraunen Augen von oben an.
Steppenfuchs: s. Korsak
Termite (Isoptera, »Weiße Ameisen«): Ca. 2 000 bekannte Arten von sozialen Insekten, leben hps. in den Tropen und Subtropen, lichtscheu, Hauptnahrung stets pflanzlich, bei vielen Arten vor allem Holz. Andere ernähren sich von Pilzen, die sie auf Pilzgärten aus zerkautem pflanzlichen Material züchten. Sie füttern sich untereinander und bilden eine Vielzahl von Kasten aus (Geschlechtstiere, Soldaten mit kräftigen Kiefern oder Wehrdrüsen an der Stirn, Arbeiter beiderlei Geschlechts). - ER

verschmolz einst mit dem König eines Volkes und verteidigte es gegen ein Ameisenheer. Moyo sieht all dies nach Kontakt mit einer Termitenstadt.

T-her: Ein Schwarzes Universum, SEINE Heimatwelt: ES/ER/DREFMAN ist ein Teil von T-her und wurde zur Erde gesandt wurde, wie auch andere Teile in andere Universen geschickt wurden.

Tintenfisch (Cephalopoden = Kopffüßer): - Hier begegnen wir dem Gewöhnlichen Tintenfisch *(Sepia vulgaris)*, dem Kraken (*Octopus vulgaris*), sowie Kalmaren der Gattung *Loligo* im Schwarm und den Riesentintenfischen der Gattung *Architheutis*, die von Pottwalen - so auch von IHM - gejagt werden. ER verwandelt sich in einen Riesenkalmar (s. Kalmare) und einen Kraken. Manfred träumt sich in einen *Loligo*-Schwarm hinein.

Uiwanyak Uatschipi: Sonnentanz der jungen Krieger bei den Sioux.

Unechte Karettschildkröte (*Caretta caretta*): Meeresbewohner mit flossenähnlichen Vorderbeinen, hält sich vor allem in stillen Buchten auf und ernährt sich von Muscheln, Stachelhäutern und Krebsen. - ER erlebt im Schildkrötenkörper keine ruhige Zeiten, sondern einen Tsunami, den ES am Meeresboden auslöste.

WAKAN TANKA: s. WI

Wal: Säugetierordnung *Cetacea*, die zum Wasserleben zurückgekehrt ist. Auch die Delfine gehören dazu. Sie alle müssen Luft atmen und haben im Gegensatz zu Fischen horizontale Schwanzflossen (Fluken). - Hier erinnert ER sich an Belugas (= Weißwal, *Delphinapterus leucas*) und Narwale (*Monodon monoceros*), begegnet Buckelwalen (*Megaptera novaeangliae*) bei der Heringsjagd und fischt vielleicht als Seiwal (*Balaenoptera borealis*) Sardinen. ER wird zum Schwertwal-Mann (*Orcinus orca*) mit hoher Rückenflosse und taucht dann als Pottwal (*Physeter catodon*) auf der Jagd nach den Riesenkalmaren hinab. Die Sieben Samurai kehren als Große Tümmler (*Tursiops truncatus*) zurück und rufen Manfred, der sich ebenfalls in einen Delfin dieser Art verwandelt.

WEISS: Mit Menschenaugen betrachtet: ein rein weißer Raum. Und doch sind da winzige schwarze Flecken darin, die kein

Menschenauge wegen der strahlenden Helle sehen könnte. Jeder Fleck im WEISS ist ein Universum, also auch unser Kosmos, also auch T-her, die schwarze Höllenwelt, aus dem ES stammt. WEISS kann auch akustisch interpretiert werden als STILLE oder geruchlich oder wissenschaftlich als metakosmisches Meer - Metaversum etc.

Weißer Hai (*Carcharodon carcharias*): Bis zu 12 Meter große für den Menschen gefährliche Haiart, ernährt sich von Fischen, Delfinen, Seelöwen und Robben, folgt Schiffen und gerät so oft in Küstennähe, wo er Badenden gefährlich wird. - ER könnte es sein, der in Haigestalt einen in einer Mördermuschel gefangenen Menschen verzehrt.

WI: Sonnengott der *Sioux*, der Bison ist seine Erscheinungsform. Er ist WAKAN TANKA KIN, der Sonnengeist, der der allumfassenden Gottheit WAKAN TANKA untergeordnet ist. - ER wird einmal fälschlicherweise von einer Kriegergruppe als WI angesehen.

Wisent (*Bison bonasus*): Engster Verwandter des amerikanischen Bisons. Beide sind Relikte einer weit verbreiteten Gruppe gewaltiger Wildrinder. Einst vom äußersten Westen bis zum äußersten Osten Eurasiens verbreitet, ist es heute nur noch in Polen und Zoologischen Gärten zu finden. - ER nimmt die Gestalt eines Wisentbullen an und stürzt an einem Bobak-Bau. Viel später wird auch Manfred ein Wisent, eins unter vielen in der großen Herde.

Wolf (*Canis lupus*): Stammform unserer Hunde, kam einst in ganz Eurasien und Nordamerika vor, ausdauernder Läufer, der im Rudel jagt und vor dem Aufbruch zur Jagd nach Sonnenuntergang minutenlang gemeinschaftlich heult. Die Partner hängen bei der Kopulation aneinander fest. Er ist in der Menschenwelt heute vielerorts ausgerottet. - ER nimmt den Körper eines schwarzen Wolfes an, Manfred andernorts zu anderer Zeit den eines weißen.

Die Pfadwelten

Die Reise durch sieben irdische Bioregionen und das All in den vier PFAD-Romanen, macht acht Welten:

1 S<small>TADT</small> **Der Leuchtende Pfad des Magiers**
2 W<small>ALD</small> Der Leuchtende Pfad des Magiers...
3 N<small>EBELLAND</small> **Wandlungen der Drei**
4 G<small>RÄSERNE</small> M<small>EERE</small> Wandlungen der Drei
5 W<small>ASSERWELTEN</small> Wandlungen der Drei
6 W<small>ÜSTENWEITE</small> **Wüsten-Berges-Himmels-Weiten**
7 B<small>ERGE IN DEN</small> H<small>IMMEL</small> Wüsten-Berges-Himmels-Weiten
8 W<small>ELTEN ÜBER</small> W<small>ELTEN</small> **Ins All - Im Eins**

Worte und Erinnerungen

(Lyriktitel von Rainar Nitzsche in Kapitälchen)

Alles	Huai-nan-tzu
B<small>LAU DER</small> H<small>IMMEL</small>	W<small>ORTE DES</small> M<small>AGIERS</small>
D<small>AMALS, ALS ICH</small> M<small>ENSCH WAR</small>	W<small>ORTE DES</small> M<small>AGIERS</small>
D<small>AS IST KEIN</small> N<small>EBEL</small> - <small>DAS IST</small> S<small>TAUB</small>	E<small>R</small>
D<small>ER</small> D<small>IEB</small>	W<small>ORTE DES</small> M<small>AGIERS</small>
D<small>IE</small> D<small>RACHEN ERWACHEN</small>	W<small>ORTE DES</small> M<small>AGIERS</small>
D<small>IES ABER IST DAS</small> M<small>EER</small>	E<small>RDENMEER</small>
E<small>INE</small> K<small>RÄHE AM</small> H<small>IMMEL</small>	E<small>R</small> D<small>ORT</small> O<small>BEN</small>
E<small>INST WAR ALLES</small> W<small>ALD</small>	W<small>ORTE DES</small> M<small>AGIERS</small>
G<small>IGANTISCH GROSS UND NAH</small>	B<small>ILD AUS ALTEN</small> Z<small>EITEN</small>
I<small>N JEDER</small> K<small>REATUR KÖNNTE</small> E<small>R SICH</small> ...	M<small>OYO</small>
M<small>ONDINLICHT</small>	W<small>UNDERSAME</small> W<small>ORTE</small>
S<small>CHAU</small>!	M<small>OYO</small>
S<small>CHWARZES</small> W<small>ESEN</small>	M<small>ANFREDS</small> A<small>LB</small>
S<small>O STEHT</small> E<small>S AUF UNTER DEN</small> S<small>TERNEN</small>	E<small>S VON</small> T-<small>HER</small>
S<small>TEIN, WACH AUF</small>!	M<small>ANFRED</small>/D<small>RACHENSOHN</small>
U<small>ND DU GLAUBST</small>	E<small>S VON</small> T-<small>HER</small>
V<small>ON</small> T-<small>HER INS</small> E<small>RDENMEER</small>	E<small>S MIT VIELEN</small> N<small>AMEN</small>

Die Pfadromane - Titel und Ausgaben

Neu sind die Taschenbücher. Sie halten den Anfang 2017 erschienenen Band 2: *Wandlungen der Drei* in der Hand. Ende 2016 erschien Band 1: Der Leuchtende Pfad des Magiers.

Als E-Books erschienen 2015 die neu überarbeiteten Bände 1 bis 4 sowie die Gesamtausgabe in einem Band.

Zum Zeitpunkt des Erscheinens dieses Taschenbuchs gibt es einige Exemplare der handsignierten, nummerierten und limitierten Erstauflage, die in den Jahren 1998 bis 2008 erschienen. Nur die Originale enthalten verfremdete Fotos des Autors. Von Band 1 wurden nur 200 Exemplare, von den Bänden 2-4 lediglich 50 Exemplare gedruckt.

Band 1:
Rainar Nitzsche: Der Leuchtende Pfad des Magiers.
Er ist in sich abgeschlossen und enthält die Kapitel Stadt und Wald.
Original: 180 Seiten, ISBN 978-3-930304-03-5
E-Book: ISBN 978-3-7380-3245-1
Taschenbuch: 168 Seiten, ISBN 978-3-7431-1376-3

Band 2:
Rainar Nitzsche: Wandlungen der Drei.
Enthalten sind die Kapitel Nebelland, Gräserne Meere und Wasserwelten.
Original: 194 Seiten, ISBN 978-3-930304-13-4.
E-Book: ISBN 978-3-7380-3449-3
Taschenbuch: 208 Seiten, ISBN 978-3-7431-9600-1

Band 3:
Rainar Nitzsche: Wüsten-Berges-Himmels-Weiten.
Er bildet den Abschluss der auf der Erde spielenden Trilogie.
Original: 180 Seiten, ISBN 978-3-930304-17-2
E-Book: ISBN 978-3-7380-3471-4

Band 4:
Rainar Nitzsche: Ins All - Im Eins.
Hier handelt es sich um ein Seelenreise durchs All mit kurzer Rückkehr zur Erde und der Klärung der Handlungsebenen.
Original: 208 Seiten, ISBN 978-3-930304-14-1.
E-Book: ISBN 978-3-7380-3529-2
Alle vier Romane in einem Band:
Rainar Nitzsche: Die Pfadwelten.
E-Book: ISBN 978-3-7380-5012-7

Inzwischen erschien ein kurzer Roman, der die Abenteuer eines der Wesen, die im Band 4 durch den Kosmos reisen, beschreibt:

Alexa E. Bach: Der Schneckenkönig.
Taschenbuch: 76 Seiten, ISBN 978-3-8423-5587-3
E-Book: ISBN 978-3-7412-4852-8